SARAH STOVELL

SIE LIEBT MICH.

SIE LIEBT MICH NICHT.

PSYCHOTHRILLER

Aus dem Englischen von
Heike Reissig

KNAUR

Die englische Originalausgabe erschien 2017 unter dem Titel
»Exquisite« bei Orenda Books, London.

Besuchen Sie uns im Internet:
www.knaur.de

FSC
www.fsc.org
MIX
Papier aus verantwortungsvollen Quellen
FSC® C083411

Deutsche Erstausgabe Juni 2019

Ein Imprint der Verlagsgruppe
Droemer Knaur GmbH & Co. KG, München

Covergestaltung: ZERO Werbeagentur, München
Coverabbildung: ©plainpicture/R. Mohr
Satz: Adobe InDesign im Verlag
Druck und Bindung: CPI books GmbH, Leck
ISBN 978-3-426-22691-9

2 4 5 3 1

Für Guitty.
Danke.

FRAUENGEFÄNGNIS IHRER MAJESTÄT

YORKSHIRE

Hier draußen, wo die Rosen noch immer blühen, ist es besser. Drinnen kann überhaupt nichts blühen. Zum einen gibt es nicht genug Licht, und zum anderen würden die Blumen das Leid aller Gefangenen in sich aufsaugen und innerhalb kürzester Zeit eingehen.
Die Wärterinnen finden es sonderbar, wenn ich so etwas sage, aber sie finden mich ohnehin sonderbar, weil ich den Großteil der Zeit nicht im Hier und Jetzt lebe, sondern in meiner eigenen Gedankenwelt. Denn das Hier und Jetzt ist ein furchtbarer Ort, und ich bin froh, dass ich ihm in Gedanken entfliehen kann. Die meisten, die hier sind, haben diesen Luxus nicht. Deshalb sind sie auch im Gefängnis gelandet – weil sie ihre Gefühle mit Fäusten und Tritten statt mit Worten ausgedrückt haben.
Ich bin nicht wie sie. Ich bin anders als die anderen hier. Ich bin eine Mustergefangene. Deshalb darf ich draußen im Garten arbeiten statt drinnen. Der Garten gehört zum Grundstück der Direktorin, damit sie mit ihrem Mann und ihren Kindern Zeit im Grünen verbringen kann. Die Gefangenen dürfen eigentlich gar nicht in den Garten. Wir haben nur den Innenhof des Gefängnisses, wo unsere Kleidung an guten Tagen zum Trocknen aufgehängt wird; allerdings gibt es nicht viele gute Tage, weil die Sonne kaum zu uns vordringt.
Hier im Garten ist es besser. Als Mustergefangene stürze ich mich auf jede Aufgabe, die sie mir geben. Und da es ihnen egal ist, ob ich Böden schrubbe oder Blumen pflanze, darf ich es mir aussuchen. Also entscheide ich mich, wann immer ich meine Zelle verlassen darf, für draußen. Ich erzähle ihnen, dass ich bessere Chancen auf eine Rehabilitierung habe, wenn sie mich nach draußen lassen, weil ich dann in der Erde wühlen,

den Himmel sehen und den kalten Regen auf der Haut spüren kann. Und sie hören auf mich, weil ich schlauer als die meisten bin und weniger Schwierigkeiten mache.
Die Rosen, die gerade blühen, sind weiß. Beim Anblick weißer Rosen denke ich jedes Mal an sie. Ich erinnere mich noch genau an den Strauß aus weißen Rosen und Schneebeeren. Schneebeeren sind zwar angeblich giftig, doch sie passten wirklich perfekt zu den Rosen, zart und durchsichtig wie frisch geschlüpfte Quallen.
Wenn ich ihr die Rosen schicken könnte, würde sie sich wahnsinnig freuen. Weiße Rosen, als Symbol ewiger Liebe. Die Botschaft würde ihr nicht entgehen. Und vielleicht würde sie mir dann vergeben.

ERSTER TEIL

BEGEGNUNG

1

BO

In den Bergen war es noch dunkel. Der Frost wütete, und eisiger Wind peitschte über die Gipfel. Dort oben herrschte noch Winter, doch unten im Tal hielt der milde Frühling schon Einzug. Die Sonne tauchte das Dorf ins Licht, ließ an den Bäumen das erste Grün sprießen und brachte den stillen See zum Leuchten. Die Jahreszeiten lieferten sich immer einen Wettstreit in diesem entlegenen Winkel der Erde.

Meine liebste Zeit des Tages war die Wanderung zurück zu unserem Haus in den Bergen, nachdem ich die Mädchen zur Schule gebracht hatte. Unser Haus lag zwei Meilen vom Dorf entfernt, doch als wir hierhergezogen waren, hatte ich darauf bestanden, dass unsere Töchter bei jedem Wetter zu Fuß zur Schule gingen. Darin lag schließlich der Sinn einer Kindheit im Lake District, jedenfalls in meiner Vorstellung: den langsamen Wechsel der Jahreszeiten mitzuerleben, die klare Luft zu atmen, dem Plätschern des Gebirgsbachs zu lauschen und durch die Natur zu toben, bis sie einem die Schuhe abgewetzt hatte.

Zu meiner Überraschung hatten die Mädchen damals kaum Widerstand geleistet. In Oxford hatten sie sich immer geweigert, zu Fuß zu gehen. Kälte, Glatteis und die morgendliche Dunkelheit waren vor allem Maggie ein Grauel gewesen, ganz zu schweigen von den Autos, die im Regen an ihr vorbeirasten und sie nass spritzten. Aber in den Bergen hatten sie entdeckt, wie viel Spaß es machen konnte, zu Fuß zu gehen. Wir waren im September umgezogen, pünktlich zu Beginn des neuen Schuljahrs. Zwei Jahre war das inzwischen her. Die Mädchen waren richtig fasziniert davon, wie das Laub langsam bunter und das Licht immer herbstlicher wurde. Sie liebten es, in den Morgennebel hinauszustürmen und zuzuschauen, wie der Dunst sich auflöste und den Blick auf die goldrot leuchtenden Berge freigab. Und ihre Taschen füllten sie eifrig mit Kastanien und Tannenzapfen, um ein Bett für den Igel zu bauen, den sie den Winter über bei sich aufnehmen wollten.

Wenn ich meinen Töchtern dabei zuschaute, erfüllte mich eine tiefe Zufriedenheit. Ich vertrat schon seit Langem die Theorie, dass der Mensch Heimweh nach draußen hatte (Gus spottete natürlich, wie hippiemäßig das klänge, aber das kümmerte mich nicht). Dieser seltsame Drang, den Elementen zu entfliehen und sich in Häusern, Autos und Büros zu verschanzen im Glauben, sich so vor Wind, Regen und krebserregenden Sonnenstrahlen schützen zu können – er machte die Leute krank. Dabei gab es ein ganz simples Heilmittel: Nach draußen gehen. Spazieren gehen. Atmen. Leben.

Der Umzug in den Lake District war hauptsächlich aufgrund meiner Arbeit erfolgt, aber er hatte uns allen gutgetan. Damals war ich mit einem Projekt über das triste Dasein von Frauen im Dunstkreis romantischer Dichter beschäftigt gewesen; Frauen, die sich aus freien Stücken für geniale, aber gestörte Männer aufgeopfert hatten.

»Ich muss dafür unbedingt nach Grasmere«, hatte ich verkündet.

Gus hatte einen Urlaub vorgeschlagen, doch das reichte mir nicht: »Ich werde mindestens ein Jahr dafür brauchen, vielleicht sogar zwei.«

»Wir können die Mädels unmöglich so lange aus ihrem gewohnten Umfeld reißen«, hatte Gus entgegnet. »Entweder wir ziehen dauerhaft um oder gar nicht.«

Auf diese Antwort hatte ich gewartet. Im Laufe der Jahre hatte ich die Fähigkeit perfektioniert, in Gus Wünsche aufkeimen zu lassen, die eigentlich meine eigenen waren, und ihre Verwirklichung dann in seine Hände zu legen. So hatte er stets das Gefühl, dass es unsere gemeinsame Idee war oder – noch besser – seine eigene.

Als wir umzogen, war Gus schon in Rente; zweiundzwanzig

Jahre lagen zwischen uns. Ich hatte mir gedacht – und er war der gleichen Ansicht gewesen –, dass er nun für ein ruhigeres Leben auf dem Land bereit war, fern von Abgasen, der grauen Themse und einkaufswütigen Menschenmassen.

»Im Lake District ist aber auch viel los«, hatte Gus gesagt. »Da fallen ständig Touristen ein, selbst im Januar.«

Das stimmte jedoch nur teilweise. Richtig war, dass die Touristen sich in den Tälern, an den Seen und in den Ortschaften tummelten; sie schleppten ihre Kinder zum Peter-Rabbit-Abenteuerpark, ruderten über den Windermere und taten sich anschließend an Cream Tea gütlich. Sie brachten den obligatorischen Besuch im Dove Cottage hinter sich, der ihnen wieder ins Gedächtnis rief, warum sie Wordsworth in ihrer Schulzeit gehasst hatten. Doch nur die wenigsten Touristen kamen in die Berge. Kaum einer erlebte, wie der Helvellyn im Schnee verstummte; kaum einer wusste, wo das Gestein dunkel schimmernde Bergseen preisgab. Und deshalb kam fast nie eine Menschenseele zu unserem Haus.

Als der Gebirgspfad einen Schlenker machte, sah ich unser Cottage: gekalkte Wände, Schieferdach und ein Spalier mit Rosenzweigen, die in der Brise sanft gegen das Gitter schlugen – kein Vergleich zu dem dreistöckigen Stadthaus, das wir in Oxford bewohnt hatten.

Die Haustür war nicht abgeschlossen. Ich ging durch den alten geziegelten Flur, der zur Küche führte. Gus saß im Schaukelstuhl am Kaminofen und las die *Westmorland Gazette*, die vermutlich die üblichen Meldungen über gestohlene Schafe, einen Aufruf zur Rettung des Postamts und eine Mitteilung über die Sperrung eines bröckelnden Fußwegs in Buttermere enthielt. Überregionale Nachrichten interessierten Gus nicht mehr. Seiner Ansicht nach gab es nur einen einzigen Weg, mit dem allgemeinen Weltgeschehen (dem Klimawandel, der Flüchtlingskrise und dem Terrorregime der Tories) klarzukommen: indem man es geflissentlich ignorierte. Früher war er nicht so gewesen. Als er noch zwischen Oxford und Paddington hin- und herpendelte, las er täglich den *Guardian*, und jeden Abend um sieben schaute er die Nachrichten und dann noch mal um zehn die Spätnachrichten, um sich auf dem Laufenden zu halten. Aber diese Zeiten waren vorbei. Stattdessen verfiel er immer häufiger in missmutige Grübeleien, sodass ich lieber einen Bogen um ihn machte.

Als ich hereinkam, blickte er nicht auf. Im Laufe der Jahre hatte es sich irgendwie so ergeben, dass wir kaum noch miteinander sprachen. Wir machten uns nicht mehr die Mühe, einander zu begrüßen oder uns zu erkundigen, wie es dem anderen ging. Wir waren einander zu Möbelstücken geworden: für die Bequemlichkeit zwar unverzichtbar, doch ansonsten Teile der Umgebung, die nur dann bemerkt wurden, wenn Besuch kam.

Doch es störte mich nicht, im Gegenteil; es gefiel mir sogar. Jeder lebte sein eigenes Leben, und trotzdem waren wir einander kameradschaftlich verbunden. Wir waren schon so lange zusammen, dass wir uns ein Leben ohne den anderen kaum noch vorstellen konnten. Und abgesehen davon fehlte mir die Energie, mich darüber aufzuregen. Die Mädchen waren wichtiger. Sie forderten all meine Aufmerksamkeit. Schon als sie noch ganz klein und schlaflose Nächte die Regel waren, hatte ich begriffen, wie schnell diese Zeit vorbei sein würde. Also gab ich ihnen alles, was ich geben konnte. Selbst wenn ich mich danach sehnte, mehr Zeit für meine Arbeit zu haben – einen Tag, nur einen einzigen Tag! –, war mir immer klar, dass es in meinem Leben nie wieder etwas geben würde, was so wichtig war wie meine beiden Töchter. Sie brachten mich pausenlos an meine Grenzen, doch ich liebte sie über alles.

Ich löffelte Kaffee in die Espressomaschine und stellte sie auf den Herd, dann schäumte ich Milch im Aeroccino auf. (Als Gus seine Umweltkrise hatte, durfte ich keine bunten Kapseln mehr benutzen. Meinen Einwand, dass sie recycelbar waren, ließ er nicht gelten; das sei von Nestlé erfundener Unsinn; natürlich wurden sie nicht wiederverwertet, sondern landeten auf der

Müllkippe. Mein Mann hatte hehre Prinzipien, die es allerdings nicht gerade leicht machten, mit ihm zusammenzuleben.)

Der Duft frisch gebrühten Kaffees vermischte sich mit dem Geruch aus der Brotmaschine. Es störte mich nicht, dass ich das Klischee einer Spießerin verkörperte; ich liebte diesen Geruch. Er passte perfekt zu meinem Haus: warm und heimelig, ein Ort, an den man immer wieder gern zurückkehrte.

Ich trug den Kaffee in mein Arbeitszimmer – ein kleiner Raum, der von der Küche abging und in früheren Zeiten als Stube gedient hatte – und setzte mich an meinen Schreibtisch. Er war mit Stapeln bedeckt: Ein Stapel bestand aus meinem Manuskript, ein anderer aus Büchern über die Frauen im Leben von Samuel Taylor Coleridge und ein weiterer aus Bewerbungen von aufstrebenden Autorinnen und Autoren, die hofften, einen Platz in dem Kurs zu ergattern, den ich im folgenden Monat halten sollte. Der Anblick der Bewerbungen war deprimierend. Aus über hundert Kandidatinnen und Kandidaten musste ich sechs auswählen, und das erforderte weitere Stapel: nein, vielleicht, ja. Der Nein-Stapel war besonders betrüblich, weil er naturgemäß viel höher war als der Ja-Stapel. Doch der Ja-Stapel gab Anlass zur Hoffnung, denn in ihm verbarg sich vielleicht ein vielversprechendes Talent, das ich unter meine Fittiche nehmen konnte. Ich sehnte mich regelrecht danach.

Als ich vier Bewerbungen – drei Nein und ein Vielleicht – geprüft hatte, wurde ich unterbrochen. Zu meinen größten Schwächen zählte, dass ich nicht imstande war, das Klingeln des Telefons oder das »Ping« einer ankommenden E-Mail oder Facebook-Benachrichtigung zu ignorieren. Das raubte mir enorm viel Zeit. Ohne diese Ablenkungen hätte ich sicher schon mehr Bücher veröffentlicht.

Meine Mutter war dran. Diesmal klang sie vorwurfsvoll: Sie habe seit Monaten nichts von mir gehört; sie sei fünfundsiebzig und brauche Hilfe beim Einkaufen; sie habe seit acht Tagen mit keiner Menschenseele mehr gesprochen, nur mit dem Postboten, der es allerdings extrem eilig hatte; sie fühle sich krank; sie sei einsam; sie habe nachts Angst in ihrem Wohnwagen, zu dem jeder sich Zutritt verschaffen konnte; sie fühle sich regelrecht im Stich gelassen, seit ich mit den Kindern so weit in den Norden gezogen sei.

Ich hörte gar nicht hin. Meine Bekannten hatten ganz ähnliche Probleme mit ihren Eltern. Sie meinten, es läge am Alter, da würden die Leute eben schwierig. Aber meine Mutter war schon immer so gewesen; ständig verlangte sie, dass sich alles nur um sie drehte, dass alle sich um sie kümmerten. Und wenn sie das nicht taten, liebten sie sie nicht genug.

Irgendwann sagte ich: »Im Sommer kommen wir dich wieder besuchen.«

Doch meine Mutter jammerte weiter. Ich blendete sie aus, hielt den Hörer ein Stück weg und rief mir ins Gedächtnis, dass es mir bisher recht gut gelungen war, nicht so wie sie zu werden und den Wahnsinn früherer Generationen nicht an meine eigenen Kinder weiterzugeben. Ich war anders als sie. Ich machte alles wieder gut.

Dann war das Telefonat zu Ende. Ich war nicht auf den Anruf vorbereitet gewesen und saß eine Weile wie erschlagen da. Die alte Wut flammte zwar nicht wieder auf, das war lange vorbei. Aber dem schlechten Gewissen darüber, dass mir meine alternde, jammernde Mutter scheißegal war, konnte ich trotzdem nicht ganz entrinnen.

Schließlich wandte ich mich wieder dem Bewerbungsstapel zu. Es waren die üblichen vorhersagbaren Geschichten über Autounfälle, Morde, Drogenrazzien und Homosexuelle, die ihr Coming-out hatten, bevor sie dazu bereit waren, und sich dann das Leben nahmen. Immer wieder derselbe Mist, es war wirklich unglaublich.

Doch dann stieß ich auf eine Geschichte mit dem Titel *Letzte Worte*, die mich dermaßen fesselte, dass ich sie bis zum Schluss las.

LETZTE WORTE

Die Japaner verbrennen ihre Toten immer. Danach werden die Knochen aus dem Ofen geholt und von den Familienangehörigen mit Essstäbchen aufgehoben. Jeder greift sich einen Knochen, legt ihn in ein Glas, nimmt ihn mit nach Hause und begräbt ihn dort. Dieses seltsame Ritual hat etwas Dämonisches, zumindest für meinen Geschmack. Das muss an den Essstäbchen liegen. Da bleiben Gedanken an Kannibalismus nicht aus. Mir wird jedenfalls übel bei der Vorstellung, die Knochen meiner Mutter mit Messer und Gabel aufzuheben. Aber ihr würde die subtile Symbolik sicher gefallen. Schließlich habe ich ihr ja seit dem Tag meiner Geburt gierig das Mark aus den Knochen gesogen.

Meine Mutter liegt im Sterben. Sie hat Krebs, was sonst, und keinen Lebenswillen mehr. Ich habe sie nicht mehr gesehen, seit ich sechzehn war. Damals machte sie sich aus dem Staub, um Ehemann vier (den Psychopathen) zu heiraten und mich Ehemann drei (dem Säufer) sowie Ehemann eins (dem Vater) zu überlassen, den ich ab und zu am Wochenende besuchte. Ehemann zwei (der Gute) war bei einem Verkehrsunfall gestorben, als ich sechs war.

Meine Familie ist die perfekte Besetzung für eine Tragödie, oder besser gesagt, sie wäre es, wenn der Mangel an hehren Gefühlen uns nicht alle auf Seifenopernniveau hätte sinken lassen. Scheidungen sind unsere Familiendisziplin, und meine Mutter ist die amtierende Meisterin, wobei ihr Rekord natürlich wie alle anderen auch jederzeit gebrochen werden kann.

Ich werde ihr den Titel allerdings nicht streitig machen, denn ich halte andere Menschen lieber auf Distanz.

Seit ich denken kann, verstecke ich mich vor meiner Mutter. Ich hatte schon sehr früh gelernt, mich unsichtbar zu machen. Ich blieb still und ertrug sie. Ihre Schläge waren nur Eis.

Alles in allem war es gut, dass sie ging. Als sie weg war, brauchte ich nicht mehr zu hoffen, dass sich unter der gewalttätigen Hexe eine gute Fee im Blümchenkleid verbarg, die nach Weichspüler duftete. Alle sagten, dass sie es bereuen würde. Oft stellte ich mir vor, wie sie allein in ihrer Villa saß und blutige Tränen vergoss.
Vor drei Jahren entdeckte ich sie dann auf Facebook. Emma Butterworth. Immer noch sein Nachname, aber das hieß ja nicht, dass es gehalten hatte. Ich klickte regelmäßig auf ihr Profil, schickte ihr aber keine Freundschaftsanfrage. Aus der Distanz bekam ich mit, dass sie ab und zu ihr Profilfoto änderte. Irgendwann durchsuchte ich ihre Freundesliste nach Leuten, die ich kannte. Doch da war niemand. Meine Mutter hielt nicht lange Kontakt zu anderen Menschen.
Einmal lud sie ein Foto von uns beiden als Profilbild hoch, auf dem ich noch ein Baby war. Darauf betrachtete sie mich so hingebungsvoll wie Maria das Jesuskind. Dazu schrieb sie: »Ich vermisse sie.« Es folgten ein paar Kommentare: »Tut mir leid, dass du einen schlechten Tag hast, Emma.« »Sei nett zu dir selbst.« »Lass die Schuldgefühle los.« »Du hast dein Bestes getan.«
Eine Selbsthilfegruppe voller Unterstützerinnen. Danach klickte ich nie wieder auf ihr Profil, blockierte sie aber auch nicht.
So fanden sie mich schließlich. Eines Tages bekam ich eine Nachricht von einer gewissen Liz Elegant: »Liebe Alice. Deine Mutter hat mich gebeten, dich zu kontaktieren. Ich weiß, dass euer letzter Kontakt schon lange zurückliegt, aber Emma liegt im Krankenhaus und wird bald sterben. Bitte melde dich, wenn ich dir die Adresse des Krankenhauses geben soll.«
Drei Tage lang reagierte ich nicht, dann schickte ich eine Antwort.

Nun sitze ich hier im Wartebereich. Durch das Fenster sieht man über die Straße in den Park. Kleine, intakte Familien tummeln sich auf dem Spielplatz in der Sonne. Ich schaue zu ihnen hinaus.

Dann schaue ich wieder weg. Früher habe ich oft davon geträumt, eine eigene Familie zu haben, aber damals wusste ich noch nicht, wie mühsam der Weg dorthin war. Ich habe immer gedacht, es würde einfach passieren, weil ich es verdiente. Ich hatte schon genug mitgemacht, genug Zerrüttung erlebt. Eines Tages käme sicher jemand angeritten und entführte mich in eine herrliche Zukunft. Reichte mir den goldenen Apfel der Liebe.
Stattdessen legte ich mich für sie auf den Boden. Ich zog mir die Haut ab und ließ sie mit genagelten Stiefelsohlen auf meinem Fleisch tanzen. Mein Blut gibt ihnen literweise Kraft, noch heute.
Inzwischen habe ich es verstanden. Die Welt kann gut auf meine Gene verzichten.
Die Tür zu ihrem Zimmer ist zu, seit ich hier bin. Eigentlich habe ich keinen Grund zu warten. Ich brauche nur Zeit, um mich zu sammeln.
Ich gehe über den Flur, klopfe leise an ihre Tür, dann gehe ich hinein.
»Emma«, sage ich, ohne mit der Wimper zu zucken. Sie sieht elend aus.
Langsam dreht sie den Kopf. Sie sieht mich lange an. Ich setze mich auf den Stuhl neben ihrem Bett.
»Alice«, sagt sie.
Ich sage nichts.
Sie greift nach meiner Hand. Ich lasse zu, dass sie sie mit ihren Knochen umklammert.
»Danke«, flüstert sie, die Stimme rau wie Sandpapier.
Ich schweige.
»Mach es wieder gut«, sagt sie und umklammert meine Hand noch fester. »Vergib mir und mach es wieder gut.«
Der goldene Apfel der Liebe. Ich ziehe meine Hand weg. Schweiß glitzert auf meiner Handfläche, wie Gift.

* * *

Ich legte die Geschichte beiseite. Der Text war autobiografisch, zweifellos. Normalerweise verschwendete ich meine Zeit nicht mit solchen Texten, aber in diesem Fall konnte ich eine Ausnahme machen. Die Autorin war jung und unerfahren, sie hatte noch kein Thema finden können, das über ihre Mutter hinausging. Und sie litt. Ihre Worte klangen brutal, und ihre Sprache war überaus kontrolliert, doch darunter spürte ich ihre Verletzlichkeit: die unendlich große, aber unerfüllt bleibende Sehnsucht nach der Liebe der Mutter.

Ich schaltete meinen Laptop ein und schrieb eine E-Mail an die Leiterin des Bildungszentrums auf dem Landsitz, wo der Kurs stattfinden sollte.

Betreff: Auswahl der Kursteilnehmer, Schreibwerkstatt für Fortgeschrittene mit Bo Luxton

Dann gab ich den ersten Namen ein und markierte ihn als Hinweis, dass die Studentin meiner Ansicht nach ein Stipendium verdiente.

Alice Dark.

2

ALICE

Ich stieg an die Oberfläche des Schlafes empor, wo mich der übliche Kater erwartete. Resigniert blinzelte ich Richtung Uhr. 12:36. Noch ein Tag, der sich ohne mich ereignete.

Neben mir döste Jake. Der ungepflegte Klotz machte sich mal wieder viel zu breit auf der Matratze. Die Matratze war das Symbol unseres Scheiterns. Wir waren so unfähig, dass wir noch nicht mal ein richtiges Bett hatten. Wir waren hoffnungslose Fälle. Uns würde es nie gelingen, die knallharte Welt der Kunst zu erobern.

Ich stand auf und stieg über Aschenbecher, Tabakpackungen und die leeren Bierflaschen von gestern Abend hinweg, Richtung Bad. Von nebenan drangen die Geräusche von Chris und seiner Freundin zu mir, sie vögelten. Meine Güte, in diesem Haus waren wirklich alle arbeitslos. Sie ließen sich treiben, als hätten sie endlos Zeit, und alles, was sie taten, war schlafen, rauchen, saufen, ficken und darüber reden, wie berühmt sie eines Tages sein würden.

Dabei hatte mich anfangs genau das an Jake so fasziniert: Er verweigerte sich dem Mainstream, wollte sich auf keinen Fall anpassen. Als wir uns begegneten, erzählte er mir, er sei Maler. Das sei seine einzige Leidenschaft; er könne und wolle nichts anderes machen. Und er hatte sogar einen Weg gefunden, davon zu leben. Jeden Samstag schleppte er seine bunt gemusterten Triptychen zu den Lanes runter und wartete darauf, dass aufstrebende Karrieretypen aus London sie ihm abkauften. Das war Brighton in den Augen dieser Leute: ein Ort, wo man an jeder Straßenecke Originale von armen, unbekannten Künstlern kaufen konnte. Eines Tages, wenn einer von ihnen den Turner Prize einheimste, wäre das Bild ein Vermögen wert, und bei jeder Dinnerparty würden die Gäste den Käufer darum beneiden, dass er dieses Genie entdeckt hatte.

Natürlich war das alles Bullshit, und Jake wusste das auch. Seine hippen Bilder waren Müll. Er schmierte sie freitagabends auf die Leinwand, rauchte dabei Selbstgedrehte, kippte ein Dosenbier nach dem anderen und jammerte über den miesen Geschmack der Leute, die sich diesen Scheiß zu Hause an die Wand hängten, während seine anderen Sachen – die richtig guten, bei denen er sich total ins Zeug legte – keine Sau interessierten.

Bei unserer ersten Begegnung letzten Herbst hatte Jake gerade ein richtig gutes Bild vollendet. Er hatte vor, in den kommenden Monaten so viel zu malen, dass es für eine Ausstellung reichte; eine Galeristin hatte nämlich eines seiner Werke gesehen und war ganz begeistert, doch er musste ihr mehr Material liefern, damit sie ihn unter Vertrag nehmen konnte.

»Das klingt ja toll!«, hatte ich gesagt. »Das musst du unbedingt machen!«

Er hatte vor seinem Bier gehockt und mich schüchtern angegrinst. »Ja«, hatte er gesagt. »Unbedingt.«

Damals hatte ich gedacht, dass Jake genau der Richtige für mich war. Ein Mann, der dem Spießertum den Rücken gekehrt hatte und seinen eigenen Weg ging. Das wollte ich eigentlich auch. Ich war schon so lange in meinem Bürojob gefangen, dass ich Gefahr lief, in einem Strudel nichtssagender Word- und Excel-Dateien unterzugehen.

Ich wusste, wo ich landen würde, wenn ich so weitermachte: in der Sackgasse der Leere, in der endlosen Tretmühle der Langeweile, die alles aus einem heraussog, bis der Blick trüb wurde, der letzte Funken Verstand aus dem Gesicht wich und man sich jeden Tag den Feierabend herbeisehnte, um dann im Fernsehen zuzusehen, wie andere Leute sich bei dem verzweifelten Versuch, ihrer eigenen Bedeutungslosigkeit zu entkommen, zum Affen machten: lieber in Erinnerung bleiben, weil man jemandem live auf Channel 4 einen geblasen hatte, als gar nicht bemerkt zu werden. Und mir war sonnenklar, dass ich zugrunde gehen würde, wenn es so weiterging. Diese Art von Leben war nichts für mich.

Die Uni hatte mich verdorben. Eigentlich war das Studium ja dazu gedacht gewesen, mich aufs Arbeitsleben vorzubereiten, aber ich hatte lieber drei relaxte Jahre an der York verbracht und getan, wonach mir der Sinn stand: ein Modul Shakespeare, ein Modul Romantik und nur so zum Spaß ein Modul namens Schreiben von Kurzgeschichten. Damals hatte ich noch nicht kapiert, dass ich spätestens mit zweiundzwanzig auf irgendeinem Gebiet ein Genie sein musste, weil ich ansonsten gezwungen sein würde, auf alles, was mir Spaß machte, zu verzichten (niemand wurde nur fürs Rumsitzen und Lesen bezahlt) und mich stattdessen mit einem Leben abzuplagen, das die Bezeichnung »Leben« überhaupt nicht verdiente.

Deshalb wurde es irgendwann schwierig für mich, bei den Dingen, die mir Spaß machten, am Ball zu bleiben. Die Energie sickerte aus mir heraus, bis keine mehr übrig war für das, was mir am Herzen lag. Meine Tutoren am College waren zwar von mir beeindruckt gewesen, aber leider gab es keine Stipendien für Leute wie mich, die lediglich Bestnoten und eine Leidenschaft fürs Schreiben vorweisen konnten. Es gab einfach zu viele von meiner Sorte. Für ein Stipendium wurde mehr verlangt, aber was genau, blieb unklar. Irgendetwas Undefinierbares, hieß es. Magie.

Doch Magie spielte dabei überhaupt keine Rolle. Nur für Leute, die selbst nicht schrieben, hatte Schreiben etwas Magisches. Aber für mich war Schreiben ein Handwerk, und man brauchte Zeit, um es zu lernen. Jedes Wort, das man hervorbrachte, war wie eine kleine Geburt. Das Schreiben fehlte mir.

Zwei Wochen nach meiner Begegnung mit Jake machte ich Nägel mit Köpfen und gab meinen Job auf. Ich kündigte nicht; ich wachte einfach eines Morgens auf und beschloss, nicht mehr hinzugehen. Dann schaltete ich mein Handy aus, setzte mich an meinen Tisch – eigentlich war es gar kein richtiger Tisch, nur eine große Kiste mit einer Zebrastreifendecke darüber – und schrieb drauflos. Drei Tage lang. Alles, was dabei herauskam, war eine wutentbrannte Tirade gegen meine Mutter, die aus achthundert Wörtern bestand. Doch immerhin, es war ein Anfang. Ich schickte mein Werk kurz entschlossen an die Stiftung für junge Autorinnen und Autoren, die Kurse für Nachwuchstalente auf diversen alten Landsitzen in Devon, Yorkshire, Derbyshire und Northumberland veranstaltete. Ich rechnete mir allerdings keine großen Chancen aus. Der Kurs, für den ich mich bewarb, war sehr begehrt: die Schreibwerkstatt für Fortgeschrittene. Man musste wirklich ziemlich gut sein, um einen Platz zu ergattern. Und das Ganze kostete auch noch 650 Pfund. Den Antrag für ein Stipendium schickte ich gleich mit.

Der Kurs sollte im Mai stattfinden. Inzwischen war Ende April, und ich hatte noch immer nichts gehört. Das konnte wohl nur heißen, dass es nicht geklappt hatte.

Ich stieg aus der Dusche, wickelte mir ein feuchtes, muffiges Handtuch um und ging zurück ins Schlafzimmer, um mich anzuziehen. Jake schlief immer noch, also veranstaltete ich möglichst viel Lärm, um ihn aufzuwecken. Er hatte um Viertel nach eins einen Termin beim Arbeitsamt, und wenn er den versäumte, kassierte er einen Verweis und bekam kein Geld mehr. Dieser Zwanzig-Minuten-Termin, zu dem er alle zwei Wochen erscheinen musste, war seine einzige Verpflichtung – und trotzdem schaffte er es jedes Mal nur mit Ach und Krach, dort aufzuschlagen.

Jake war ein sogenannter Langzeitarbeitsloser. Einmal hatte ich ihn zum Amt begleitet. Als die Sachbearbeiterin Jakes Sozialversicherungsnummer in den Computer eingab, leuchtete auf dem Bildschirm ein roter Kasten auf: »Diese Person ist seit fünfzehn Jahren arbeitslos.« Ein Nichtsnutz. Ein Zeitverschwender, ein Geldverschwender. Einer, der sein Potenzial vergeudete. Aber ich fand, dass er Talent besaß, ein Talent jenseits der Norm, das Förderung verdiente.

Jake war inzwischen sechsunddreißig; ich war fünfundzwanzig. Seit wir zusammen waren, redeten wir immer wieder darüber, dass wir uns engagieren wollten: füreinander, für unsere Zukunft als Künstler, dafür, uns zusammen ein gutes Leben aufzubauen. Bislang hatte er sein Vorhaben, ein erfolgreicher Maler zu werden, allerdings nicht in die Tat umgesetzt. Er hatte noch immer nichts für eine Ausstellung, abgesehen von dem Bild, das kurz vor unserer Begegnung fertig geworden war.

Er rührte sich nicht, als ich geräuschvoll durchs Zimmer ging, Sachen von Kleiderbügeln nahm, Tassen voller Kaffeesatz einsammelte und meine Flasche mit Feuchtigkeitslotion gegen das Regal schepperte. Ich warf ihm einen angewiderten Blick zu. Jake war fleischgewordener städtischer Verfall: Er war mit Zigarettenasche und Tabakkrümeln bedeckt, stank nach Schmutz und Schweiß, und neben ihm auf dem Boden lagen eine Tüte Gras und drei ausgeschnittene Fotos von nackten Frauen, natürlich gephotoshoppt, die ihm als Wichsvorlage dienten, wenn ich keine Lust auf Sex hatte.

Ich ging runter in die Küche. Maria war gerade dabei, ein Arrangement aus Roter Bete und Koriander zu fotografieren. »Das ist für das neue vegetarische Restaurant in der Ship Street«, erklärte sie. »Wenn ich denen ein paar Arbeitsproben zeige, engagieren sie mich vielleicht als Food-Fotografin. Ich könnte die Bilder für ihre Speisekarte machen.«

»Haben die so was nicht längst?«

Sie zuckte die Achseln. »Einen Versuch ist es wert. Wo steckt Jake denn?«

»Der schläft noch.«

»War ja klar. Auf dem Tisch liegt ein Brief für dich.«

Ich stöhnte innerlich. Wahrscheinlich wieder eine Mahnung wegen der Rechnung, die ich dem Mistkerl zu verdanken hatte, der mir vor zwei Jahren mein Handy geklaut und damit ein Vermögen vertelefoniert hatte, bevor es mir gelungen war, das Handy sperren zu lassen. Das war die einzige Art von Post, die ich bekam.

Ich goss mir kalten Kaffee aus Marias Maschine ein und stellte die Tasse in die Mikrowelle.

Maria schlang sich die Kameratasche um. Beim Hinausgehen sagte sie: »Erinnere Jake daran, dass er mir noch seinen Anteil an der Stromrechnung schuldet. Ich besorg erst dann wieder Bier, wenn er mit der Kohle rausrückt.«

Ich nickte, dann wandte ich mich dem Brief zu. Er war von der Stiftung für junge Autorinnen und Autoren. Ich hatte Jakes Adresse angegeben, weil ich ohnehin nie bei mir zu Hause war. Ich wappnete mich für eine höfliche Mitteilung, dass es diesmal leider nicht geklappt hätte, aber vielleicht beim nächsten Mal, und ob ich vielleicht an einem der anderen Kurse interessiert sei, die allerdings 2000 Pfund mehr kosteten, weil Teilnehmende, die so minderbemittelt waren wie ich, einer besonders intensiven Förderung bedurften.

Doch weit gefehlt: Mir wurde mitgeteilt, dass man sich freue, mir einen Platz in dem Kurs anzubieten, inklusive Stipendium und Verpflegung. Die Dozentin sei die berühmte Bo Luxton, und man empfehle mir, vor Beginn des Kurses ein paar ihrer Bücher zu lesen.

Ich war so geschockt, dass ich den Brief ein weiteres Mal in Zeitlupe lesen musste. Dann schnappte ich mir meine Jacke vom Sofa und ging zu City Books um die Ecke. Von Bo Luxton hatte ich zwar schon gehört, aber noch nichts von ihr gelesen.

Die Türglocke klingelte, als ich eintrat. Die Frau hinter der Theke sah auf.

»Haben Sie irgendetwas von Bo Luxton?«, fragte ich sie.

»Ihr neuestes Buch ist gerade erschienen«, antwortete sie und führte mich zum Ausstellungstisch in der Mitte des Ladens.

Die Schwester des Dichters. Ich las den Klappentext. »1800. Ihrem Bruder William zuliebe verzichtet Dorothy Wordsworth auf Heirat und Familie. Sie umsorgt ihn und führt seinen Haushalt in Grasmere, während er Meisterwerke der Dichtkunst verfasst. William kommt ohne sie nicht zurecht, doch eines Tages verlobt er sich mit Mary, einer gemeinsamen Freundin aus Kindertagen. Wie wird Dorothy diesen Verlust verkraften, und was steckt tatsächlich hinter der seltsam innigen Geschwisterliebe, die in der Bevölkerung als ›unnatürlich und verdorben‹ gilt?«

Ich kaufte das Buch und ging wieder hinaus.

Statt zu Jake zurückzukehren, spazierte ich zu meiner eigenen Bude am Brunswick Place. Ich war seit Wochen nicht mehr dort gewesen, denn ich hasste die deprimierende Einzimmerwohnung mit dem braunen Teppich, den schmierigen Wänden und der Kochecke mit dem rostigen Miniherd, der kaum funktionierte. Und den Stromzähler, der gierig meine Münzen schluckte, bis ich keine mehr hatte und im Dunkeln sitzen musste, hasste ich ebenfalls.

Aber immerhin hatte ich dort meine Ruhe. Niemand besuchte mich dort.

Ich kroch ins Bett und schlug das Buch auf. Zuerst las ich die Widmung: »Für Lola und Maggie.« Dann blätterte ich weiter zum Anfang:

»Endlich war ich wieder draußen im Garten, mit meinem Bruder. Der letzte Schnee war verschwunden, und überall im Gras sprossen Narzissen, die mit ihren Blüten die letzten Sonnenstrahlen des Tages auffingen.«

Ich las weiter, und erst nach fünfzig Seiten ließ ich das Buch wieder sinken. Ich beneidete die Autorin um diese lyrische Schönheit. *Bo Luxton muss wirklich ein Engel sein*, dachte ich. Sonst hätte sie solche Sätze niemals schreiben können. Ich war ganz begierig darauf, von ihr zu lernen, und hoffte, dass sie mich von der Rohheit meines eigenen Stils wegführen würde. »Die Japaner verbrennen ihre Toten immer.« Bam! Bam! Bam! Meine Sätze waren wütende Schläge.

Bo Luxton war anders. Ihre Sätze klangen ganz sanft. Sie schrieb bestimmt mit einer Feder.

Jetzt musste ich nur noch irgendwie das Geld für die Fahrt nach Northumberland auftreiben. In dem Brief stand, ich solle den Zug nach Alnmouth nehmen und von dort aus ein Taxi zum Dorf. Leider war ich völlig pleite. Seit ich meinen Bürojob hatte sausen lassen, arbeitete ich vier Vormittage pro Woche an einer Sprachschule. Der Schulleiter bezahlte mich in bar und meinte, falls jemand von der Behörde käme, solle ich mich als Praktikantin ausgeben. Das Geld reichte kaum für die Miete. Das Buch von Bo Luxton konnte ich mir eigentlich gar nicht leisten.

Ich rief bei der Bahn an und erkundigte mich nach Frühbucherangeboten. Hin und zurück 147 Pfund. Das ging auf gar keinen Fall.

Außer …

In meiner Schublade lag ja noch die Schachtel mit dem Armband, das meine Mutter mir zum achtzehnten Geburtstag geschenkt hatte, am Tag bevor sie …

Ich musste eine Weile in meiner Unterwäsche wühlen, bis ich die Schachtel mit dem Armband fand. Es sah teuer aus. Ich hatte es nie getragen.

Ich zog mir wieder die Jacke über, ließ das Armband in meine Tasche gleiten und machte mich auf den Weg zum Computerraum der Bücherei. Auf eBay würde ich das Ding bestimmt schnell loswerden. Das Ganze war allerdings nicht ohne. Meine Mutter steckte nämlich ebenfalls in einer Schachtel, die ich tief in meinem Inneren verstaut hatte. Früher kamen Gedanken an meine Mutter nur dann hoch, wenn irgendein Therapeut versuchte, in mein Unterbewusstsein vorzudringen (weshalb ich die Therapeutenbesuche schließlich auch sein ließ). Doch nun tauchte sie jedes Mal, wenn ich schrieb, aus der Versenkung auf. Ich war machtlos dagegen. Und wenn ich mich an sie erinnerte und daran, dass sie mich im Stich gelassen hatte und dass der Bruch zwischen uns nicht mehr zu kitten war, packte mich stundenlang die Wut.

Danach brauchte ich immer ein paar Tage, um mich zu erholen.

Ich hastete durch die Stadt, an Schnäppchenjägern, Touristen, Bettlern und Straßenkünstlern vorbei, den Blick hoffnungsvoll nach vorn gerichtet. Da sah ich sie plötzlich.

Sie stand an der Ecke Bond Street, einen Kaffeebecher in der Hand, und lächelte so liebevoll und mütterlich, dass es mir den Atem verschlug.

»Alice«, sagte sie und streckte mir die Hand entgegen. »Alice.«

Ich blieb einen Moment wie angewurzelt stehen. Dann ging ich langsam auf sie zu und streckte ihr ebenfalls die Hand entgegen.

Als sie verwirrt die Stirn runzelte, begriff ich, dass sie nicht Alice gesagt hatte, sondern einen anderen Namen. Sie hatte ein anderes Kind gemeint, ein kleines Mädchen.

Das kleine Mädchen nahm ihre Hand, und dann gingen sie zusammen weg, weg von mir, bis ich sie in der Menschenmenge aus den Augen verlor.

3

BO

Ich schrieb alles auf und hängte den Zettel an den Kühlschrank, damit Gus während meines Aufenthalts in Northumberland nichts vergaß. *Montag: Lola Ukulele-Club 18:00, Dienstag: Schwimmunterricht 16:00, Mittwoch: Maggie Theaterkurs, Keswick, 17:00, Donnerstag: Rechtschreibung üben, Freitag: Mathe-Hausaufgaben.*

Ich kam mir wie eine Diktatorin vor, aber Gus hatte wirklich keine Ahnung. Ihm war natürlich klar, dass die Mädels zur Schule mussten, und er kannte auch den Weg dorthin, doch ansonsten war er mit dem Leben seiner Töchter nicht vertraut. Ich war diejenige, die ihre Hobbys, Freundinnen und Nöte kannte und wusste, was gerade angesagt war, egal, ob Loom-Bänder, Shopkins oder Moon Balls. Gus war siebenundvierzig, als wir uns kennenlernten, und hatte bereits drei erwachsene Kinder aus zwei früheren Ehen. Er war davon ausgegangen, dass die Sache mit uns auf einen bedeutungslosen One-Night-Stand hinauslief, aber ich war fünfundzwanzig und wollte unbedingt heiraten. Seit ich mit fünfzehn aus dem uralten Wohnwagen meiner Eltern nach London abgehauen war, hatte ich mich allein durchgeschlagen. Ich hatte auf alle möglichen Arten Geld verdient und zwischendurch Gedichte und Kurzgeschichten geschrieben, die ich dann auf Open Mic Nights zum Besten gab. Irgendwann machte jemand mich auf eine Organisation aufmerksam, die ein Mentoring-Programm anbot. Erfahrene und bekannte Autoren nahmen junge, enthusiastische Talente wie mich, die viel zu sagen hatten, unter ihre Fittiche, ließen sie an ihrem Erfahrungsschatz teilhaben und katapultierten sie in schwindelerregende Höhen. Das war 1994. Damals gab es Stipendien für Leute wie mich. Ich bewarb mich und bekam eine Bestsellerautorin als Mentorin. Sie nahm sich meiner an, und zwei Jahre später durfte ich sie auf eine Lesereise begleiten und meine eigenen Texte vorlesen, unter anderem auf dem Hay Festival.

Dort war ich Gus begegnet. Er kam in seinem Anzug hereinspaziert, war völlig fehl am Platz, hörte mir beim Lesen zu und stellte anschließend Fragen. Er sagte, dass er in der Werbebranche arbeitete. Wir tauschten Telefonnummern aus.

Ich gab mich natürlich unnahbar, hatte ihn aber längst im Visier. Er sah gut aus, war umgänglich und hatte Geld. Außerdem war er schon älter und hatte zwei gescheiterte Ehen hinter sich. Er suchte nicht mehr nach einer tiefen emotionalen Verbundenheit oder nach der großen Liebe. Und ich ebenso wenig. Denn ich misstraute der Liebe und dem, was sie Menschen antat, und der Gedanke an ihre düsteren Abgründe, in denen Angst und Schrecken lauerten, jagte mir Schauer über den Rücken. Sie schien mir ohnehin nicht zu liegen. Gus war stabil und zuverlässig; ihm reichte ein normales, ruhiges Leben in einem normalen, ruhigen Zuhause. Er war genau das, was ich wollte.

Wir heirateten, als ich neunundzwanzig war – »Ja, warum eigentlich nicht«, sagte er, als ich es ihm vorschlug –, und drei Jahre später wurde Lola geboren. Ich musste ihn dazu drängen, Kinder zu bekommen. Er meinte, er sei zu alt und Kinder seien anstrengend. Man müsse jung sein, um mit ihnen mitzuhalten, ihnen im Supermarkt hinterherzulaufen, wenn sie davonrannten, und ihnen alles beizubringen, was nötig war, wie Radfahren, Fußball oder Tennis. Seine Zeit als Vater liege hinter ihm.

Doch ich ließ nicht locker, und als sie schließlich auf die Welt kamen, war er glücklich. Im Kreißsaal brach er nach Lolas Geburt sogar in Tränen aus. Sein Alter war plötzlich gar kein Problem mehr. Die unerwartete Chance, endlich der Vater zu sein, der er gern schon bei seinen anderen Kindern gewesen wäre, gab ihm neuen Auftrieb.

Nach Maggie war allerdings Schluss. Noch mehr Kinder wollte er auf keinen Fall. Trotzdem versuchte ich manchmal, ihn umzustimmen. Erst eine Woche zuvor hatte der Gemeinderat ein Inserat in der Lokalzeitung veröffentlicht: Gesucht wurden anständige Bürgerinnen und Bürger als Pflegeeltern für Kinder, die auf ihre Adoption warteten. Ich las Gus die Anzeige vor. »Was meinst du?«, fragte ich.

»Ich denke, wir haben schon genug zu tun und sollten nicht auch noch versuchen, alle Waisenkinder der Welt zu retten.«

»Es wären ja gar nicht alle. Nur ein oder zwei, für eine begrenzte Zeit.«

Er schüttelte den Kopf. »Wir haben unsere eigenen Kinder«, sagte er dann. »Wir dürfen nicht das Risiko eingehen, ihnen zu schaden, indem wir ihren Alltag fremden Kindern zuliebe auf den Kopf stellen. Unsere wichtigste Aufgabe besteht nun mal darin, dafür zu sorgen, dass es unseren Töchtern gut geht und dass sie behütet aufwachsen.«

Ich ließ das Thema fürs Erste fallen. Gus hielt mich für verrückt, und in gewisser Weise hatte er sogar recht. Meine Schwäche für die ungeliebten Kinder dieser Welt war vermutlich nicht ganz normal. Woher sie kam, war mir durchaus bewusst, doch es hatte keinen Zweck, zurückzuschauen und in alten Erinnerungen zu wühlen. Es war besser, im Hier und Jetzt zu leben.

Ich hörte Gus' Schritte im Flur, dann ging die Küchentür auf. »Morgen«, sagte er.

Der Küchentisch war mit Manuskripten der Kursteilnehmer bedeckt, die ich in der kommenden Woche unterrichten sollte. »Kann ich ein paar davon beiseiteräumen?«, fragte Gus.

»Leg sie einfach auf den Boden. Ich bring sie gleich zum Auto.«

»Du fährst doch erst Montag.«

»Ja, aber im Arbeitszimmer habe ich keinen Platz dafür.«

Er blätterte eins der Manuskripte durch. »Und? Was Gutes dabei dieses Jahr?«

»Das Übliche«, sagte ich. »Morde, Drogenrazzien, Dystopien, feministischer Protest. Aber ein Text gefällt mir richtig gut.«

»Tatsächlich?«

»Ja. Hier, schau mal. Alice Dark.«

»Das hier? ›Letzte Worte‹?«

»Ja.«

Er überflog es. »Hm, klingt ziemlich verstörend«, sagte er.

»Ja, aber es ist gut. Findest du nicht?«

»Ganz schön brutal.«

»Aber es steckt so viel Angst und Wut darin, und so viel Sehnsucht. Sehnsucht danach, dass alles wieder gut wird.«

Gus schwieg.

Alice Darks Text brachte mich immer noch zum Nachdenken. Es kam selten vor, dass Bewerbungen mich dermaßen beeindruckten. Ihr Text hatte tief in meinem Innern eine Saite zum Schwingen gebracht, an einem Ort, den ich eigentlich lieber mied. Doch zugleich war ich fasziniert. Der Schreibstil gefiel mir, und ich wollte seine Urheberin kennenlernen. Alice Dark war jung und verletzlich. Bestimmt brauchte sie jemanden, der sich um sie kümmerte. Ich verspürte den Drang, sie an die Hand zu nehmen und auf einen guten Weg zu führen.

»Ich finde, diese junge Autorin braucht Unterstützung«, sagte ich.

Gus lächelte. »Dir ist mal wieder ein streunendes Kätzchen über den Weg gelaufen«, sagte er nachsichtig, als sei mein Helfersyndrom eine liebenswürdige Macke. »Pass diesmal aber auf.«

Ich schnaubte und wandte mich dem Kühlschrank zu. »Willst du was zu Mittag essen? Ich wollte Suppe aus den Kürbisresten machen.«

»Nein, danke. Ich hole mir später was.«

Gus' Tagesablauf war genau festgelegt. Vormittags las er Bücher, dann genehmigte er sich ein Sandwich zu den Mittagsnachrichten, und die Nachmittage verbrachte er mit der Gehirnjogging-App seines iPads. Währenddessen zog ich mich in mein Arbeitszimmer zurück und schrieb oder recherchierte. Abends aßen wir dann zusammen und tranken ein Gläschen

Wein. So verlief unser Leben, seit Gus in Rente gegangen war. Die Tage waren lang, und wir verbrachten viel mehr Zeit zusammen als früher. Doch es funktionierte. Und es war genau das, was ich brauchte. Wenn er mich ständig in Beschlag genommen hätte, wäre ich gar nicht zum Arbeiten gekommen. Unser Leben war ruhig und gewöhnlich – so, wie ich es mir immer gewünscht hatte.

* * *

Um halb drei machte ich mich auf den Weg, um die Mädels von der Schule abzuholen. Gus hatte die Post noch gar nicht geholt. Normalerweise erledigte er das direkt nach dem Frühstück und gab mir nur die Briefe, die ich brauchte. Alles andere, mit dem ich seiner Meinung nach nicht klarkommen würde, warf er weg. Ich war mir nicht sicher, was davon er las, aber ich hatte den Verdacht, dass manche Dinge nie bis zu mir durchdrangen.

Als ich an dem kleinen roten Briefkasten am Ende unserer Auffahrt vorbeikam, blieb ich stehen und spähte hinein. Im Dunkeln konnte ich drei oder vier Umschläge erkennen, die Schrift darauf allerdings nicht. Ich wartete noch immer auf den Vertrag für mein neues Buch. Gus würde den Briefkasten sicher geleert haben, wenn ich wieder zurückkam.

Ich ging weiter und folgte dem Pfad am Wildbach entlang, dessen rauschende Fluten über schroffe Gebirgsfelsen zum Fluss hinabstürzten, der sich unten im Tal durch die Wiesen schlängelte.

Niemand konnte hier unglücklich sein. In der Natur gab es nichts Hässliches. Das Hässliche hatten die Menschen in die Welt gesetzt: Es war in den Städten mit ihren Fabriken, deren dunkler Rauch die Luft verpestete, in den grauen Himmeln, die sich in schwarze Flüsse ergossen, im Smog und in all der Zerstörung.

Unter dem gelbgrünen Laubdach der Buchen wanderte ich

an uralten bemoosten Felsen vorbei, die der tosenden Gischt des Wasserfalls trotzten. Ich hatte auch deshalb hierherziehen wollen, weil solche Wanderungen mich nicht nur durch die Natur, sondern auch durch meine eigene Gedankenlandschaft führten. Beim Wandern konnte ich am besten über meine Arbeit nachdenken und kam auf die meisten Ideen.

Am Fuße des Berges lichtete sich der Laubwald. Ich trat aus dem Schatten und ging die Steintreppe hinunter, die zur Dorfschule führte. Der Schulhof hatte sich bereits gefüllt. Ich sprach kurz mit ein paar anderen Müttern, während ich darauf wartete, dass die Lehrerinnen ihre Klassen aus dem Gebäude führten.

Maggie kam zuerst heraus, in ihrem roten Karokleid. Ein Kniestrumpf saß noch ordentlich, der andere war heruntergerutscht. Sie ging gebeugt unter dem Gewicht ihres Ranzens, und die Haare fielen ihr ins Gesicht. Als sie mich sah, winkte sie mir zu und lächelte. Ich erwiderte ihr Lächeln, und als die Lehrerin sie gehen ließ, lief sie zu mir herüber und warf sich mir in die Arme. Ich umarmte sie ebenfalls, dann nahm ich ihr den Ranzen ab, strich ihr übers Haar und zog ihr die Strümpfe hoch. »Wie war's?«, fragte ich.

»Langweilig«, sage Maggie und rümpfte die Nase. »Wir mussten die Sechserreihe üben, und die mag ich nicht.«

»Die ist auch ganz schön schwer«, sagte ich lächelnd.

Maggie nahm meine Hand. Dann erschien Lola, und das Ritual ging von vorn los.

Die beiden freuten sich immer so, mich zu sehen. Doch in das Glücksgefühl, das ich dabei empfand, mischte sich stets eine Spur von Bedauern, denn wie lange würde es noch so weitergehen? Wie viel Zeit blieb mir noch, bis sie mich nur noch als Last empfanden, als meckernde Alte, die ihnen mit den Hausaufgaben auf die Nerven ging und ihnen verbot, freitagabends nach Manchester in irgendwelche Clubs zu fahren?

Egal, dachte ich, als ich mir Lolas Ranzen ebenfalls über die Schulter schwang und ihre Hand nahm. Jetzt waren sie hier, und sie waren meine Mädchen, acht und sechs Jahre alt, und ich hatte sie so weit gebracht – sie waren glücklich, gesund, gut versorgt und in Sicherheit.

Ich war nicht so wie meine Mutter. Ganz und gar nicht.

4

ALICE

Sonntagabend. Ich war im Schlafzimmer und packte. Jake lag auf der Matratze, Kopfhörer im Ohr. Mein Zug fuhr um sechs Uhr morgens von Brighton los, also musste ich spätestens um Viertel nach fünf aufstehen. Das war so gar nicht mein Ding. Um diese Uhrzeit kam ich vielleicht nach einer langen Nacht mal heim, aber ansonsten existierte sie für mich nicht. Eine grässliche Vorstellung, so früh aufzustehen. Unmöglich. Besser, ich machte einfach durch.

Jake wollte zu einer Party. Einer seiner Freunde hatte über dem Naturkostladen auf der Bond Street eine Dachgeschosswohnung und schmiss jeden Sonntagabend eine Party. Die sogenannte antikapitalistische Stammeszeremonie. Scheiß auf Montag. Lass deinen Job sausen. Schließ dich dem Hedonisten-Clan an. Sei gut drauf. Ich war ein paar Mal dort gewesen und fand es grauenhaft. Die Musik war zu laut, die Leute zu cool, die Bude stank nach Schweiß und dahinwelkender Jugend. Ich bekam jedes Mal Platzangst und ergriff die Flucht.

Ich hatte Anna eingeladen, mir bis zum Morgen Gesellschaft zu leisten. Anna war Polizeibeamtin im Schichtdienst. Am nächsten Tag hatte sie frei, also würde sie bis mindestens zwei Uhr mit mir zusammen trinken und reden. Anschließend konnte ich ja noch ein bisschen was schreiben und den Text mit nach Northumberland nehmen, um dort weiter daran zu arbeiten.

Jack nahm die Kopfhörer ab und setzte sich auf. »Hast du Schiss wegen dem Kurs?«

Ich drehte mich zu ihm um. »Ein bisschen schon. Wer will schon die Schlechteste sein? Davor hab ich Schiss – dass die anderen alle besser sind als ich.«

»Sind sie aber nicht«, sagte er.

»Irgendwo hab ich gelesen, dass nur alte Leute solche Kurse

machen. Kaum sind sie in Rente, texten sie die Welt mit Scheiße zu.«

Jake zuckte die Schultern. »Umso besser für dich. Und obendrein hast du den Vorteil, dass du im Gegensatz zu denen noch jede Menge Zeit hast, um richtig gut zu werden.«

Ich setzte mich neben ihn auf die Matratze. »Hör mal, wir haben ja schon darüber geredet, aber wenn ich von dem Kurs zurückkomme, will ich aus Brighton wegziehen. Hier gibt's einfach zu viel Ablenkung. Keiner von uns kriegt richtig was auf die Reihe. Wenn wir wirklich erfolgreich sein wollen, müssen wir uns endlich ranhalten!«

»Ja, ich weiß. Hast ja recht.«

»Ziehst du dann mit mir aufs Land?«

»Ich muss aber noch auf Partys gehen können. Ohne Partys und Musik kann ich nicht arbeiten. Das hilft mir beim Malen. Du weißt doch, dass meine Kunst viel mit Techno zu tun hat.«

Ich schwieg. Bei diesem Thema drehten wir uns nur im Kreis: Ich wollte in die Walachei ziehen, um ungestört arbeiten zu können; er wollte in der Stadt bleiben. Ich wollte erfolgreich sein und wusste, dass dafür ein gewisses Engagement nötig war; er wollte erfolgreich sein und dachte, er könne seine Arbeit irgendwie um alles andere herumbauen. Er stand total auf Partys und war fast jeden Abend in der Stadt unterwegs; ich dagegen fand Partys ätzend, wollte nie mit und konnte es nicht ertragen, wenn er um sechs Uhr morgens zurückkam und so high war, dass er mich für eine Schlange hielt und versuchte, mich mit dem Kopfkissen zu erschlagen.

»Wann wollte Anna kommen?«, fragte er.

»Gegen acht.«

»Dann schau ich, dass ich bis dahin die Biege mache. Sonst nimmt sie mich noch fest.«

»Sie nimmt dich nicht fest.«

»Sie ist 'ne Bullette. Wenn die sieht, was ich in meinen Schubladen gebunkert habe, führt sie mich gleich ab.«

»Sie würde ein Auge zudrücken.«

»Von wegen. Bullen sind Kontrollfreaks, die total darauf abfahren, Leuten eins reinzuwürgen.«

»Quatsch, es gibt auch welche, die total nett sind und Leute beschützen.«

»Bullen sind Bullen«, sagte Jake.

Damit meinte er, dass sie ihm zu spießig waren, zu sehr auf Regeln fixiert. Jake waren Regeln genauso zuwider wie Leute, die ihm einen Strick daraus drehen wollten, wenn er sich nicht an Regeln hielt.

»Und was hast du vor, wenn ich weg bin?«, fragte ich.

Er starrte mich verdutzt an. »Äh … das Übliche halt. Ich treff mich mit Adam, er ist gerade in der Stadt, und vielleicht mit meinem Bruder. Dienstag gibt's 'ne Party. Und Mittwoch geh ich vielleicht ins Joint. Weiß noch nicht.« Er zuckte die Schultern. »Mal sehen, was die Woche so bringt.«

Arbeit kam in seinem Plan also nicht vor. Sein Ziel, einer der weltbesten Maler zu werden, wirkte immer absurder.

Ich seufzte. »Alles klar.«

»Ich werd wohl auch versuchen, ein bisschen zu malen«, sagte er. »Vielleicht kommt ja was Gutes dabei raus. Für diese Galeristin.«

»Super«, sagte ich ohne eine Spur von Begeisterung. Das hatte er schon zu oft verkündet.

Da klingelte es an der Tür.

Jake sah mich argwöhnisch an. »Das ist garantiert die Bullette«, sagte er. »Ich nehm dann mal die Feuerleiter. Bis später!« Er drückte mir rasch einen Kuss auf den Mund, dann kletterte er aus dem Fenster auf das Flachdach und über die Sprossen hinunter auf die Straße.

Tschüss, Jake, dachte ich. *Bis in einer Woche.*

Ich lief nach unten und öffnete die Haustür. Es war tatsächlich Anna. Sie trug schwarze Röhrenjeans, ein Neckholder-Top in leuchtendem Pink und eine Lederjacke.

»Wow«, sagte ich und musterte sie bewundernd. »Wenn ich eine kriminelle Ader hätte, würde ich sofort jemanden ausrauben, nur um von dir verhört zu werden.«

»Danke, Süße«, sagte Anna, kam herein und drückte mir eine Flasche Rotwein in die Hand. »Wann musst du los?«

»Um fünf.«

»Super. Dann haben wir ja jede Menge Zeit.«

Sie nahm auf dem Sofa Platz, ich füllte Kettle Chips in eine Schüssel, goss uns zwei Gläser Wein ein und setzte mich zu ihr. Schweigend zündeten wir uns Zigaretten an. Dann sagte Anna: »Gibt's was Neues? Was für einen Kurs machst du da eigentlich?«

»Eine Schreibwerkstatt«, antwortete ich. »Sie wird von einer Autorin geleitet. Wir sollen was schreiben, und sie sagt uns dann, was wir besser machen können oder so. Keine Ahnung, was genau auf dem Programm steht, aber ich habe beschlossen, dass es mein Leben ändern wird. Das wird die entscheidende Wende, bei der sich Alice, die Loserin, in Alice, die Starautorin, verwandelt. Ich werde so richtig durchstarten.«

»Toll!«, sagte Anne. »Du wirst bestimmt die Beyoncé der Literatur! Und, wie geht's Jake?«

Ich seufzte. »So wie immer.«

»Was genau heißt das?«

»Er ist ein süßer, liebenswerter Träumer, aber leider ein totaler Nichtsnutz.«

»Bist du sicher?«

»Absolut.«

»Aber ... «

»Hör mal, lass uns lieber trinken, anstatt darüber zu reden. Das war gemein von mir. Er ist kein totaler Nichtsnutz. Er hat Talent und ein gutes Herz.«

»Und wo steckt er gerade?«

»Bei einer antikapitalistischen Scheiß-auf-Montagmorgen-Party.«

»Oh, ein echter Revoluzzer. Damit wird er garantiert die Welt verändern.«

»Ganz bestimmt.«

Ich lehnte mich zurück und zog an meiner Zigarette. Anna und ich kannten uns von der York. Statt mit achtzehn hatte sie erst mit sechsundzwanzig angefangen zu studieren. Sie war mit einem Super-Abi von der Schule gegangen, hatte sich damals jedoch gegen ein Studium entschieden und lieber direkt bei der Polizei angefangen. Nach einigen Jahren hatte sie die Uni wenigstens mal ausprobieren wollen, doch zwei Semester später hörte sie wieder auf. »Für viele Leute ist es bestimmt genau das Richtige«, meinte sie. »Aber welchen Sinn soll das Ganze haben? Warum soll ich meine Zeit damit verschwenden, Aufsätze über die Elfen bei Shakespeare zu schreiben, wenn ich in dieser Zeit Frauen vor gewalttätigen Ehemännern schützen und Pädophile hinter Gitter bringen kann?« Also war sie wieder in den Polizeidienst zurückgekehrt. Als ich meinen Uniabschluss gemacht hatte und alle meine Kommilitonen wieder bei ihren Eltern eingezogen waren, hatte ich eine Weile bei Anna gewohnt und ihr meinen Anteil an der Miete in Form von selbst gebackenen Kuchen gezahlt.

Anna warf mir einen Blick zu und sagte: »Vielleicht begegnest du bei dem Kurs ja einem reichen Schriftsteller.«

»Soweit ich weiß, sind die meisten Schriftsteller arme Schlucker.«

»Nicht alle. J. K. Rowling ist stinkreich.«

»Die hat es allerdings kaum nötig, an einer Schreibwerkstatt für Fortgeschrittene teilzunehmen.«

»Dann fang doch eine Affäre mit dem Kursleiter an. Der ist bestimmt reich.«

»Der Kurs wird von einer Frau geleitet. Bo Luxton.«

»Verstehe«, sagte Anna. »Hör mal, kein Ding, wenn du nicht über Jake reden willst, aber wenn's am Geld liegt – also, wenn du nur deshalb noch hier bist, aber eigentlich lieber wegwillst, kannst du gern wieder bei mir einziehen. Kein Problem. Die ersten drei Monate kannst du mietfrei bei mir wohnen. Aber du müsstest dir einen Job suchen.«

»Ich habe einen Job.«

»Keinen richtigen. Jedenfalls keinen, mit dem du es dir leisten kannst, deinen Freund zu verlassen. Aber jeder braucht genug Kohle, um notfalls allein klarzukommen. Ernsthaft. Jeder.«

»Ach, du bist so klug, Anna. Bitte trink noch was, damit deine Gehirnzellen absterben.«

Wir wechselten das Thema und redeten, tranken und rauchten weiter, bis Anna kurz nach Mitternacht aufstand.

»Viel Spaß bei dem Kurs«, sagte sie. »Wenn du zurückkommst, bist du Bestsellerautorin und kannst dir ein Haus kaufen.«

»Na klar«, sagte ich.

Als sie weg war, holte ich mir etwas zu schreiben und notierte Metaphern und Sätze, die mir gefielen. Genau das war mein Problem. Ich war sehr gut im Beobachten und im Formulieren einzelner Sätze, aber für ein Buch reichte das nicht. Was die Handlung anging, hatte ich keine Idee. Ich war erst Mitte zwanzig. Ich hatte noch gar nicht richtig gelebt. Die einzige wirklich bedeutende Erfahrung war der Tod meiner Mutter gewesen, aber es gab schon genug Bücher, die vom Tod der eigenen Mutter handelten. Nicht gerade ein spektakuläres Thema.

Der Morgen rückte näher. Ich war müde und ein wenig genervt, aber ich freute mich auch. Ich überflog meine Notizen: ein heilloses Durcheinander, nichts, woraus man einfach etwas Gehaltvolles stricken konnte, aber sie waren da – die ersten Anzeichen dafür, dass sich etwas regte. Ich wusste nicht, was mich erwartete, aber tief in meinem Innern war ich mir absolut sicher, dass mein Leben sich ändern würde. Ich stand an einem entscheidenden Wendepunkt. Etwas Neues, Bedeutsames würde passieren.

5

BO

Northumberland war Neuland für mich. Als wir noch in Oxford gelebt hatten, war es mir zu stressig gewesen, mit den Mädchen Urlaub am Strand zu machen; auf Sonnenbrände, Mücken und andere Probleme konnte ich gut verzichten. Anstatt wie alle anderen nach Cornwall zu fahren, wichen wir in den Norden aus. Die Küste von Yorkshire, die Dales und den Lake District kannte ich daher schon, aber Northumberland lag außerhalb meines Radars. Es war natürlich aufgrund seiner Geschichte bekannt, aber die alten Römer mit ihren Wällen und Amphoren interessierten mich nicht. Außerdem war es mir dort zu kalt.

Was mich an Northumberland am meisten überraschte, war die Leere. Nach einem Dorf namens Wall hatte ich die Schnellstraße verlassen und war eine Weile durch eine wellige Heidelandschaft gefahren, die hier und da mit Felsen und Burgruinen gesprenkelt war, bis ich schließlich die raue Küste erreicht hatte – ein einsamer Flecken Erde von atemberaubender Schönheit.

Der Landsitz, wo der Kurs stattfinden sollte, befand sich drei Meilen außerhalb von Warkworth und war leicht zu finden: ein Herrenhaus aus dem sechzehnten Jahrhundert mit einer langen Auffahrt voller Schlaglöcher, die über Viehgitter, an Feldern und einem Privatsee vorbeiführte und dabei immer wieder einen weiten Blick aufs Meer bot.

Geleitet wurde das Haus von einem jungen Paar, das die Buchungen managte, die Betten machte und für alle Gäste stets ein strahlendes Lächeln aufsetzte. Kaum fuhr ich auf den Kiesparkplatz, wurde ich auch schon begrüßt.

»Bo!«, rief der junge Mann, als ich aus dem Auto stieg. Er kam auf mich zu und schüttelte mir begeistert die Hand. »Ich bin Dan. Freut mich sehr, Sie kennenzulernen!«

Er strahlte diese latente Promigeilheit aus, die mir häufig entgegenschlug, wenn ich neue Leute kennenlernte. Ich hatte mich noch immer nicht daran gewöhnt. Ich, Bo Luxton, Tochter von Landstreichern und praktisch ohne Bildung aufgewachsen, war zu einer Berühmtheit geworden – ein Umstand, der bei mir in erster Linie Unbehagen auslöste.

Ich lächelte höflich und erwiderte: »Vielen Dank. Ich freue mich schon sehr darauf, hier den Kurs zu geben.« In Wahrheit hatte ich jedoch gemischte Gefühle. Seit dem Drama mit Christian war ich nicht mehr als Dozentin tätig gewesen; ich wollte nie wieder unterrichten oder öffentlich auftreten. Doch irgendwann begriff ich, dass es nichts brachte, in der Opferrolle zu verharren und nur wegen eines einzigen Fans auf zusätzliche Tantiemen und andere Verdienstmöglichkeiten zu verzichten.

Abgesehen davon fiel es mir schwer, meine Töchter zurückzulassen. Mir war, als zöge jemand an der Nabelschnur, die mich noch immer mit ihnen verband: Diese unsichtbare Kraft brachte die beiden dazu, sich nach einem schlechten Tag bei mir auszuweinen, und mich hielt sie dazu an, stets in der Nähe meiner Kinder zu bleiben. Das alte Paradox der Mutterschaft: Ständig sehnte ich mich danach, Zeit für mich selbst zu haben, doch wenn ich sie dann hatte, hielt ich es nicht aus.

Dan nahm mir das Gepäck ab und zeigte mir mein Zimmer. Es befand sich im Dachgeschoss des Hauses und verfügte über ein eigenes Bad. Die Kursteilnehmer waren in der darunterliegenden Etage untergebracht und mussten sich das Bad teilen. Die Erfahrung hatte mich gelehrt, wie wichtig es war, Abstand zu wahren. Kursteilnehmer waren wie Parasiten. Manche waren so erpicht auf meine Bestätigung, dass sie sich kaum davon abhalten konnten, den Boden unter meinen Füßen zu küssen. Sie folgten mir überallhin im Bemühen, mir ein kurzes Gespräch unter vier Augen abzutrotzen. Sie wünschten sich verzweifelt, etwas Besonderes zu sein, hofften, dass ich sie beiseitenahm, ihnen tief in die Augen sah und ihnen versicherte: »Sie sind wirklich gut.« Die meisten Schriftsteller hatten als Kinder nicht genug Liebe bekommen, soviel stand fest.

»Einige Kursteilnehmer sind schon da«, sagte Dan. »Sie warten in der Lounge. Aber richten Sie sich erst einmal in Ruhe ein. Offizieller Beginn ist um fünf. Das Übliche: Besprechung der Essenszeiten, Spüldienst, Mülltrennung und so weiter. Dann folgt ein gemeinsames Abendessen, und anschließend sitzen alle zusammen, um sich gepflegt zu betrinken. Ihre Entscheidung, ob Sie daran teilnehmen möchten.«

Ich schüttelte den Kopf. »Nein, danke, ich bleibe lieber nüchtern.«

»Sehr weise«, sagte Dan und ließ mich allein.

Langsam packte ich aus. Dann sah ich auf mein Handy. Keine Nachricht von Lola oder Maggie. Auch nicht von Gus. Ihnen ging es gut. Für sie würde die Woche bestimmt im Nu verfliegen. Gus würde sich wie üblich um meine Post und meine E-Mails kümmern und aus der Ferne ein Auge auf mich haben. Und natürlich würde er den Mädels weder bei Mathe helfen noch sie zum Schwimmunterricht bringen. Die drei würden jeden Tag Fischstäbchen und Erdbeermarmelade futtern, Spaß zusammen haben und es genießen, eine Zeit lang von Hausaufgabenkontrolle und gesunder Ernährung verschont zu bleiben.

Irgendwann ging ich hinunter, um meine Kursteilnehmer zu begrüßen. Wie Dan gesagt hatte, warteten ein paar von ihnen schon in der Lounge, genauer gesagt fünf im Alter von Mitte vierzig bis siebzig. Als ich hereinkam, veränderte sich sofort die Stimmung; sie stupsten einander an, flüsterten »Da ist sie!«, dann wurde es still. Ich stöhnte innerlich. Es war jedes Mal aufs Neue eine Herausforderung für mich, wenn mein Erscheinen die Atmosphäre im Raum zu verändern schien und Leute viel Geld bezahlten, nur um mich kennenzulernen und mir ehrfürchtig zu lauschen, weil alles, was ich sagte, für sie von Bedeutung war. Weil ich in ihren Augen etwas Besonderes war.

Dabei hatte ich doch immer versucht, normal zu sein.

Ich räusperte mich und lächelte in der Hoffnung, normal und freundlich zu wirken. »Ich bin Bo Luxton«, sagte ich.

Einige verdrehten die Augen, als sei meine Vorstellung unnötig; sie wussten schließlich, wer ich war, hatten mich auf Buchcovern, auf Plakaten und im Fernsehen gesehen.

»Ich hoffe, wir verbringen eine inspirierende Woche zusammen und Sie werden mit dem Gefühl nach Hause fahren, dass es sich für Sie gelohnt hat.«

Dann hörte ich auf zu reden, nahm auf einem Sessel Platz und war froh, meinen vertrauten Fleecepulli auf der Haut zu spüren.

Eine Flasche Rotwein machte die Runde. Der Mutigere der beiden männlichen Kursteilnehmer fragte: »Bo?«

Ich schüttelte den Kopf. »Gibt es auch Wasser?«

Jemand sprang auf. »Ich hole welches. Stilles Wasser oder Sprudel?«

»Leitungswasser reicht völlig. Ich kann mir selbst welches holen, wenn mir jemand verrät, wo ich einen Wasserhahn und Gläser finde.«

Doch davon wollten sie nichts hören. Lieber wetteiferten sie um das große Privileg, Bo Luxton ein Glas Wasser zu bringen. Aber ich musste es ja nur eine Woche lang ertragen. Eigentlich brauchte ich mich nur zurückzulehnen und es zu genießen. Aber ich war schon immer der Ansicht gewesen, dass es etwas Entmenschlichendes hatte, wenn Leute einem das Bedürfnis absprachen, für sich selbst zu sorgen. Deshalb hatte ich in Oxford auch kein Au-pair-Mädchen eingestellt, obwohl alle meine Freunde eins hatten. Denn im Ernst: Was blieb von einem übrig, wenn man sich selbst kein Glas Wasser einschenken, kein Essen zubereiten und seinen Kindern nicht die Windeln wechseln konnte? Mal ganz davon abgesehen, dass sich daraus eine Obsession entwickeln konnte. So war es damals mit Christian gewesen. Er hatte mich zu einem übermenschlichen Wesen erhoben, zu einer Göttin, die er anbeten konnte.

Die Kursteilnehmer setzten ihre Unterhaltung fort. Sie klangen nun laut und aufgesetzt, weil sie unbedingt wollten, dass ich mitbekam, was sie erzählten: wo sie im Leben gerade standen, was sie sich von der kommenden Woche erhofften, wie wichtig das alles für sie war und welche Opfer sie beruflich und privat gebracht hatten, um an diesem Kurs teilnehmen zu können.

Dann kam noch eine Frau dazu. Sie war viel jünger als die anderen, höchstens Mitte zwanzig. Und sie war sehr hübsch. Sie hatte es darauf angelegt, Aufsehen zu erregen: dunkelbrauner, asymmetrischer Bob, Stiefel in leuchtendem Pink, schwarzer Mantel mit großer Stoffblume am Revers, Lipgloss und die Figur eine winzige Spur zu dünn.

Ich wusste sofort: Das war Alice. Eigentlich wirkte sie gar nicht wie eine Frau auf mich, eher wie ein Mädchen. Sie blieb im Türrahmen stehen, und als alle zu ihr aufsahen, sagte sie mit einem strahlenden Lächeln: »Tut mir leid, dass ich so spät dran bin. Die verdammte Bahn mal wieder.«

Die Männer rückten bereitwillig zur Seite, die Frauen nicht. Ben, ein ergrauender Mittfünfziger, stand sogar auf, doch sie wollte ihm nicht den Platz wegnehmen und ließ sich stattdessen elfengleich auf dem Boden nieder.

»Ich bin Alice«, sagte sie und schlang die Arme um die Knie. »Ich komme aus Brighton und bin seit sechs Uhr morgens unterwegs.«

»Da sind Sie aber früh aufgestanden«, sagte Ben.

»Ehrlich gesagt habe ich die Nacht durchgemacht. Ich konnte die Vorstellung nicht ertragen, dass um fünf der Wecker klingelt.«

Plötzlich erwachte in mir der Neid. Die Kraft und die Freiheit der Jugend: Alice war noch Lichtjahre davon entfernt, Schlaf als die einzig wahre Droge zu betrachten. Natürlich machte sie die Nächte durch. Schlaf stand ganz unten auf ihrer Prioritätenliste, weit hinter Tanzen, Essen und Sex.

Ich stand auf und gab ihr die Hand. »Ich bin Bo, die Kursleiterin«, sagte ich. »Das klingt ja, als hätten Sie eine üble Reise hinter sich.«

»Ich hab meinen Zug verpasst. Es war meine Schuld. Auf dem Bahnsteig fiel mir ein, dass ich keinen Stift dabeihatte, und dann dachte ich, wie unprofessionell das rüberkäme, ohne Stift bei der Schreibwerkstatt aufzutauchen. Also bin ich schnell los, um mir einen zu kaufen, aber die Warteschlange an der Kasse war echt lang, und dann fuhr der Zug ohne mich los. Ich hab einfach kein Zeitgefühl. Ich wundere mich immer, wie schnell die Zeit vergeht. Anscheinend ticke ich anders als der Rest der Welt.«

Ben warf ihr einen belustigten Blick zu. Alice wurde rot.

»Tut mir leid«, sagte sie. »Ich bin ein wenig aufgeregt. Wenn ich in einem Raum voller Leute bin, plappere ich einfach drauflos. Aber das Gute daran ist, dass Sie jetzt schon alles von mir wissen, also muss ich in der Vorstellungsrunde nichts mehr sagen. Gott sei Dank. Das ist sowieso nicht mein Ding.«

»Ja, Vorstellungsrunden sind wirklich nicht jedermanns Sache«, erwiderte ich. »Aber wo wir gerade beim Thema sind: Wollen wir unsere nicht gleich hinter uns bringen?«

Zustimmendes Gemurmel ertönte. Dann stellten sich alle nacheinander vor, nannten ihre Namen und fassten ihre Leben in drei Sätzen zusammen. Die meisten erzählten das Gleiche: Seit zwanzig Jahren steckten sie in ihrem Job fest, und auf einmal wurde ihnen klar, dass die Hälfte ihrer Zeit schon abgelaufen war und der Rest immer schneller verging. Sie mussten jetzt diesen Kurs machen, sonst wäre ihr Leben vorbei und alles, was sie der Menschheit hinterlassen würden, wäre ein zweiseitiger Lebenslauf, in dem stand, sie könnten gut mit Daten umgehen.

Dann kam Alice an die Reihe. »Ich bin hier, weil … na ja, weil ich unbedingt schreiben will. Ich kann einfach nichts anderes machen. Ich weiß, das klingt total krass, und ich verdamme mich damit zu ewiger Armut, aber es ist mir egal. Ein normales Leben halte ich einfach nicht aus.«

Ich sah Alice an. Sie meinte es wirklich ernst. Sie drohte tatsächlich vor Langeweile zu sterben. Sie barst nahezu vor unterdrückter Energie.

Jemand wie sie war mir noch nie begegnet. Abgesehen von mir selbst vielleicht, als ich in ihrem Alter war.

6

ALICE

Ich hatte richtig viel Spaß. Als ich ankam – natürlich zu spät, wie immer –, war ich noch unsicher, weil alle anderen mindestens doppelt so alt waren wie ich. Aber daran gewöhnte ich mich schnell. Eigentlich waren mir diese Leute sogar sympathisch, obwohl sie so normal wirkten. Sie hatten viel erlebt, und sie waren genauso verrückt nach Büchern wie ich. Außerdem tranken sie gern und viel. Diese ganzen Kennenlernspielchen waren ohnehin völlig überflüssig; der einzige Weg, für Teamgeist zu sorgen, bestand darin, sich gemeinsam volllaufen zu lassen (ich hatte auch mal versucht, das meinem Chef zu erklären, leider vergeblich).

Bo Luxton war genauso, wie ich sie mir vorgestellt hatte. Sie sah so aus, wie sie schrieb: sanft und sinnlich, wie ein Engel. Vielleicht kam es mir nur so vor, weil der Kurs in einem alten Landhaus mit Meerblick stattfand und wir viel über Poesie sprachen, aber für mich sah sie wirklich wie ein Engel aus. Es lag wohl an ihrem blassen, zarten Gesicht, das von schulterlangem Lockenhaar umrahmt wurde. Und jedes Mal, wenn sie sprach, fielen Perlen der Weisheit aus ihrem Mund.

Am liebsten hätte ich mich mal unter vier Augen mit ihr unterhalten, doch die anderen schwirrten wie Motten um sie herum. Ich hätte sie wegstoßen müssen, um auch nur bis auf einen Meter an Bo heranzukommen. Doch Bo schien sich in der Rolle der Angebeteten überhaupt nicht wohlzufühlen. Manchmal sah sie aus wie ein gehetztes Tier, das am liebsten die Flucht ergriffen hätte.

Also blieb ich für mich und verbrachte die Nachmittage schreibend in meinem Zimmer, im Garten oder in einer stillen Ecke der Lounge. Jake schickte mir jeden Tag gegen zwei, wenn er aufwachte, eine Nachricht: *Hi süße wie läufts vermisse dich hab neues bild angefangen wird fertig sein wenn du zurückkommst.*

Mittwoch hörte ich auf, ihm zu antworten. Mir war klar geworden, wie wenig uns verband. Er passte einfach nicht mehr zu mir, denn nun war ich von produktiven, wortgewandten Menschen umgeben, die etwas erreichen wollten und sich nicht ständig aufs Ohr legen mussten, um sich vom Alltagsstress zu erholen – davon, mal eben Milch zu kaufen, eine E-Mail zu schreiben oder eine neue Leinwand zu besorgen.

Ich musste endlich mit ihm Schluss machen. Sobald ich nach Brighton zurückkam. Ihn sofort deswegen anzurufen, war keine gute Idee. Er wäre viel zu bekifft; ohne Nachmittagsjoint ging bei ihm gar nichts. Ich seufzte. Besser, ich verdarb mir die Woche nicht.

Die Lounge war leer. Ich ließ mich auf einem Sessel nieder und vertiefte mich in die Notizen, die ich mir während des Kurses gemacht hatte. Bo hatte mir Tipps zu meiner Arbeit gegeben, und ich hatte jede ihrer Weisheiten mitgeschrieben. Meine Lieblingsweisheit lautete: *Alle Schriftsteller waren anfangs schlecht. Machen Sie einfach weiter, irgendwann werden Sie gut.*

Als ich still vor mich hin las, kam auf einmal Bo hereinspaziert.

Als sie mich sah, sagte sie hastig: »Oh, entschuldigen Sie bitte. Ich wollte Sie nicht stören. Ich wollte nur ein paar Minuten meine Ruhe haben.«

»Sie stören überhaupt nicht«, sagte ich. »Sie können sich gern dazusetzen.«

»Danke«, sagte Bo und nahm im Sessel gegenüber Platz.

Ich versuchte, weiterzulesen, aber ihre Anwesenheit lenkte mich ab.

»Und, bringt der Kurs Sie weiter?«, fragte sie nach einer Weile.

»Ja, auf jeden Fall«, sagte ich. »Er ist wirklich klasse. Und hier draußen auf dem Land zu sein, ist auch eine tolle Abwechslung. In Brighton, wo ich herkomme, gibt es nur zwei Jahreszeiten: die eine ist grau und kalt, die andere nicht ganz so schlimm. Aber wirklich kein Vergleich zu hier.«

Und so war es auch. In Brighton wurde es nach dem langen Winter allmählich wärmer, und der Himmel über dem Meer hellte sich ein wenig auf, aber ansonsten deuteten höchstens die einfallenden Touristen und Studenten auf einen Jahreszeitenwechsel hin, von den vielen Junggesellenabschieden an den Wochenenden ganz zu schweigen. Doch hier war ich geradezu geblendet vor lauter Frühlingsgrün. Jeden Morgen, wenn ich vor dem Frühstück spazieren ging und die blauen Hasenglöckchen unter den Birken sah, dachte ich: *Das habe ich mein ganzes Leben lang verpasst.*

»Ich habe unsere Entscheidung, aufs Land zu ziehen, nie bereut«, sagte Bo. »Es tut einfach gut, in der Natur zu leben. Ich habe ja die Theorie, dass es eigentlich gar nicht möglich ist, unglücklich zu sein, wenn man auf dem Land lebt. Schauen Sie sich in der Natur doch mal um. Dort gibt es nichts Hässliches. Nirgendwo. Hässlichkeit existiert nur dort, wo der Mensch die Landschaft verändert hat. In der Stadt sind wir von Beton, Industrie und Schmutz umgeben. Es tut den Menschen nicht gut, so zu leben. Es macht uns depressiv, und wir merken es noch nicht einmal. Das ist doch verrückt.«

Schon wieder eine Perle der Weisheit. Ob Bo wohl jemals Scheiße laberte, so wie ich?

»Wo sind Sie denn hingezogen?«, fragte ich. Wie das Alltagsleben von Promis wohl aussah? Ich konnte mir kaum vorstellen, dass sie zu Hause kochten, das Klo putzten oder andere banale Dinge taten. Promis standen auf einem Sockel, der so hoch über der realen Welt schwebte, dass sie wie Götter waren.

»In den Lake District, nach Grasmere«, sagte Bo. »Wir haben dort ein Haus in den Bergen. Meine beiden Töchter, unsere Katze und ich wohnen dort. Und mein Mann natürlich.«

Als ich mir das Leben dieser Frau vorstellte, hätte ich am liebsten sofort mit ihr getauscht: Ein eigenes Haus in den Bergen (bestimmt eine herrliche Villa), eine eigene Familie – und obendrein war sie auch noch unglaublich talentiert! Und sie wurde geliebt. Sie hatte diese Aura.

»Wow«, sagte ich. »Das hört sich toll an.«

»Ja. Wir sind wegen meines letztens Projekts dorthin gezogen, ein Roman über das Leben von Dorothy Wordsworth …«

»Ich habe ihn gelesen«, sagte ich. »Er hat mir sehr gefallen.«

»Danke.«

Bo verstand sich wirklich darauf, Komplimente in aller Bescheidenheit anzunehmen. Sie hatte es nicht nötig, sich an ihnen zu weiden. Wenn jemand ihr Bewunderung zollte, sagte sie einfach nur »Danke« und redete weiter.

»Es war wirklich eine Herausforderung, diesen Roman zu schreiben«, gestand sie.

»Warum?«

»Wenn man über das Leben einer realen Person schreiben will, kennt man die Fakten ja schon, also präsentiert sich die Story eigentlich auf dem Silbertablett. Das dachte ich jedenfalls. *Toll, ich muss mir gar keine Handlung ausdenken.* Aber das war natürlich ein Irrtum. Da ich die Fakten nicht außer Acht lassen wollte, war ich gezwungen, sie die ganze Zeit einzubauen, und das bedeutete letztendlich, dass der Roman gar keine eigene Dynamik entwickeln konnte. Deshalb war es eine Herausforderung, ihn zu schreiben – im Gegensatz zu meinen anderen Romanen, die fast wie von Zauberhand entstanden sind.«

Ich nickte. Wie es wohl war, ein Buch zu schreiben, das fast wie von Zauberhand entstand? So wie Bo das erzählte, war es kinderleicht.

»Das hat man Ihrem Roman aber nicht angemerkt«, sagte ich. »Ich habe beim Lesen jedenfalls nicht gedacht: *Ein tolles Buch, nur leider ist es nicht wie von Zauberhand entstanden.*«

Bo lachte. »Da bin ich aber froh.«

»Sie kriegen das bestimmt andauernd zu hören«, sagte ich,

»aber es hat mir echt gefallen, wie Sie über die Natur geschrieben haben …« Ich zögerte. Es fühlte sich seltsam an, jemandem so zu schmeicheln. Wie Arschkriecherei. »Es klang wirklich schön. So würde ich auch gern schreiben können. Bei mir klingt immer alles so grob.«

Bo lächelte und lehnte sich ein Stückchen vor. »Alice, ich sage das nicht oft zu Kursteilnehmern, denn die meisten sind Amateure, die nicht die geringste Chance bei Verlagen haben, aber als ich Ihren Text las, war ich auf Anhieb fasziniert. Ehrlich. Ich finde, Sie haben großes Talent. Glauben Sie mir. Ich würde es nicht sagen, wenn ich nicht davon überzeugt wäre.«

Ich zog die Nase kraus. »Ich finde den Text, den ich eingereicht habe, schrecklich. Darin hab ich doch nur Frust über meine Mutter abgeladen.«

Bo schüttelte den Kopf. »Über Mütter wird viel zu wenig geschrieben. Dabei spielen sie eine so wichtige Rolle. Väter natürlich auch, aber wir leben nun mal in einer Welt, die alles den Müttern abverlangt. Was wir mit unseren Müttern erleben, prägt uns fürs Leben, es bildet die Grundlage für all unsere künftigen Beziehungen, und wenn die Beziehung zu unserer Mutter schwierig war, kann es passieren, dass wir ein Leben lang unter den Folgen leiden.«

Ich schaute weg. Ich fühlte mich plötzlich verstanden, aber auch bloßgestellt.

»Ich könnte etwas frische Luft vertragen«, sagte Bo nach einer Weile. »Hätten Sie Lust auf einen Spaziergang? Dann könnten Sie mir erzählen, was Sie als Nächstes vorhaben. Das würde ich wirklich gerne wissen.«

Ich konnte es kaum glauben, aber Bo Luxton schien sich tatsächlich ernsthaft für mich zu interessieren. Es war mir noch nie passiert, dass jemand auf meine Pläne neugierig war. Schon gar nicht jemand wie sie.

»Okay«, sagte ich.

Wir gingen hinaus. Die Heidelandschaft und der See leuchteten in der Sonne. Dunkelgrüne Ahornbäume spiegelten sich im Wasser. Wir spazierten schweigend nebeneinanderher.

»Und was machen Sie so in Brighton?«, fragte Bo schließlich.

»Die meiste Zeit wohne ich bei meinem Freund. Er ist ein netter Kerl mit einem großen Herzen und viel Talent, aber leider ist er auch ein ziemlicher Nichtsnutz, und das färbt ab.«

»Und was macht er, während Sie weg sind?«

Ich zuckte die Schultern. »Tja, um diese Zeit schläft er wahrscheinlich noch.«

»Im Ernst?«

»Ja.« Ich seufzte. »Meine Freundin sagt mir schon seit Monaten, dass ich mit ihm Schluss machen soll, und sie hat recht. Eigentlich wollte ich ihn schon am Abend, als ich hierherkam, anrufen und es ihm sagen, damit er sich schon mal dran gewöhnen kann, aber dann konnte ich mich doch nicht dazu aufraffen.«

»Ich habe aber nicht den Eindruck, dass seine Nichtsnutzigkeit auf Sie abfärbt.«

»Das tut sie auch nicht. Inzwischen rege ich mich nur noch über ihn auf. Zuerst hab ich gar nicht kapiert, wie er wirklich ist. Ich dachte, er wäre ... anders. Unangepasst, aber trotzdem ehrgeizig. Als ich ihn kennenlernte, hab ich meinen Job geschmissen. Das war vermutlich idiotisch, aber ich wollte unbedingt Schriftstellerin werden. Und eigentlich will ich das immer noch, aber alle Leute, mit denen ich früher studiert habe, sind auf dem Karrieretrip, haben ein Auto, ein Haus ... Und ich versuche, mein Leben anders zu leben, und bin total pleite. Sie sagen zwar nie was, aber ich weiß trotzdem, dass sie mich für bescheuert halten. Manchmal komme ich mir vor, als hätte ich beim Uni-Theater mitgemacht und wäre vom Applaus so high geworden, dass ich alles stehen und liegen gelassen hätte, um nach Hollywood auszuwandern.«

Bo lachte. »Ihre Entscheidung war sicher richtig.«

»Wirklich? Ich weiß nicht. Das passierte kurz nach dem Tod meiner Mutter. Ich stand wohl ziemlich neben mir.«

»Das tut mir sehr leid, Alice. Es ist schlimm, seine Mutter schon so früh zu verlieren.«

Ich schüttelte den Kopf. »Ist schon okay. Wir standen uns sowieso nicht nah. Ich hatte sie seit Jahren nicht gesehen.«

Bo sagte nichts, schaute mich jedoch interessiert an, als wartete sie darauf, dass ich noch mehr erzählte.

»Es ist wirklich okay«, sagte ich.

»Da ist es ja mehr als verständlich, dass Sie Geschichten über Mütter schreiben.«

»Wenn Sie meinen.«

»War es … ich respektiere es natürlich, wenn Sie nicht darüber reden wollen … aber war es so, wie Sie es in Ihrem Text beschrieben haben?«

»Mehr oder weniger. Ihre letzten Worte zu mir waren ›mach es wieder gut‹.«

»Und was hat sie damit Ihrer Ansicht nach gemeint?«

»Dass ich mir einen netten Mann suchen, heiraten, Kinder kriegen, sie nicht schlagen und mich nicht scheiden lassen soll.«

»Tatsächlich?«

»Ja. Bis zu meinem elften Geburtstag habe ich bei ihr gewohnt, dann kam ich zu Pflegeeltern.«

»Oh. Da haben Sie sich aber fantastisch entwickelt.«

Ich lächelte. »Sie kennen mich doch erst seit drei Tagen.«

»Stimmt. Aber in diesen drei Tagen habe ich schon einen guten Eindruck von Ihnen gewonnen.«

»Jedenfalls kann ich mir überhaupt nicht vorstellen, zu heiraten. Meine längste Beziehung hat sechs Monate gehalten. Ich kriege es nicht besser hin.«

»Vielleicht sind Sie einfach noch nicht so weit.«

Ich zuckte mit den Achseln. »Vielleicht.« Auf einmal wurde mir ganz schwer ums Herz. Das mit Jake war zwar keine Katastrophe, so wie bei den anderen, aber trotzdem nicht das, was ich mir erhofft hatte. »Mal schauen. Wie alt sind Ihre beiden Kinder denn?«

»Lola ist acht und Maggie sechs.«

»Coole Namen.«

»Coole Mädels.«

»Vermissen Sie sie?«

»Ja, schon. Aber Mutter zu sein ist auch ganz schön anstrengend. Man wird ständig gefordert. Da tut eine Verschnaufpause zwischendurch richtig gut. Mal wieder Zeit für sich selbst zu haben, so wie früher.«

Ich nickte.

»Machen Sie das Beste aus Ihrer kinderlosen Zeit, Alice«, sagte Bo. »Das meine ich ernst. Sie werden nie wieder so viel Zeit haben. Sobald Sie Kinder bekommen, dreht sich alles nur noch um sie. Das ist natürlich in vielerlei Hinsicht wunderbar, aber das eigene Ich rutscht in der Prioritätenliste nach ganz unten. Viele Frauen verlieren dann den Kontakt zu sich selbst. Bauen Sie sich Ihre Karriere als Schriftstellerin auf, bevor Sie Kinder bekommen, dann haben Sie viel bessere Chancen, am Ball zu bleiben, wenn Sie erst einmal Mutter sind.«

»Ich glaube kaum, dass ich Kinder bekommen werde«, sagte ich.

»Mögen Sie Kinder denn nicht?«

»Doch, schon, aber ich wäre kaum in der Lage, eine gute Mutter zu sein.«

»So habe ich früher auch gedacht. Meine eigene Mutter ist ein wahrer Albtraum – vielleicht nicht ganz so schlimm wie Ihre, aber schlimm genug. Ich hatte ständig Angst, so zu werden wie sie. Aber ich habe gelernt, dass es nicht so kommen muss. Die Zukunft ist nicht in Stein gemeißelt, bloß weil man eine bestimmte Vergangenheit hat. Sie können Ihre Zukunft selbst gestalten. Und das werden Sie auch. Sie können die Mutter werden, die Sie sich selbst immer gewünscht haben.«

Ich warf Bo einen Blick zu. Wir unterhielten uns seit einer knappen halben Stunde, aber in dieser Zeit hatte sie es geschafft, meine Seele bloßzulegen. Das war irgendwie aufregend, aber auch Angst einflößend.

7

BO

Mir war bewusst, welche Wirkung ich auf diese junge Frau hatte. Ich achtete darauf, ihre Blicke zu erwidern, während wir uns unterhielten, und sie war völlig gebannt von mir, der älteren, weisen Schriftstellerin, die ihr versicherte, dass sie großes Talent besaß.

Wir waren unter uns; ein Vieraugengespräch war Teil des Kurses: fünfzehn Stunden Gruppenunterricht und ein halbstündiges persönliches Gespräch mit der Dozentin. Es war keine leichte Sache, unter solchen Umständen einen Kurs zu leiten und mit so vielen ehrgeizigen, empfindlichen Egos umzugehen. Alle hatten große Träume, aus denen jedoch so gut wie nie etwas wurde. Anfangs hatte ich mich moralisch verpflichtet gefühlt, die Kursteilnehmer vor den Tücken der Verlagswelt zu warnen. Aber sie wollten davon gar nichts hören. Sie wollten ihre Texte schreiben, sie einsenden und Millionen damit verdienen. Das war ihr großer Traum, und sie wollten ihn sich auf keinen Fall ausreden lassen, schon gar nicht von mir. Wenn ich es versuchte, nahmen sie es mir übel. Dann war ich in ihren Augen arrogant und überheblich, als wollte ich sagen: *Ich mag es ja geschafft haben, aber glaubt bloß nicht, dass euch das auch gelingt.*

Also warnte ich die Leute inzwischen nicht mehr. Stattdessen erzählte ich ihnen, was sie hören wollten, und schickte sie dann wieder weg, damit sie weiter träumen konnten. Nur wenn ich auf ein echtes Talent wie Alice stieß, sprach ich aus, was ich wirklich dachte. »Sie müssen weitermachen«, sagte ich und gab ihr ihren Text zurück. »Sie dürfen niemals aufgeben, selbst wenn Sie zehn Jahre lang schuften müssen, bis ein Verlag auf Sie aufmerksam wird.«

»Zehn Jahre? Im Ernst?«

»Es kann sogar noch länger dauern. Vor Ihnen liegt ein steiniger Weg, Alice, und Sie müssen lernen, sich nicht entmutigen zu lassen. Meiner Erfahrung nach macht man am besten einfach weiter und steckt Niederlagen weg, ohne sie persönlich zu nehmen. Leicht ist das allerdings nicht.«

»Okay«, sagte Alice.

Ich langte über den Schreibtisch nach Alice' Hand und berührte sie ganz leicht. »In Ihnen schlummert ein außergewöhnliches Talent, Alice«, sagte ich und meinte es auch so. »Ich kann es sehen. Aber ich mache mir Sorgen, dass Sie es nicht sehen wollen. Ohne Selbstvertrauen und Zielstrebigkeit werden Sie in dieser Welt keinen Erfolg haben. Sie müssen sich genau überlegen, was Sie erreichen wollen, und dafür sorgen, dass Sie Ihrem Ziel mit jedem Schritt näherkommen. Für Liebe bleibt da keine Zeit. Männer stehen Ihnen bloß im Weg. Erfolg werden Sie nur dann haben, wenn Sie sich voll und ganz auf Ihre Arbeit konzentrieren und nicht lockerlassen. Wenn Sie Sicherheit und Bequemlichkeit wollen, ziehen Sie mit jemandem zusammen oder heiraten Sie. Aber wenn Sie als Autorin Erfolg haben wollen, darf es nur eine einzige Leidenschaft für Sie geben: das Schreiben. Ich weiß, Sie können es schaffen.«

Alice wich meinem Blick aus, doch sie zog ihre Hand nicht weg. Ich hatte ihr nur positives Feedback zu ihrer Arbeit gegeben. Ich wollte, dass meine Botschaft bei ihr ankam. Ich wollte, dass sie mich mochte. Und ich wusste genau, was ich tun musste, um das zu erreichen.

Alice war fünfundzwanzig, genauso alt wie Willow. Wenn ich an sie dachte, spürte ich noch immer einen Stich im Herzen. Ich hatte geglaubt, sie loslassen zu können, als Lola und Maggie zur Welt kamen, doch es sollte nicht sein. Nach beiden Geburten weinte ich wochenlang um das Baby, das ich einst Willow genannt hatte.

Ich wandte meine Aufmerksamkeit wieder Alice zu. »Glauben Sie mir: Sie werden ein Star.«

Alice errötete. »Danke.«

Ich hielt weiter ihre Hand. Ich wusste, sie glaubte mir.

Die Welt stand ihr offen.

* * *

Alice hatte wirklich Starqualitäten. Sämtliche Herzen flogen ihr zu – sogar die Herzen der Frauen, die anfangs Abstand zu ihr halten wollten, weil sie jung war und ein Charisma besaß, von dem sie selbst nur träumen konnten. Alice war witzig, klug und bereicherte den einwöchigen Kurs mit ihrer einzigartigen Energie. Sie sorgte dafür, dass all die Mittfünfziger sich auf einmal wieder wie fünfundzwanzig fühlten. Und dafür waren sie ihr dankbar.

Doch ich machte mir Sorgen um Alice. Etwas in mir drängte danach, mich um sie zu kümmern. Doch dieser Drang würde verschwinden, sobald ich wieder in Grasmere bei Lola und Maggie war, gefangen im Hamsterrad des Alltags: Essen machen, die Mädels zur Schule bringen, Hausaufgaben, Gutenachtgeschichten … Vermutlich lag es daran, dass ich so weit von ihnen entfernt war. Die Mutter in mir sehnte sich verzweifelt nach einem Wesen, das sie umsorgen konnte. Am liebsten hätte ich Alice ein anständiges Bett zum Schlafen, gesundes Essen und all das besorgt, was sie zum Arbeiten brauchte. Danach hätte ich sie in die Welt hinausgeschubst, wo sie hingehörte. Die Kleine hatte es nicht verdient, in einer düsteren Einzimmerwohnung zu hausen, die sie sich kaum leisten konnte, und auch nicht bei ihrem Freund, dessen einzige gute Eigenschaft offenbar darin bestand, dass er sie nicht schlug.

Alice war zerbrechlich, das sah ich. Ich spürte, dass sie die Last einer schweren Vergangenheit mit sich trug. Sie war zwar noch nicht bereit, sich mir anzuvertrauen. Doch trotz ihrer schlimmen Erfahrungen schottete sie sich nicht vollkommen ab. Sie hatte sich ihre Naivität bewahren können, was sie umso liebenswerter machte. Sie war offen. Ich wusste, dass ich einen Zugang zu ihr finden konnte. Doch was würde das bei ihr freisetzen? Die gewaltige Trauer um ihre Mutter. Sie bräche mit voller Wucht aus ihr heraus. Und ich hatte weder die Kraft noch die Fähigkeit, sie einzudämmen.

Ich seufzte, als ich die Texte der Teilnehmer fürs Altpapier stapelte, dann raffte ich mich auf und ging zur Scheune hinüber, wo die anderen schon auf mich warteten. Es war der letzte Abend: eine Lesung, bei der die Teilnehmer zu viel tranken und ihre besten Arbeiten der Woche vorstellten. Bisher hatte ich mich abends immer zurückgezogen, statt mit Alice und den anderen zusammenzusitzen und Wein zu trinken. Einmal war Alice in der Scheune auf dem Sofa eingeschlafen, und morgens hatte jemand sie wecken und zum Kurs holen müssen. Sie war erstaunlich fit gewesen.

Eine der Teilnehmerinnen tanzte gerade, als ich hereinkam. Sie bewegte sich wie eine Stripperin. Ihr Buch handelte von einer Stripperin. Wahrscheinlich wäre sie selbst gern eine gewesen. Niemand schien imstande zu sein, einfach eine Idee aus der Luft zu greifen und sie in eine Geschichte zu verwandeln. Alle kreisten stets um ihr eigenes jämmerliches Dasein.

Ich nahm neben Alice Platz. Sie schaute mich mit hochgezogenen Augenbrauen an. *Was zum Teufel macht die da?,* fragte sie schweigend.

Peinlich, oder?, antwortete ich.

Die Frau hörte auf zu tanzen, und jemand schenkte Wein nach. Die Teilnehmer wechselten sich beim Vorlesen ab. Alice' Text war natürlich hervorragend. Die Kleine hatte wirklich keine Ahnung, wie gut sie war, und genau das war ihr Problem. Sie lief Gefahr, ihr Talent an das altbekannte Lebensmuster zu verlieren, das von Armut, Einsamkeit und nichtsnutzigen Männern beherrscht war, die ihr die Energie aussaugten wie hungrige Babys.

Nach unserem Spaziergang am Mittwoch hatten wir uns

noch mehrere Male unterhalten. Dabei war mir klar geworden, wie sehr ich das entspannte Zusammensein mit anderen Frauen vermisste; so wie damals in Oxford, als meine Töchter noch im Kindergarten waren. Der Lake District war wirklich sehr schön, aber leider auch sehr abgelegen.

Aber ich hatte ja Gus und die Mädchen.

Beim Skypen hatten sie verkündet, dass sie zur Feier meiner Rückkehr für mich kochen wollten.

»Wie lieb von euch«, sagte ich. »Und was kommt auf den Tisch?«

Sie antworteten gleichzeitig. Lola sagte: »Das soll eine Überraschung werden«, und Maggie rief: »Pfannkuchen!«

Dann verschwand Maggie kurz, und als sie zurückkam, hielt sie ein Kärtchen hoch, auf das sie in bunter Glitzerschrift »Wilkomen zuhause, Mummy« geschrieben hatte.

Ich konnte es kaum erwarten, sie wieder in die Arme zu schließen. Ich war schon viel zu lange weg gewesen.

Alice war mit dem Vorlesen fertig und nahm wieder Platz. Sie wirkte erleichtert, dass es vorbei war.

Ich tätschelte ihren Oberschenkel. »Sie waren klasse«, flüsterte ich.

Sie lächelte; ein aufrichtiges Lächeln, das von Herzen kam. Dann schenkte sie sich Wein nach und bot mir ebenfalls welchen an. Zusammen nippten wir uns durch die letzten zwei Lesungen und spendeten höflich Beifall. Dann erhob ich mich, um allen zu gratulieren und ihnen zu versichern, wie wunderbar die Woche mit ihnen gewesen war und wie viel Freude es mir gemacht hatte. Ich wünschte allen viel Erfolg und brachte meine Hoffnung zum Ausdruck, ihre Bücher schon bald in den Geschäften zu sehen. Dabei sah ich Alice an. *Sie sind gemeint. Hören Sie auf mich. Vergeuden Sie Ihr Talent nicht.*

Es war halb zehn. Ich griff nach meiner Tasche und machte Anstalten, zu gehen.

Da spürte ich eine Hand auf meinem Arm. »Bleiben Sie doch

noch«, sagte Alice. Sie rollte sich gerade einen Joint. »Das ist unser letzter Abend. Sie sollten mit uns feiern.«

Also blieb ich, ließ mir Wein nachschenken und hörte mir an, wie Ben Alice gestand, dass sein letzter Joint schon zwanzig Jahre her war. Er fragte sie, ob er mal ziehen dürfte. Sie stimmte natürlich zu. Vorsichtig nahm er den Joint entgegen; der Filter war mit ihrem Lipgloss verschmiert. Er hielt ihn sich an den Mund und zog daran. Er war total in Alice verknallt. Ein sechsundfünfzigjähriger verheirateter Familienvater. Am liebsten hätte ich ihn rausgeworfen. *Verschwinde, du notgeiler Streuner.*

So verging der Abend. Alle waren in bester Stimmung. Irgendwann zog ich Alice beiseite und ging mit ihr hinaus. Ich reichte ihr eine der Visitenkarten, die ich für meine letzte Lesetour hatte drucken lassen.

»Melden Sie sich«, sagte ich. »Und schreiben Sie weiter. Jeden Tag fünfhundert Wörter, okay? Und an den Wochenenden mailen Sie mir, was Sie geschafft haben, und dann schaue ich es mir an. Ich will Ihnen helfen, Alice. Mir hat damals keiner geholfen ...«

Alice nahm die Karte. Sie sah überrascht aus. »Danke«, sagte sie. »Ich ...«

Und plötzlich umarmte sie mich. Mir blieb vor Schreck die Luft weg. Ich war es nicht gewohnt, dass eine erwachsene Frau mich so fest an sich drückte. Normalerweise umarmten mich nur meine Töchter, aber sie waren noch klein, und ich war ihre Mutter.

Ich küsste sie zum Abschied auf die Wange. »Hat mich gefreut, Sie kennenzulernen, Alice«, sagte ich und meinte es wirklich so.

Als ich zu Bett ging, musste ich dauernd an sie denken. Dieses charismatische, brillante, zerbrechliche Mädchen ging mir regelrecht unter die Haut. Das war seit Jahren niemandem gelungen.

8

ALICE

Ich saß im Zug zurück nach Brighton. Wie es aussah, hatte ich eine Mentorin, aber warum? Was trieb diese wohlhabende, talentierte Bestsellerautorin namens Bo Luxton dazu, eine arme arbeitslose Versagerin namens Alice Dark unter ihre Fittiche zu nehmen? Nachdenklich betrachtete ich die Visitenkarte.

Bo Luxton
»The Riddlepit«, Nr Grasmere, Cumbria
Bo@BoLuxton.co.uk
07965 324762

Als ich am Morgen mit Ben und den anderen auf das Taxi zum Bahnhof wartete, verabschiedete sie sich von mir. Zuerst hielt sie Abstand, schaute mich an und wiederholte ihre Worte vom Vorabend: »Melden Sie sich.« Doch dann beugte sie sich vor und gab mir einen Kuss auf die Wange. Und als ich ihre Nähe spürte, ihren Duft, ihre Haut, die meine streifte, stockte mir der Atem.

Das ist Promigeilheit, schoss es mir durch den Kopf. Ich musste lachen. Ich war fünfundzwanzig und so aufgeregt wie eine Zwölfjährige mit einem Backstagepass für One Direction.

Genieß das Gefühl, dachte ich. *Genieß es, so lange es anhält.*

Denn es würde rasch verfliegen. Der Zug brachte mich fort aus dem kreativen Wunderland, zurück in mein stinknormales Leben. Meine Stimmung sank auf den Nullpunkt. Jake, der Nichtsnutz, wartete auf mich, schon halb besoffen vom Dosenbier, die dreckigen Klamotten mit Tabak vollgekrümelt. Allein die Vorstellung war zum Kotzen.

Der Zug fuhr in den Bahnhof ein. Ich stieg aus und ging hinunter zum Churchill Square und von dort aus weiter zur

Strandpromenade. Der Weg war zwar länger als der über die High Street, aber ich brauchte Zeit zum Nachdenken. Erwachsene Menschen wie Bo und Ben besaßen etwas Entscheidendes, das mir fehlte: das Gefühl, in der Welt verwurzelt zu sein. Und sie nahmen ihre Umgebung wahr. Sie waren in der Lage, jederzeit etwas über das Meer zu Papier zu bringen und dabei nicht in Klischees über Schiffe und blaue Wellen zu verfallen, sondern alle Details genau zu beschreiben. Wahrscheinlich waren sie sogar imstande, das Meer wirklich zu verstehen und daraus eine Vision zu erschaffen, die alle bisherigen Vorstellungen sprengte.

Ich dagegen tauchte nicht in meine Umgebung ein. Ich schwebte nur durch sie hindurch, ohne sie zu beachten. Meine Einzimmerwohnung zum Beispiel: Dort gab es lediglich ein Bett, eine Kiste, die als Tisch diente, und einen billigen Stoffkleiderschrank mit zwei Jeans, ein paar Oberteilen und einigen Überbleibseln aus meiner Zeit als Möchtegern-Clubberin. Alles fühlte sich so an, als sei es nur vorübergehend dort, als könne es im Handumdrehen abmontiert und woanders neu aufgebaut werden.

Ich musste endlich Wurzeln schlagen. Ich musste Jake verlassen, aus meiner winzigen Bude ausziehen und richtig Geld verdienen, damit ich mir endlich die Dinge leisten konnte, die einen als erwachsenen Menschen auszeichneten, zum Beispiel Slips, die zu meinen BHs passten, ein eigenes Auto und einen Wohnzimmerteppich.

An der Strandpromenade war viel los. Es war halb sechs. Die Mittagstrinker wurden allmählich von den Feierabendzechern abgelöst, während die Tagesausflügler aus Essex und Kent sich noch immer munter in die Shops unter den Arkaden drängten. Vor mir ragte das schwarze Skelett des West Pier in seiner ganzen morbiden Pracht aus dem Meer.

Ich rechnete fast damit, Jake über den Weg zu laufen. An sonnigen Tagen war er oft am Strand Richtung Hove. Dort konnte er besser herumhängen als an den Lanes, wo die Busse und Taxis ihm ihre Abgase ins Gesicht rülpsten und die leuchtenden Farben seiner Kunstwerke verqualmten.

Doch er war nirgends zu sehen. Ich beschloss, nicht erst zu mir, sondern direkt zu ihm zu gehen. Jake war bestimmt erst nachmittags aufgestanden und noch unterwegs (er führte ein Halbtags-, kein Ganztagsleben). Aber ich konnte ja auf ihn warten und solange mit Maria plaudern und später, wenn ich mit ihm Schluss gemacht hatte, zu mir gehen. Ich war fest entschlossen, Jake den Laufpass zu geben. Entweder ich trennte mich von ihm und fing endlich an zu leben, oder ich blieb mit ihm zusammen und ging zugrunde. Die Entscheidung war fast so schwer wie die zwischen Kapitalismus und Weltrettung.

Unterwegs überlegte ich, was ich ihm sagen wollte.

Du bist echt lieb, aber ich brauche jemanden, bei dem ich mich darauf verlassen kann, dass er sich nach einer Sauftour nicht in die Hose kackt.

Du brauchst eine Frau, die dich nicht nur bemuttern, sondern auch ficken will. Und ich will weder das eine noch das andere.

Ich weiß, es klingt albern, aber ich würde einfach gern mal mit Champagner und Austern verführt werden statt mit Dosenbier und Chips.

Wie sich herausstellte, war er zu Hause. Er stand in der Küche und schnippelte Gemüse mit der Präzision eines Herzchirurgen. Typisch Jake: Für zwei Möhren brauchte er eine halbe Stunde. Damit trieb er mich jedes Mal in den Wahnsinn.

Als ich hereinkam, sah er auf und strahlte mich an. »Hey, Süße«, sagte er, kam herüber und küsste mich. Seine Lippen schmeckten nur ganz schwach nach Gras.

»Hi.«

»War's gut?«

Ich nickte. »Ja, super.« Wie sonst sollte ich ihm vermitteln, wie die Woche gewesen war?

»Zur Feier koch ich was für dich. Willst du was trinken?« Er öffnete den Kühlschrank. »Hab nur Stella da.«

Ich zuckte mit den Achseln und setzte mich. »Passt schon.«

»Und, hast du was geschrieben?«

»Ja. Und ich hab tolle Leute kennengelernt.«

»Ja? Cool. Lad sie doch mal ein.«

Ich nahm einen großen Schluck Bier und seufzte. Er sah so zufrieden aus, wie er dastand und Auberginen schnipselte, glücklich, mich wieder bei sich zu haben, glücklich mit dem unkonventionellen Leben, das ich nicht länger mit ihm teilen wollte. Ich hatte noch nie mit jemandem Schluss gemacht. Ich hatte keine Ahnung, wie das ging; wie es sich anfühlte, jemandem gegenüberzustehen, der Qualen litt, und dabei zu wissen, dass man selbst der Grund dafür war.

Vielleicht würde ich das gar nicht fertigbringen.

Um elf hatte ich es noch immer nicht geschafft. Wir hatten die Auberginenpampe gegessen, uns zwei Joints geteilt und ein paar Dosen Stella getrunken. Und weil ich eine ganze Woche lang weg gewesen war und noch immer nicht mit ihm Schluss gemacht hatte, musste ich nun mit ihm ins Bett und den Wiedervereinigungssex über mich ergehen lassen.

Er machte sich ans Werk. Ich tat so, als sähe ich die Pornobilder nicht und auch nicht die zusammengeknüllten, nach Sperma stinkenden Taschentücher neben der Matratze, die penetrante Schäbigkeit des Zimmers. Bo hätte nie im Leben Wiedervereinigungssex in so einem Zimmer. Sie hätte ihn auf einem frischen, blütenweißen Laken, mit einem Mann, der nicht wie ein Schwein grunzte, ihre zarte Haut mit seinen Bartstoppeln zerkratzte und sie dazu brachte, zu keuchen, zu stöhnen, die Schenkel breit zu machen und sich ihm lustvoll entgegenzuwerfen …

Oh, Gott, dachte ich. Oh, Gott.

FRAUENGEFÄNGNIS IHRER MAJESTÄT

YORKSHIRE

Ich verstehe mich gut mit den Wärterinnen hier, aber sie erlauben mir trotzdem nicht, ihr zu schreiben. Sie haben den Richter gefragt, und der meinte, dass sie nichts von mir hören will, aber das glaube ich nicht. Sie würde bestimmt wissen wollen, was ich zu sagen habe. Wahrscheinlich hat er sie noch nicht einmal gefragt. Diese Vorgehensweise ist ihm wohl zu modern. Ich habe darüber gelesen. Es wird Wiedergutmachung genannt, wenn der Täter dem Opfer einen Brief schreibt, um sich zu entschuldigen und Reue zu zeigen. Ich selbst sehe mich allerdings gar nicht als Täterin; ich war damals nur etwas neben der Spur. Ich hatte gar nicht vorgehabt, sie so zu lieben, ganz von Sinnen zu sein vor Liebe. Aber wenn der Täter Reue zeigt, hat das eine nicht zu unterschätzende Wirkung; es trägt maßgeblich zur Heilung des Opfers bei.
Doch sie verbieten mir, ihr zu schreiben. Punkt.
Was soll's. Ich kann sowieso kaum einen Stift halten, meine Hände sind ganz kaputt von der Gartenarbeit. Sie haben mir zwar Handschuhe gegeben, aber billige. Die Gefangenen bekommen immer das Schlechteste. Manchen gefällt es hier trotzdem, weil sie zum ersten Mal in ihrem Leben ein festes Dach über dem Kopf und ausreichend zu essen haben. Es kümmert sie nicht, dass die gebackenen Bohnen grau und die Speckscheiben zu fett sind. Hauptsache, der Hunger wird gestillt.
Ich beklage mich nicht über den Zustand meiner Hände und werde es auch dann nicht tun, wenn ich hier rauskomme. In der Welt da draußen herrscht die Auffassung, anständige Handschuhe für Häftlinge zu beschaffen, stelle eine Verschwendung öffentlicher Gelder dar. Die Wärterinnen glauben vermutlich, dass die Hände von Kriminellen rauer sind als die Hände von

Nichtkriminellen und daher weniger Schutz benötigen. Aber das ist ein Irrtum, ein weiteres Beispiel dafür, was in dieser Welt grundsätzlich falsch läuft: Fast niemand ist imstande zu verstehen, dass andere Menschen genauso real sind wie man selbst. Aber leider ist hier kein Raum für solche Gedanken. Wenn ich meinen Aufenthalt überstehen will, muss ich mich ausschließlich auf mich selbst konzentrieren. Acht Monate habe ich schon geschafft. Insgesamt haben sie mir achtzehn aufgebrummt, aber wenn ich Glück habe, lassen sie mich schon nach einem Jahr wieder frei, weil ich still und gehorsam bin und weiß, wie ich mich zu benehmen habe. Wir sind hier in einem Frauengefängnis, und Frauen werden bei der Inhaftierung in andere Schubladen gesteckt als Männer. Hochgefährliche Männer kommen in Gefängnisse der Kategorie A, weniger gefährliche entweder in die Kategorie B oder C. Die restlichen haben Glück, sie kommen in den offenen Vollzug und dürfen am Wochenende ihre Familien besuchen, sofern man sicher sein kann, dass sie nicht die Flucht ergreifen.

Doch uns Frauen wird keine Gefährlichkeitsstufe zugeschrieben. Bei uns wird nur überlegt, ob wir in den offenen oder geschlossenen Vollzug kommen. Ich weiß nicht, warum das so ist, aber ich vermute, es liegt daran, dass die Welt nicht richtig wahrhaben will, dass Frauen auch gefährlich sein können. Keiner mag sich vorstellen, dass die Hand an der Wiege ein Messer gegen jemanden erheben könnte.

Aber ich bin nicht gefährlich. Es war nur Leidenschaft, weiter nichts. Eine Liebe, wie ich sie noch nie zuvor erlebt hatte.

ZWEITER TEIL

LIEBE

ALICE

1

Ich brachte es einfach nicht über mich. Ich war schon seit zwei Wochen aus Northumberland zurück, aber noch immer bei Jake, teilte noch immer die Matratze mit ihm, war noch immer seine Freundin. Jeden Morgen beim Aufwachen nahm ich mir vor, endlich mit ihm Schluss zu machen, und jeden Abend beim Zubettgehen hatte ich es wieder nicht geschafft. Die Erkenntnis, dass man das eigene Elend nur beenden konnte, indem man den anderen ins Elend stürzte, war hart, und abgesehen davon scheute ich den Konflikt. Ich hatte schon oft genug gesehen, was passierte, wenn Beziehungen in die Brüche gingen. Es dauerte Monate, den Scherbenhaufen wegzukehren.

Ich konzentrierte mich auf das Schreiben, wie ich es Bo versprochen hatte. Doch es war die reinste Qual. Mir fiel einfach keine richtige Geschichte ein. Alles, was ich zustande brachte, waren Beobachtungen über die Dummheit der Leute, aber das war eher Stoff für Facebook-Statusmeldungen als für einen Roman. Es war schon einige Jahre her, seit ich mir in den Kopf gesetzt hatte, Schriftstellerin zu werden. Irgendjemand hatte mal gesagt, ich gäbe eine gute Dichterin ab; vermutlich aufgrund meines Hangs zu düsteren Obsessionen. Doch vom Gedichteschreiben allein konnte man nicht leben. Nein, ich wollte lieber eine der führenden Autorinnen des einundzwanzigsten Jahrhunderts werden. Ich wollte feinsinnige, bedeutungsschwangere Texte über die Welt und die Menschen in ihr schreiben, und eines Tages würde man mir für meine bahnbrechenden und zukunftsweisenden Erkenntnisse über die Natur des Menschen den Nobelpreis verleihen.

»Schreib einfach, was die Leute lesen wollen«, sagte Jake. »Irgendwas über Sex, einen Mord und eine schöne Frau. Schreib doch über diese Frau, von der du so besessen warst.«

»Welche Frau?«

»Diese Dozentin an der York. Die Shakespeare-Frau.«

»Ich war nicht von ihr besessen. Ich habe sie nur bewundert. Ich war gern mit ihr zusammen.«

»Du hast andauernd von ihr geredet. Und ihr Briefe und so was geschickt.«

»Wahrscheinlich, weil du mir keine geistige Anregung bieten kannst, Jake.«

Das war gemein von mir, doch er lachte nur. »Ja, ich weiß. Ich bin nicht gut genug für eine Frau, die so intelligent ist wie du. Aber im Gegensatz zu dir und deinen Shakespeare liebenden Freunden weiß ich wenigstens, was die Leute lesen wollen.«

Er hatte recht. Ich wollte schließlich einen Bestseller landen.

Ich setzte mich aufs Bett und kritzelte ein paar Ideen in mein Notizbuch: »Kind wird vermisst. Vermutete Entführung. Später stellt sich heraus, dass es die Mutter war. Warum?«

Meine Figuren hatten nie Motive. Das war ein Problem.

Ich ließ meine Gedanken zu Bo wandern. Am Tag nach meiner Rückkehr war ich zum Computerraum der Bücherei spaziert, um ihr eine E-Mail zu schreiben.

Von: AlicetheEighth@gmail.com
Datum: 15. Mai 2015, 11:22
An: Bo@BoLuxton.co.uk
Betreff: Hallo

Hallo Bo,
bin wieder zurück in Brighton, bei meinem nichtsnutzigen Freund und meiner schäbigen Einzimmerwohnung. Ich vermisse alle aus dem Kurs und wünschte, wir wären noch zusammen. Es war ein Privileg, Sie kennenzulernen, Bo. Ich hoffe, Sie halten mich jetzt nicht für eine Schleimerin, aber ich glaube, Sie haben mein Leben verändert.
Alice

Ich las die E-Mail noch einmal durch und verzog das Gesicht. Sie klang total idiotisch. Bo machte nur ihren Job; es war gar nicht ihr Ziel, Leben zu verändern. Ich klickte die E-Mail weg, ohne sie abzusenden. Ich musste Bo hinter mir lassen. Sie war eine berühmte Autorin und längst wieder in ihrer tollen Villa in den Bergen, bei ihrer Familie. Unsere Wege würden sich nie wieder kreuzen. Eine Frau wie sie hatte keinen Grund, mit einer Frau wie mir befreundet zu sein. Und damit wäre das Thema eigentlich durch gewesen.

Wenn sie sich nicht am selben Tag gemeldet hätte. Northumberland war noch keine vierundzwanzig Stunden her. Als ich abends in mein Postfach sah, fand ich eine Nachricht von ihr:

Von: Bo@BoLuxton.co.uk
Datum: 15. Mai 2015, 21:43
An: AlicetheEighth@gmail.com
Betreff: Hallo

Hallo,
wie geht es Ihnen? Sind Sie wieder wohlbehalten in Brighton gelandet? Ich hoffe, Sie mussten nicht allzu oft umsteigen. Ich bin froh, wieder zu Hause bei meinen Töchtern zu sein, aber hier ist nichts los. Nachdem ich die beiden ins Bett gebracht hatte, ging ich noch eine Runde spazieren. Es war ein herrlicher Abend, die Sonne stand noch warm am Himmel, und ich wanderte Richtung Langdale. Es ist wunderschön dort. Von ganz oben kann man hinunter ins Tal auf den See bei Grasmere schauen, der wie ein glatter blauer Spiegel zwischen den Bergen liegt. Eine eigenartige Stille hing über dem Dorf, wie eine Glasglocke. Als wir damals in den Lake District zogen, hatte ich nach dieser Art von Stille gesucht, aber vorhin erschien sie mir plötzlich erstickend und bedrohlich, als müsste ich aufpassen, nicht von ihr verschlungen zu werden. Kennen Sie dieses Gefühl vielleicht?
Es lag bestimmt nur daran, dass ich die ganze Woche unter

Leuten war. Man braucht wohl eine Weile, wieder im Alltag anzukommen, wenn man so viele schöne und anregende Begegnungen hatte.
Wie auch immer, jedenfalls habe ich mich gefreut, Sie kennenzulernen. Ich finde, Sie sind eine sehr talentierte Schriftstellerin.
Und ich hoffe, Sie machen weiter.
Melden Sie sich (falls Sie keinen Kontakt halten wollen, sagen Sie es einfach!).
Liebe Grüße
Bo

Ich las die E-Mail mehrere Male. Einen Moment lang stieg Panik in mir hoch: Hatte ich die Nachricht mit der Bemerkung, dass Bo mein Leben verändert hatte, etwa doch abgeschickt? Hastig überprüfte ich meinen Gesendet-Ordner. Nein, hatte ich nicht. Gott sei Dank.

Dann las ich Bos Nachricht noch einmal. Sogar ihre E-Mails klangen wie Gedichte. Das war die schönste Nachricht, die ich je bekommen hatte. Aber sie klang auch traurig und einsam. Ihren Mann hatte sie gar nicht erwähnt, nur ihre Töchter, und statt mit ihrem Göttergatten bei einer gepflegten Flasche Wein zusammenzusitzen, wie es sich für ein gut situiertes Ehepaar gehörte, wanderte sie allein durch die Berge und schrieb mir anschließend eine Mail.

Auf einmal erschien sie mir wie eine tragische, geheimnisumwitterte Brontë-Heldin, die einsam durch die Berge zog und wartete, immerzu wartete.

* * *

Ich saß auf der Matratze und machte halbherzig Notizen für einen Roman, als Jake seine Absicht verkündete, feiern zu gehen.

»Es ist Sonntagnachmittag, Jake«, sagte ich.

»Na und? Gestern Abend meinte jemand, dass heute in Hove den ganzen Tag über Party ist. Seit heute Morgen um acht.«

Er meinte natürlich keine Grillparty, wo die Leute im Freien auf einer Wiese saßen und Prosecco tranken, sondern eine, die drinnen stattfand, bei geschlossenen Fenstern und zugezogenen Vorhängen. Es ging nämlich darum, die Sonne auszusperren, aus Protest gegen die ätzende Gewohnheit der Gesellschaft, sich das Leben von Tageslicht und Uhrzeit diktieren zu lassen. Dazu gab es stundenlang dröhnende Musik in stickiger, von Hitze, Schweiß und Zigarettenqualm geschwängerter Luft.

»Kommst du mit?«, fragte Jake.

Ich schüttelte den Kopf. »Ich muss arbeiten.«

Ich sah ihm nach, als er rausging. Er trug dieselbe Hose wie am Tag zuvor; sie war voller Bier- und Tabakflecken. Sein Anblick widerte mich an. Er würde nie ein berühmter Maler werden. Ich konnte nicht fassen, dass ich mir so lange etwas vorgemacht hatte. Er war so überzeugt davon, es zu schaffen, dass ich ihm einfach geglaubt hatte. Alles nur Illusion. Er war wirklich ein Nichtsnutz.

Ich packte meine Sachen und ging. Wenn er zurückkam, wollte ich nicht mehr da sein.

* * *

Auf dem Weg zu meiner Wohnung legte ich einen Zwischenstopp im Internetcafé ein, um nach meinen E-Mails zu sehen. Der Kurs war nun schon zwei Wochen her, aber Bo und ich hatten die Gewohnheit entwickelt, uns täglich eine Nachricht zu schicken. Nichts Besonderes, aber ich freute mich immer und konnte es inzwischen kaum erwarten, von ihr zu hören.

Diesmal gab es allerdings keine E-Mail von ihr. Dafür hatte sie ihren Facebook-Status aktualisiert:

»Die Frau an der Clinique-Theke hat mich doch tatsächlich dazu überredet, High Impact Curling Mascara zu kaufen. Sie meinte, das Zeug würde meine Wimpern zum Wachsen anregen. Natürlich bekam ich sofort Gewissensbisse. Ich war so mit meinem Buch beschäftigt, dass ich völlig vergessen habe, mich um meine Wimpern zu kümmern! Wie konnte ich sie nur dermaßen vernachlässigen.«

Ich klickte auf »Gefällt mir« und hinterließ folgenden Kommentar:

»Nur keine Panik. Der Wunsch zu wachsen muss von den Wimpern selbst kommen; man kann sie nicht zwingen. Aber man kann sie motivieren. Ich empfehle *Augenbrauen und die Kunst des sarkastischen Hochziehens*, den absoluten Klassiker zum Thema Gesichtshaar-Motivation.«

Das war natürlich total albern, aber ich fühlte mich direkt besser. Als ich das Internetcafé verließ, dachte ich: Ob ich Bo wohl je wiedersehe?

* * *

Eigentlich war ich diejenige, die Jake verlassen hatte, aber nach drei Tagen kam es mir eher so vor, als hätte er mich verlassen. Egal, zwischen uns war es aus.

Wahrscheinlich wäre ich viel frustrierter gewesen, wenn ich nicht überraschend Post von einem Anwalt bekommen hätte, der mich darüber informierte, dass meine Mutter mir 5000 Pfund vererbt hatte. Das war eine Menge Geld – plötzlich stand mir die Welt offen.

Es kam mir gar nicht in den Sinn, das Erbe abzulehnen. Meine Mutter war schon lange für mich gestorben, eine Versöhnung war nie infrage gekommen, auch nicht, als sie todkrank gewesen war, aber deswegen brauchte ich ja nicht auf das Geld zu verzichten. Im Gegenteil: Für mich war es Schmerzensgeld, für all das Leid, das sie mir zugefügt hatte.

Ich unterschrieb das Formular, das mir der Anwalt geschickt hatte, damit er mir das Geld überweisen konnte, und brachte es zur Post. Auf dem Rückweg machte ich kurz im Computerraum der Bücherei halt, um Bo davon zu berichten. In meinem E-Mail-Postfach wartete schon eine Nachricht von ihr.

Von: Bo@BoLuxton.co.uk
Datum: 13. Juni 2015, 10:43
An: AlicetheEighth@gmail.com
Betreff: Hallo

Hallo Alice,
ich musste gerade an Sie denken und habe mich gefragt, wie es Ihnen wohl geht. Mir graut heute vor der Arbeit. Demnächst soll ich einem renommierten Wissenschaftler ein Interview über Dorothy Wordsworth geben. Hätte ich doch bloß nicht zugesagt. Wenn ich Ihnen einen guten Rat geben darf, Alice: Vermeiden Sie Interviews mit Wissenschaftlern. Das kann nur nach hinten losgehen.
Was gibt's Neues bei Ihnen? Schicken Sie mir Ihre neuesten Texte. Ich würde mich freuen, sie zu lesen!
Alles Liebe
Bo

Von: AlicetheEighth@gmail.com
Datum: 15. Juni 2015, 13:32
An: Bo@BoLuxton.co.uk
Betreff: Re: Hallo

Sie haben es doch gar nicht mehr nötig, die Erwartungen anderer Leute zu erfüllen. Wenn ich so berühmt wäre wie Sie, würde ich nur noch das tun, wozu ich Lust habe. Und diesem Wissenschaftler würde ich sagen, er kann mich mal kreuzweise. (Wobei: Verstehen Wissenschaftler Umgangssprache überhaupt? LOL)

Hier ist alles bestens. Jake ist seit drei Tagen verschollen. Ich hatte mit dem Gedanken gespielt, ihn als vermisst zu melden, aber wenn man ihn findet, habe ich ihn wieder an der Backe. Manchmal kann es ja ganz praktisch sein, wenn der Partner verschwindet, oder? Dann kann man es sich sparen, ihn zu verlassen.
Und es gibt noch eine gute Neuigkeit: Ein Anwalt hat mir geschrieben, dass meine Mutter mir 5000 Pfund hinterlassen hat. Ich habe mir sofort Mascara gekauft. High Impact Curling Mascara natürlich, Sie hatten sie ja auf Facebook erwähnt. Dann brauche ich nur noch mit den Wimpern zu klimpern, und alle Verlage reißen sich um mich. Die Mascara hat 17,50 Pfund gekostet. So viel habe ich noch nie für Make-up ausgegeben. Jetzt habe ich noch 4.982,50 Pfund übrig. Mir ist ganz schwindlig vor lauter Reichtum. Ich glaube, als Nächstes kaufe ich ein Stück Regenwald und rette unseren Planeten.
Ich höre jetzt besser auf. Hoffentlich taucht Jake nicht auf. Hoffentlich ist er hackedicht ins Meer gestürzt und wird von der Strömung nach Frankreich getrieben. Bitte verzeihen Sie, dass ich so gemein bin. Sie dürfen mich natürlich dafür verabscheuen, obwohl ich zu meiner Verteidigung sagen muss, dass man wirklich von keiner normalen Frau erwarten kann, mit einem Typen zusammenzubleiben, der Acid nimmt und sich dann vollscheißt. Ich kenne eine Menge Leute, die Acid nehmen, aber *so was* ist noch keinem passiert.
Liebe Grüße
Alice

Von: Bo@BoLuxton.co.uk
Datum: 16. Juni 2015, 09:43
An: AlicetheEighth@gmail.com
Betreff: Re: Hallo

Alice, ich kann nur hoffen, Sie haben nicht Ihr ganzes Geld für ein Stück Regenwald ausgegeben. Für diesen Planeten sind Sie nicht verantwortlich, und ihn zu retten würde auch weitaus mehr als 5000 Pfund kosten. Behalten Sie das Geld besser. Davon können Sie höchstens ein paar Yuccapalmen kaufen, aber das hilft dem Planeten auch nicht.
Ich sitze in meinem Arbeitszimmer, aber ich habe nicht die geringste Lust zu arbeiten, also schreibe ich Ihnen stattdessen diese E-Mail. Ihr Ratschlag hat mir gefallen. Vielleicht werde ich dem Akademiker tatsächlich mitteilen, dass er mich mal kreuzweise kann. Aber ich glaube, aus Ihrem Mund würde es viel überzeugender klingen.
Ist Jake inzwischen wiederaufgetaucht? Haben Sie schon überlegt, was Sie dann tun?
Alles Liebe
Bo

Von: AlicetheEighth@gmail.com
Datum: 16. Juni 2015, 11:45
An: Bo@BoLuxton.co.uk
Betreff: Re: Hallo

Nein. Er ist noch immer verschwunden.

Von: Bo@BoLuxton.co.uk
Datum: 17. Juni 2015, 16:24
An: AlicetheEighth@gmail.com
Betreff: Re: Hallo

Was machen Sie, wenn er heimkommt?
Wollen wir uns nicht im Messenger schreiben?

Von: AlicetheEighth@gmail.com
Datum: 17. Juni 2015, 16:26
An: Bo@BoLuxton.co.uk
Betreff: Re: Hallo

Gute Idee. Ich bin gerade an einem Büchereicomputer, aber die schmeißen mich gleich raus.

Bo Luxton
Also?

Alice Dark
Wenn er wiederauftaucht, mache ich gar nichts.

Bo Luxton
???

Alice Dark
Ich schaff es einfach nicht. Ich bin zu schwach. Ich werde mit ihm zusammenbleiben, bis er tot umfällt. Aber das dauert bestimmt nicht lange.

Bo Luxton
NEIN! Tun Sie sich das nicht an! Sie haben doch jetzt Geld. Es gibt einen Ausweg!

Alice Dark
Okay, ich schick ihm ne SMS.
»Hallo Jake, du armer Schlucker!
Als ich auch noch pleite war, fand ich dich ja ganz süß, aber jetzt hab ich Kohle und was Besseres verdient, und deshalb heirate ich Ben, den reichen alten Knacker.«

Bo Luxton
Ein Brief wäre vielleicht angebrachter. Ben würde ich an Ihrer Stelle aber nicht erwähnen (obwohl er Sie bestimmt sofort nehmen würde).

Alice Dark
Mal sehen. Vielleicht taucht er ja wirklich nicht mehr auf. Muss jetzt los. Bibliothekarin wirft mir finstere Blicke zu, weil ein wertvolleres Mitglied der Gesellschaft den Computer für seriösere Zwecke verwenden will. Wahrscheinlich Jobsuche. Sollte ich auch mal machen.
P.S.: Glauben Sie wirklich, dass Ben mich nehmen würde?

Bo Luxton
Ganz bestimmt.
Seine Frau wäre darüber aber wohl nicht sehr erfreut.

Alice Dark
Muss jetzt los. Bis bald.

Bo Luxton
Bis bald, meine Liebe. xxxx

Von: Bo@BoLuxton.co.uk
Datum: 19. Juni 2015, 13:17
An: AlicetheEighth@gmail.com
Betreff: Alles in Ordnung, Schatz? (fragte sie besorgt und reichte ihr einen Tee)

Sie haben sich gar nicht mehr gemeldet. Geht es Ihnen gut? Ist Jake wieder da? Ich freue mich auf ein Lebenszeichen!

Von: AlicetheEighth@gmail.com
Datum: 19. Juni 2015, 14:53
An: Bo@BoLuxton.co.uk
Betreff: Re: Alles in Ordnung, Schatz? (fragte sie besorgt und reichte ihr einen Tee)

Jake ist wiederaufgetaucht. Er war in irgendeinem Club. (Ich gehe nicht mehr in Clubs, hab immer nur so getan, als ob es mir Spaß macht. Ich war froh, als ich mit fünfundzwanzig verkünden konnte, dass ich zu alt für diesen Scheiß bin.)
Dort warf er sich alle möglichen Drogen ein, traf irgendwelche Typen und hat dann fünf Tage lang mit ihnen gefeiert. Muss ein Supertrip gewesen sein. Auf so was fährt er voll ab, im Gegensatz zu mir, deshalb hat er mich auch nicht gefragt, ob ich mitkomme. So sieht's aus. Er ist leider nicht ins Meer gefallen und nach Frankreich getrieben. Ich wohne ab jetzt in meiner Einzimmerwohnung. Das reinste Loch, total deprimierend. Aber hier kommt er garantiert nicht hin. Also werden wir uns einfach nicht mehr sehen.

Von: Bo@BoLuxton.co.uk
Datum: 20. Juni 2015, 08:16
An: AlicetheEighth@gmail.com
Betreff: Nur nichts überstürzen

Ihre letzte Nachricht klang reichlich deprimiert. Nehmen Sie sich Zeit. Gewöhnen Sie sich erst einmal in Ruhe an die neue Situation. Und vergessen Sie nicht, dass Sie jetzt 5000 Pfund besitzen (minus Mascara-Investition). Das Geld könnten Sie dazu verwenden, sich eine schönere Bleibe zu suchen, vielleicht ein WG-Zimmer bei Leuten, die mehr auf Ihrer Wellenlänge liegen? Sie sind viel zu gesellig, um allein zu leben. Kein Wunder, dass Ihnen die Decke auf den Kopf fällt.

Falls Sie Abstand von Brighton und Jake brauchen, können Sie uns gern besuchen. Die Mädels würden sich jedenfalls freuen (ich habe den beiden von Ihnen erzählt, und sie waren ganz begeistert davon, dass Sie pinkfarbene Stiefel tragen). Und Gus wollte wissen, ob Sie gut aussehen (natürlich habe ich Ja gesagt). Er würde Sie auch gern kennenlernen. (Keine Sorge, er ist nur ein alter Knacker.)

Soweit ich mich erinnere, haben Sie kein Auto, aber wenn Sie hierherkommen möchten, können Sie den Zug bis Carlisle oder Oxenholme nehmen (je nachdem, was am praktischsten für Sie ist), und dann hole ich Sie ab. Bleiben Sie eine Woche. Ich kann Ihnen nichts Aufregendes versprechen; mein Alltag beschränkt sich darauf, mich um die Mädchen zu kümmern und mein nächstes Buch zu schreiben, aber es wäre nett, wenn Sie hierherkämen. Der Lake District wird Ihnen bestimmt gefallen.

Alles Liebe

Bo xxxx

Von: AlicetheEighth@gmail.com
Datum: 20. Juni 2015, 12:37
An: Bo@BoLuxton.co.uk
Betreff: Re: Nur nichts überstürzen

Liebste Bo,
haben Sie mich tatsächlich eingeladen, Sie in Ihrem Haus im Lake District zu besuchen, oder haben Sie sich vertippt?

Von: Bo@BoLuxton.co.uk
Datum: 20. Juni 2015, 12:38
An: AlicetheEighth@gmail.com
Betreff: Re: Nur nichts überstürzen

Ich habe Sie tatsächlich eingeladen.

Von: AlicetheEighth@gmail.com
Datum: 20. Juni 2015, 12:40
An: Bo@BoLuxton.co.uk
Betreff: Re: Nur nichts überstürzen

Dann würde ich sehr gern kommen, wenn es okay ist. Wann würde es Ihnen denn passen?

Von: Bo@BoLuxton.co.uk
Datum: 20. Juni 2015, 12:42
An: AlicetheEighth@gmail.com
Betreff: Re: Nur nichts überstürzen

Wir sind die ganze Zeit hier. Kommen Sie, wann immer Sie wollen. Gern schon morgen.

Von: AlicetheEighth@gmail.com
Datum: 20. Juni 2015, 12:44
An: Bo@BoLuxton.co.uk
Betreff: Re: Nur nichts überstürzen
Morgen ist Sonntag, da gibt's immer Chaos bei der Bahn. Wie wär's mit Dienstag? (Sind Sie wirklich sicher?)

Von: Bo@BoLuxton.co.uk
Datum: 20. Juni 2015, 12:46
An: AlicetheEighth@gmail.com
Betreff: Re: Nur nichts überstürzen
Dienstag passt hervorragend. Ja, ich bin wirklich sicher. Bis dann. Hurra! Ich kann es kaum erwarten!

2

Ich hatte seit Tagen nichts Richtiges mehr gegessen. Früher hatten Jake und Maria abwechselnd gekocht, und dann hatten wir zusammen gegessen. Manchmal war Maria sauer gewesen, weil ich mich bei Jake als Dauergast einquartiert hatte. Einmal meckerte sie darüber, dass ich nie kochte. »Ich kann nicht kochen«, sagte ich. »Ehrlich nicht. Ich kann gern Pizza für alle bestellen, aber du würdest es wirklich bereuen, wenn ich uns was koche.«

»Versuch es doch mal«, sagte Maria.

Also versuchte ich es, und von da an fragte sie mich nie wieder. Ich steuerte Zigaretten und gelegentlich ein Tütchen Gras zum Haushalt bei. Das genügte wohl.

Doch seit ich allein in meiner winzigen Bude hockte, bestanden meine Mahlzeiten aus zwei Zigaretten und einem Cappuccino. Ich hatte mir extra eine neue Espressomaschine und einen Milchaufschäumer gegönnt. Wenn schon, denn schon. Ernährung wurde ohnehin überbewertet. Ich kannte mal eine, der zwei Bananen am Tag reichten. Ich dagegen brauchte Koffein und Nikotin zum Überleben.

Allerdings erwartete Bo bestimmt einen gesunden Lebensstil von ihren Besuchern. Es war vermutlich keine gute Idee, ihre idyllische Berghütte jeden Tag mit fünf Päckchen Marlboro Gold zu verpesten (die konnte ich mir übrigens leisten, seit ich das Geld meiner Mutter geerbt hatte – adieu, Billigmarken). Ob ich es wohl eine Woche lang ohne Kippen aushalten würde? Am besten tauchte ich mit frisch gewaschenen Klamotten dort auf, versuchte, keinen Blödsinn zu reden, und verkniff mir das Rauchen. Das bekam ich doch sicher auf die Reihe. Andere Leute lebten schließlich die ganze Zeit so. Das war wohl der Grund, weshalb sie ein Nullachtfünfzehn-Dasein durchhielten und ich nicht.

Ich sah auf die Uhr. 8:30. So früh war ich nicht mehr aufgestanden, seit ich vor sechs Monaten meinen Job an den Nagel gehängt hatte. Es fühlte sich gut an, einen konkreten Grund zum Aufstehen zu haben, statt planlos in den Tag hineinzuleben.

Noch vierzig Minuten, bis der Zug fuhr. Ich überprüfte meine Tasche. Jeans, Oberteile, Unterwäsche, Notizbuch, Stift, Make-up und Brighton-Rock-Zuckerstangen für Bos Töchter. Mir war kein anderes Mitbringsel für sie eingefallen; ich hatte keine Ahnung, was bei den Kids gerade angesagt war. Bos Mädchen waren sicher anders als normale Kinder. Wahrscheinlich standen sie eher darauf, Namen für Wildblumen und seltene Vogelarten zu erfinden, als haufenweise Neonplastik über den Boden zu schieben. Wahrscheinlich hatten sie alles von Austen und Dickens gelesen. Schon jetzt schüchterten sie mich ein. Lola und Maggie. Das waren sicher coole Mädels. Coole Mädels waren clever und kamen mit allem durch, weil sie ihre Cleverness nutzten, die Geheimnisse anderer Leute aufzudecken, einschließlich der ihrer Eltern.

Ich hängte mir meine Tasche um und schaute mich noch einmal in meiner winzigen Wohnung um. Eine schreckliche Vorstellung, hierher zurückzukehren. Ich trat hinaus und schloss die Tür hinter mir zu. Als ich die Treppe hinunterlief, nahm ich zwei Stufen auf einmal und betete, dass mir kein anderer Mieter begegnete. Die Leute, die hier wohnten, waren arm – richtig arm, nicht bloß bohèmemäßig arm so wie ich. Ich würde dieser Misere natürlich eines Tages entkommen. Doch die anderen Mieter kamen aus Familien, die seit Generationen nichts anderes kannten als Armut und Elend. Sie waren in Einzimmerwohnungen aufgewachsen, von den Eltern vernachlässigt und ohne anständiges Essen; sie waren auf schlechten Schulen gewesen, von Menschen verprügelt worden, die sie eigentlich hätten lieben sollen, und die graue Trostlosigkeit ihrer Umgebung hatte jeglichen Ehrgeiz, den sie vielleicht hätten entwickeln können, im Keim erstickt. Nun vegetierten sie hier vor sich hin und kamen kaum über die Runden mit ihren Nullstundenverträgen. Manche holten sich Lebensmittelpakete von der Tafel: Billigsuppe, Billignudeln, Pudding aus der Dose. Es war zutiefst deprimierend, inmitten dieser Hoffnungslosigkeit zu leben.

Ich schaffte es zum Ausgang, ohne gesehen zu werden. Nun musste ich nur noch die Western Road entlang und den Berg hoch bis zum Bahnhof. Hoffentlich lief Jake mir nicht über den Weg. Es war zwar eher unwahrscheinlich um diese Uhrzeit, aber denkbar war es schon, dass er mir auf dem Heimweg von irgendeiner Party halb bewusstlos entgegentorkelte. Seit er Freitagabend aus der Versenkung aufgetaucht war, hatte ich nichts mehr von ihm gehört. Am Sonntag hatte er mir eine SMS geschickt, *wo steckst du denn süße.* Ich hatte nicht reagiert. Seitdem herrschte Funkstille.

Draußen war es warm und sonnig. Die Straßen füllten sich bereits mit Kauflustigen und Straßenmusikern, und die Cafébesitzer stellten ihre Werbetafeln für Frühstücksbagel und Vollwertkram vor die Türen. Ich lief schnell weiter. Ich wollte mich nicht von den Geschäften ablenken lassen. Ständig hatte ich die 5000 Pfund (abzüglich der Kosten für Mascara, Espressomaschine und Milchaufschäumer) im Hinterkopf. *Oh, wie schön,* dachte ich, wenn ich all die verlockenden Dinge in den Schaufenstern sah, die ich eigentlich überhaupt nicht brauchte. *Nein, vergiss es. Hör auf Bo und leg das Geld beiseite.*

Als ich am Bahnhof ankam, stand mein Zug schon am Gleis. Rasch stieg ich ein. Ich hatte einen Sitzplatz in einem Wagen mit Ruhezone reserviert. Es ging mir auf die Nerven, wenn ständig Handys klingelten oder Leute sich laut unterhielten und so in mein Leben eindrangen. Außerdem hatte ich die letzten beiden Romane von Bo dabei, die ich ungestört lesen wollte, damit ich mir kluge Kommentare ausdenken konnte. Schließlich sollte Bo ihr Angebot, meine Mentorin zu sein, nicht bereuen. Ich musste es wert sein. Ich musste gut sein.

Ich verstaute mein Gepäck auf der Ablage über meinem Sitz, dann nahm ich Platz und prüfte noch einmal mein Ticket. Ich warf einen Blick auf das Datum: 23. Juni. Plötzlich wurde mir bewusst, dass es bald ein Jahr her war, seit meine Mutter gestorben war. Am Freitag nämlich. Aber dann war ich ja bei Bo, abgelenkt und geborgen im Schoß ihrer wunderbaren Familie.

3

Sie war so *normal.* Das faszinierte mich am meisten. Diese erfolgreiche, berühmte, wohlhabende und intelligente Frau führte ein ganz normales Leben. Sie putzte die Küche, klebte Pflaster auf die Schürfwunden ihrer Töchter, kochte Kaffee, schnürte Lunchpakete und bereitete das Abendessen zu. All das erschien mir außergewöhnlich. Weil es so normal war. Trotz ihres Ruhms und Reichtums war Bo bescheiden geblieben.

Eines Morgens, als ich die herrliche Berglandschaft betrachtete, fragte ich Bo: »Vermissen Sie den Londoner Trubel gar nicht? All die glamourösen Partys?« Eine Party mit lauter berühmten Autoren hätte ich durchaus verlockend gefunden.

Doch Bo schüttelte entschieden den Kopf. »Im Gegenteil, ich hasse das«, erwiderte sie. »Es gibt natürlich auch ein paar nette Leute in der Londoner Literaturszene, aber insgesamt ist das ein knallhartes und verlogenes Geschäft. Ich ertrage das nicht. Ich lebe lieber hier, wo ich mich in Ruhe um meine Kinder kümmern und meiner Leidenschaft frönen kann. Es ist wirklich ein Luxus, zurückgezogen zu leben, mit niemandem wetteifern zu müssen und die Freiheit zu haben, man selbst zu sein.«

Als ich zu Bo kam, war auf einmal alles so einfach. Ich wurde sofort integriert. Überall im Haus war Familienleben spürbar, laut, lebendig, gesund. Es war ganz anders als das Zuhause, in dem ich aufgewachsen war und wo es nur Wut, Schmerz und verletzte Menschen gegeben hatte, die nicht aufhören konnten, einander weiter zu verletzen.

Lola und Maggie waren tolle, quirlige Kinder, die gern zur Schule gingen. Und sie bekamen so viel Liebe. Sie wurden geradezu mit Liebe überschüttet. Wie gern wäre ich an ihrer Stelle gewesen. Am liebsten hätte ich auch den Kopf auf Bos Schoß gelegt, damit sie mir sanft übers Haar strich, mich zärtlich küsste und sich mit unendlicher Geduld um mich kümmerte.

»Ihre Töchter haben es wirklich gut. So eine Kindheit kann sich jeder nur wünschen.«

Bo lächelte zufrieden.

Von Gus hielt ich allerdings nicht so viel. Er machte sich überall breit, war stets mürrisch und verlor kaum ein Wort. Am Freitagmorgen fuhr er nach Manchester und ließ Bo und mich mit den Mädels allein. Wenn er abends zurückkam, seufzte Bo und sagte: »Gleich ist es vorbei mit der guten Stimmung.« Und genauso war es auch. Gus war barsch zu den Mädchen, und als die altersschwache Katze in die Küchenecke kackte, schrie er Bo an, bevor er hinausstürmte und die Tür hinter sich zuknallte.

»Scheiße«, sagte ich, weil mir nichts anderes einfiel. Ich hatte keine Ahnung, wie ich einer Frau, die siebzehn Jahre älter war als ich, Trost spenden sollte. Wäre sie eine meiner Freundinnen aus Brighton gewesen, hätte ich sofort gesagt: »So ein Arsch. Auf den kannst du echt verzichten.« Dann hätten wir ein, zwei Monate herumdiskutiert, ob sie wirklich ohne ihn klarkommen würde, und irgendwann hätte sie dann gesagt: »Ja! Den werfe ich jetzt raus!«

»Keine Sorge, Alice«, sagte Bo sanft. »So benimmt er sich immer, wenn er mitbekommt, dass ich Freundinnen habe und mein Leben sich nicht ausschließlich um ihn dreht.«

Ich sah sie skeptisch an.

»Wirklich«, sagte sie. »Ich komme damit klar.«

Ich glaubte ihr. Sie wirkte nicht wie jemand, der sich leicht einschüchtern ließ.

Gus hatte die Post von draußen mitgebracht und auf den Tisch gelegt. Normalerweise tat er das direkt nach dem Frühstück, aber an diesem Tag war er bereits weg gewesen, als der Postbote kam, und obwohl Bo und ich im Laufe des Tages mehrmals am Briefkasten vorbeigekommen waren, hatte sie ihn nicht geleert.

Wahrscheinlich wäre es mir überhaupt nicht aufgefallen, wenn Bo nicht gesagt hätte: »Hoffentlich ist nicht schon wieder ein böser Brief für mich angekommen.«

Ich hatte sie fragend angeschaut, aber mehr hatte sie nicht gesagt.

Nun griff sie nach dem weißen, bedruckten Umschlag, der auf dem Tisch lag, und betrachtete ihn argwöhnisch. Dann riss sie ihn auf, nahm den Brief heraus und begann zu lesen. Als sie fertig war, legte sie ihn nieder und atmete ein paar Mal tief durch, bevor sie sich ein Glas Wasser holte.

Nach einer Weile fragte ich: »Alles okay?«

Sie lächelte mir zu. »Ja, ja. Der Brief war nur nicht besonders erfreulich, das ist alles. Ich …«

Sie hielt inne. Dann kam Gus zurück in die Küche, und ich hatte keine Gelegenheit mehr, ihr weitere Fragen zu stellen.

»Gus, könntest du den Brief in den Müll werfen? Er ist von unserer alten Freundin.«

»Oh, den muss ich übersehen haben«, sagte Gus und griff nach dem Brief, um ihn zu lesen.

»Nein, lass«, sagte Bo und hielt ihn davon ab. »Wirf ihn einfach nur weg, ja? Danke.«

Gus murmelte irgendetwas vor sich hin, dann warf er den Brief in den Abfalleimer, sah Bo eindringlich an und sagte: »Wir müssen uns überleg…«

»Später, Gus.«

Ich schaute die beiden verwundert an. Ich kapierte nicht, was da los war, aber Bo biss sich auf die Unterlippe, als versuchte sie, nicht in Tränen auszubrechen.

Als sie Maggie später ins Bett brachte und ich mit Lola am Küchentisch saß, bekam ich mit, wie Gus den Abfalleimer durchwühlte. Er fischte den Brief heraus und studierte ihn sehr gründlich.

* * *

Am nächsten Morgen war Bo wieder ganz die Alte. Sie machte den Mädchen Lunchpakete und half ihnen beim Anziehen. Dann brachten wir sie zur Schule, wanderten zum Haus zurück und begaben uns in Bos Arbeitszimmer. Ich beneidete sie um diesen großzügigen, friedlichen Raum mit seinem herrlichen Blick auf die Berge und das Tal, wo der schiefergraue See schimmerte. Wenn doch nur alle Schriftsteller so eine Aussicht hätten.

Bo kramte auf ihrem Schreibtisch herum und zog ein paar Manuskriptseiten hervor. »Darf ich Ihnen etwas vorlesen?«, fragte sie. »Die ersten zwei Kapitel meines neuen Buches? Diesmal wage ich mich auf neues Terrain.«

»Wow«, sagte ich. »Ja, klar.«

»Ich brauche eine zweite Meinung, weil ich nicht sicher bin, ob es gut ist«, sagte sie. »Gus kann ich nicht fragen, er hat keine Ahnung von Literatur. Aber Ihnen vertraue ich. Sie kennen sich damit aus.«

Ich fühlte mich geschmeichelt, aber es wäre mir natürlich nicht im Traum eingefallen, Bos Arbeit zu kritisieren. Ich hatte schnell gemerkt, dass sie trotz ihres ganzen Erfolgs unsicher war. Sie schien nicht glauben zu können, dass sie so gut war, wie alle sagten, sondern sich eher wie eine Blenderin vorzukommen. Ich fand es schade, dass sie so wenig Selbstvertrauen hatte, und machte Gus dafür verantwortlich. Er war wirklich gemein zu Bo. Ein richtiger Mistkerl.

Bo begann vorzulesen, und ich hörte zu. Das Ganze spielte fünfzig Jahre in der Zukunft: Eine Umweltkatastrophe hatte Großbritannien zerstört und alle Einwohner zu Flüchtlingen gemacht, doch der Rest der Welt zeigte ihnen die kalte Schulter. Allein der Anfang klang sehr düster und beklemmend.

Als Bo aufhörte zu lesen, sah ich sie an und sagte einfach nur: »Wow.«

Bo lächelte. Sie wirkte erleichtert. »Gefällt es Ihnen wirklich?«

»Ja, es ist toll! Ehrlich! Einfach toll. Oh, Gott, ich bin so neidisch auf Ihr Talent!«

Bo lachte. Dann wurde sie ernst. »Ich möchte, dass Sie heute etwas schreiben. Egal, was. Nehmen Sie sich, was Sie brauchen, aber bringen Sie etwas zustande, bevor Sie heute zu Bett gehen. In der Küche ist Kaffee; bedienen Sie sich einfach. Ich werde auch schreiben. Ich muss an meinem Buch weiterarbeiten, obwohl mir momentan gar nicht danach ist. Aber dank Ihnen fällt es mir nicht ganz so schwer. Wir können zusammen kreativ sein und uns gegenseitig motivieren. Was meinen Sie?«

»Klingt super«, sagte ich.

»Dann lassen Sie uns loslegen.«

Den Rest des Tages verbrachten wir zusammen in Bos Arbeitszimmer. Wir sprachen nicht miteinander, lediglich das Kratzen unserer Kugelschreiber auf dem Papier und das Klappern der Tasten waren zu hören, ab und an untermalt von nachdenklichen Seufzern. Die Erfahrung war so intensiv, dass es mir manchmal fast vorkam, als wären wir ein und dieselbe Person.

Gegen Nachmittag fragte Sie: »Wollen Sie mir vorlesen, was Sie bisher geschafft haben?«

Ich zögerte. »Das ist nur Müll, Bo. Totaler Schrott, ehrlich. Egal, was ich versuche, irgendwie lande ich doch immer wieder bei meiner toten Mutter.«

»Seien Sie nicht so streng mit sich selbst, meine Liebe. Es ist doch erst ein Jahr her, dass Ihre Mutter gestorben ist. Das steckt man nicht einfach so weg. Natürlich beschäftigt es einen. Bei mir war das am Anfang genauso.«

»Wirklich?« Ich war regelrecht erpicht darauf, zu hören, dass sie wie ich gewesen war.

»Aber selbstverständlich! Wenn man anfängt, kreativ zu werden, ist das so, als würde man einen alten Wasserhahn aufdrehen. Zuerst kommt nur braune Brühe heraus, weil man den Schmutz aus der Seele spült. Doch sobald man den Schmutz los ist, wird das Wasser klar. Glauben Sie mir.«

»Danke«, murmelte ich.

»Wenn Sie möchten, erzählen Sie mir ruhig von Ihrer Mutter, falls es Ihnen hilft«, sagte Bo sanft.

Ich schüttelte den Kopf. »Wir sind einfach nicht miteinander klargekommen.«

Bo nickte. »Ich verstehe«, sagte sie, und ich glaubte ihr. Sie verstand mich wirklich, ohne dass ich es weiter erklären musste.

4

Ich erlebte eine der glücklichsten Wochen meines Lebens, was irgendwie seltsam war, denn eigentlich passierte nichts Besonderes. Wir gingen früh zu Bett, es gab weder Sex noch Drogen, und wir blieben unter uns. Bei Bo lief alles friedlich und entspannt. Es lief gut, in jeder Hinsicht. Ich erfuhr, was es bedeutete, ein sicheres, gemütliches Zuhause zu haben, in dem man sich wohlfühlen konnte. Mir war gar nicht bewusst gewesen, wie sehr man sich nach solchen Dingen sehnen konnte.

An meinem letzten Tag brachten wir die Mädels wie üblich zur Schule und wanderten dann weiter am Fluss entlang durch den Wald bis zu einem See namens Rydal Water, um dort zu picknicken. Das Laub der Buchen und Ahornbäume war inzwischen so dicht geworden, dass es uns die Sicht auf die Berge versperrte.

Im grünen Dämmerlicht des Waldes sagte Bo: »Ich bin froh, dass du uns besucht hast.«

Ich lächelte. »Ich auch.«

»Es ist wirklich schön, dass wir uns kennengelernt haben«, fügte sie hinzu. Dann wurde sie still und schaute auf den See.

Nur das leise Plätschern des Wassers war zu hören.

»Ich wünschte …«, setzte Bo an, hielt dann aber inne.

Ich sah sie fragend an.

Sie schüttelte den Kopf. »Ich dachte nur, wie schön es wäre, wenn du … egal. Komm bald wieder. Komm im September, wenn die Touristenmassen verschwunden sind. Im Herbst ist es hier traumhaft schön.«

Mir wurde ganz schwindlig, als ich sie so reden hörte. Ich war überwältigt, dass dieser wunderbaren Frau so viel an meiner Gesellschaft lag. Dieses Maß an Aufmerksamkeit war ich überhaupt nicht gewohnt.

Ich musste an meine Mutter denken, die nun seit einem Jahr tot war, an all das, was zwischen uns gestanden hatte und nie wieder gut werden würde, und an den alten, tief sitzenden Schmerz, von ihr im Stich gelassen worden zu sein. Ich hatte es immer als Schwäche empfunden, keine richtige Familie zu haben, als hätte mein Herz kein Blut, sondern Wasser durch meinen Körper gepumpt und wäre irgendwann zum Stillstand gekommen. Ich wollte nicht, dass es wieder anfing zu schlagen.

Bo erwähnte meine Mutter an diesem Tag nicht, aber als wir uns auf den Heimweg machten, hakte sie sich bei mir ein und sagte lächelnd: »Es kommt mir vor, als hätte ich noch eine Tochter bekommen.«

Ich schmiegte mich an sie, erwiderte jedoch nichts. Tochter? Wohl eher Freundin, oder? Nein. Dieses Wort traf es auch nicht.

Später, nach dem Abendessen, als Gus hinausgestürmt war, weil die Katze mal wieder auf den Boden gekackt hatte, fragte Maggie plötzlich: »Mum, kann Daddy nicht woanders schlafen?«

Flüchtig, ganz flüchtig, sah ich es vor mir: Bos Bett, ohne Gus ...

Ich blickte hoch zu Bo.

Unsere Blicke trafen sich.

Bo sah verdutzt aus. Dann lachte sie und sagte: »Maggie möchte manchmal, dass wir einen Mädelsabend machen, dann sitzen wir zusammen im Bett und lesen.«

Ich nickte und hörte mich sagen: »Oh, das klingt lustig.«

Jetzt war mir klar, welches Wort es traf. Tochter nicht. Freundin auch nicht. Geliebte.

* * *

Am nächsten Morgen verabschiedeten wir uns am Bahnhof voneinander. Anschließend ging Bo mit Maggie in den Bahnhofsladen, und ich wartete am Gleis auf den Zug. Durchs Schaufenster sah ich Bo vor dem Zeitschriftenregal stehen. Sie wischte sich Tränen aus den Augen. Ich dachte: *Wahrscheinlich ist sie einsam.* Dann dachte ich: *Ich bin auch einsam.* Und dann stieg ich in den Zug und fuhr zurück nach Brighton, zu meiner Einzimmerwohnung, und seufzte über mein Elend. Kein Geld, keine Familie, nur schlimme Erinnerungen und ein armseliges Zuhause, das alles andere als gemütlich war.

Als ich zu Hause ankam, warf ich mich aufs Bett und dachte an Bo – an ihr schönes Haus in den Bergen, ihre niedlichen Töchter und ihren grantigen Ehemann, der überhaupt nicht zu schätzen wusste, was für eine wunderbare Frau er hatte. Was Bo wohl gerade machte? Ob sie mich vermisste?

5

Drei Tage nach meiner Rückkehr ging ich in die Stadt und kaufte mir ein iPad Mini, damit ich Bo rund um die Uhr E-Mails schicken konnte und nicht mehr zur Bücherei rennen musste. Die Computer dort waren so langsam, dass ich jedes Mal eine Stunde brauchte und noch dazu ein schlechtes Gewissen bekam, wenn andere Leute, die eine Bewerbung schreiben wollten, wegen mir warten mussten.

Das iPad war teuer, aber das war es mir wert, denn der Kontakt zwischen Bo und mir wurde immer intensiver.

An: AlicetheEighth@gmail.com
Gesendet am: 3. Juli 2015, 16:15
Betreff: Hallo

Liebste Alice,
wie geht es dir? Hier ist alles okay, aber es ist so still. Inzwischen bin ich beim dritten Kapitel, aber es geht nur im Schneckentempo voran. Falls ich mit diesem Buch je fertig werden sollte, wärest du dann bereit, es dir durchzulesen und mir (ehrliches!) Feedback zu geben? Im Ernst: Wenn es Schrott ist, musst du es mir sagen. Letztens war ich auf einer Konferenz und lernte dort einen Umweltforscher kennen, der sich mit den Auswirkungen des Klimawandels auf Großbritannien beschäftigt. Er wollte es lesen, aber ich habe abgelehnt, weil er garantiert nur ein frauenfeindlicher Flachwichser ist. (Meine Güte, ich klinge schon fast so wie du.)
Du fehlst mir. Gestern nach dem Abendessen ging ich ein paar Stunden wandern, denn ich liebe die Sommernächte in den Bergen, wenn die Dunkelheit sich über die Gipfel legt und man nur noch das Rauschen des Wasserfalles und das gelegentliche

Knarren der Tannen hört. Und während ich wanderte, dachte ich, wie schön es wäre, dich hier bei mir zu haben.
Also, besuch mich bald wieder, liebste Alice.
xxxxx

Von: AlicetheEighth@gmail.com
Gesendet am: 3. Juli 2015, 16:49
An: Bo@BoLuxton.co.uk
Betreff: Re: Hallo

Dein Buch wird sicher besser werden, als du denkst, aber ja, sobald es fertig ist, kannst du es mir gern schicken, dann werde ich es lesen und es garantiert großartig finden. Ich hoffe, du kannst mit dieser Art von Kritik leben. Aber inzwischen weißt du ja, dass ich sowieso immer nur wiederholen kann, dass du großartig bist. Denn das bist du. Vielleicht ist das die Kritik, die du dir wünschst, aber dafür brauchst du mir nicht extra dein Buch zu schicken. Das kann ich dir auch so sagen. Und ich sage es dir gern, so oft du willst – bis dein Ego so gigantisch geworden ist, dass man es vom Weltraum aus sehen kann.
Du bist großartig.
Meine Wohnung ist die reinste Bruchbude … Ich habe beschlossen, auf deinen Rat zu hören und mir eine andere Bleibe zu suchen, aber zuerst muss ich einen neuen Job finden, seufz … Mein Boss an der Sprachschule hat meine Stundenzahl erhöht, aber das reicht trotzdem nicht, um etwas Besseres zu mieten. Vielleicht biete ich meine Eizellen auf eBay zum Verkauf an.
Deine Wanderung klingt toll. Ich wünschte, ich hätte dabei sein können.
Ax

Bos E-Mails sorgten für Ablenkung. Ich wollte unbedingt am Ball bleiben und etwas Neues schreiben, womit ich sie beeindrucken konnte. Das wollte ich mehr als alles andere: Bo beeindrucken und sie dazu bringen, mich zu lieben. Einen Moment lang kam ich mir erbärmlich vor; wie ein Kind, das sich verzweifelt nach seiner gewalttätigen, lieblosen Mutter sehnt. Freud hätte zweifellos seine Freude an mir gehabt.

Aber Bo war nicht meine Mutter. Bo war ein guter Mensch, sie war freundlich, liebevoll und brachte nur das Beste in mir zum Vorschein. Letzte Woche, als wir in ihrem Arbeitszimmer saßen, hatte sie mir sogar einen richtigen Motivationsschub gegeben. »Schreib«, hatte sie zu mir gesagt. Und genau das hatte ich vor.

Ich schaltete Radio Four ein. Irgendwer berichtete von einer neuen Website, die Interessierten Zugriff auf die Aufzeichnungen sämtlicher Kriminalfälle ermöglichte, die seit 1600 vor Gericht gekommen waren. Das klang interessant. Dann wurde der Fall eines bitterarmen Mädchens erwähnt, das einem anderen Mädchen ein Kleid gestohlen hatte und dafür nach Australien zwangsverschickt worden war. Ein ganzes Leben, das nicht hier, sondern in New South Wales stattgefunden hatte. Niemand wusste, was aus dem Mädchen geworden war. Der Richter hatte sein Urteil verkündet, das Mädchen war in Tränen ausgebrochen, und das war's dann gewesen.

Ich fragte mich, wie das Leben dieses Mädchens wohl verlaufen war, und begann, mir Notizen zu machen, um später ihre Geschichte erzählen zu können.

Die nächsten Stunden verbrachte ich damit, im Internet nach Zeitungsartikeln, Sträflingsbiografien und Fakten über das Leben in Botany Bay zu suchen. Um halb sieben machte ich mir Toast, dann öffnete ich ein neues Word-Dokument und begann zu schreiben.

Ich brauchte vier Stunden, doch es gelang mir, eine ganze Seite zu füllen. Drei Absätze mit sorgfältig konstruierten Sätzen, kein einziger davon über meine Mutter.

Freudestrahlend schrieb ich eine E-Mail: »Ich hab's geschafft!«

Dann fügte ich den Text als Anhang hinzu und klickte auf »Senden«.

Die Antwort kam zehn Minuten später: »Das ist großartig, Schätzchen, ich hab's ja gleich gewusst. Mach weiter so!«

Erschöpft, aber glücklich fiel ich ins Bett und schlief direkt ein.

Der Nachrichtenton des iPads weckte mich auf.

Von: Bo@BoLuxton.co.uk
Gesendet am: 4. Juli 2015, 00:32
An: AlicetheEighth@gmail.com
Betreff: Hellwach

Kann nicht schlafen, bin also mitten in der Nacht wieder aufgestanden. Habe versucht zu arbeiten. Zu müde und unkonzentriert. Wünschte, du wärest hier.
Gute Arbeit heute. Schlaf gut, Schätzchen. Stelle mir gerade vor, wie du in deinem Bett liegst, und hoffe, du träumst was Schönes.
Hab dich lieb
Bxxxxx

Von: Bo@BoLuxton.co.uk
Gesendet am: 4. Juli 2015, 00:34
An: AlicetheEighth@gmail.com
Betreff: P.S.
Was ich noch sagen wollte: Verkauf deine Eizellen nicht auf eBay. Du wirst sie noch brauchen. Ich will diesen »Die Welt kann gut auf meine Gene verzichten«-Unsinn nicht mehr hören. Deine Gene würden die Welt zu einem besseren Ort machen!
x

Ich las beide E-Mails genau durch, Wort für Wort. *Hab dich lieb.* Das hatte noch nie jemand zu mir gesagt. Jedenfalls konnte ich mich nicht erinnern. *Hab dich lieb.* Was hatte das zu bedeuten? Welche Art von Liebe meinte sie damit? Ich grübelte die halbe Nacht darüber nach.

Alles war herrlich und schrecklich zugleich.

6

Ich musste irgendetwas tun, um mich abzulenken. Freitagmorgen wachte ich auf und beschloss, endlich mein Leben in Ordnung zu bringen. Das würde mich zwar Zeit und Nerven kosten, aber letzten Endes war es nur zu meinem Besten. Ich brauchte einen Lebensinhalt, einen gut bezahlten Job und eine Umgebung, in der ich mich wohlfühlte. Das gab mir viel zu tun und hielt mich davon ab, die ganze Zeit an Bo zu denken. Noch nie hatte jemand dermaßen meine Gedanken beherrscht. Ich konnte nicht mehr essen, nicht mehr schlafen, geschweige denn mich auf irgendetwas konzentrieren. Mein Kopf war so voll mit Bo, dass ich an nichts anderes mehr denken konnte.

Ich liebe sie, dachte ich.

Sie.

Die Erkenntnis schockierte mich.

Ich musste dieses Gefühl unterdrücken. Bo war schließlich verheiratet und hatte zwei Kinder. Ganz abgesehen von der Entfernung. Daraus konnte nichts Gutes werden. Außerdem war ich wie eine Tochter für sie. Das hatte sie ja gesagt: »Es kommt mir so vor, als hätte ich noch eine Tochter bekommen.«

Aber ich wollte nicht ihre Tochter sein, sondern ihre Geliebte.

Das war unmöglich.

Ich duschte, zog mich an, ging zur Sprachschule und fragte meinen Boss, ob er meine Stundenzahl noch weiter erhöhen könnte.

»Wie viele Stunden?«

»Vollzeit.«

Er zuckte mit den Achseln. »Okay, aber das geht nur, wenn ich Sie bar bezahlen kann.«

Ich nahm sein Angebot sofort an, ohne mir darüber Gedanken zu machen, ob das Ganze legal war. Hauptsache, ich bekam die Kohle. Als Nächstes musste ich mir eine neue Bleibe suchen.

Eine WG kam für mich nicht mehr infrage. Ich hatte jetzt einen Vollzeitjob, also weniger Freizeit als bisher, und die musste ich umso disziplinierter nutzen. Wenn ich mit anderen Leuten zusammenwohnte, würde mich das vom Schreiben abhalten. Ich brauchte einen hellen, gemütlichen Ort, wo ich meine Ruhe hatte.

Ich schaute mir eine Wohnung in Kemptown unweit vom Meer an. Ein winziges Schlafzimmer, aber ein geräumiges Wohnzimmer, in dem ich schreiben konnte. 700 Pfund pro Monat. Das war fast schon zu teuer, aber wenn ich mich nur noch von Toast und Porridge ernährte und aufs Rauchen verzichtete, würde es schon gehen.

»Ich nehme sie«, sagte ich dem Makler und bezahlte die Kaution.

Inzwischen war schon Nachmittag. Das Vorhaben, mein Leben in Ordnung zu bringen, lenkte mich hervorragend ab und würde mich noch tagelang beschäftigen. Es gab tausend Dinge zu erledigen.

Ich beschloss, nach Hause zu gehen und Bo eine kurze E-Mail zu schreiben. Normalerweise hatte ich um diese Zeit schon mindestens eine Nachricht von ihr, doch diesmal war mein Postfach leer.

Ich erlaubte mir, ein Weilchen von ihr zu träumen. Aber neuerdings war sie immer nackt, wenn ich von ihr träumte. Ich war regelrecht scharf auf sie. Das musste aufhören. Was war nur mit mir los?

Nachdem ich ihr die Nachricht geschickt hatte, geriet ich ins Grübeln. Konnte es sein, dass Bo dasselbe für mich empfand? Bestimmt nicht. Das ergäbe keinen Sinn. Aber die starke Anziehungskraft zwischen uns bildete ich mir doch nicht bloß ein. Bo musste sie ebenfalls bemerkt haben. Ja, natürlich. Es war unmöglich, sie zu ignorieren.

Ab und zu hatte ich schon verschlüsselte Hinweise eingestreut, ein x oder xx zum Abschied. Aber dann war ich deutlicher geworden: »Meine Liebe zu dir ist so groß wie das Empire State Building. Keine Ahnung, welche Art von Liebe das ist, aber sie ist gigantisch.«

Und Bo hatte geantwortet: »Oh ja. Liebe ist so groß und unbeschreiblich wie amerikanische Architektur. Ich liebe dich auch. Ich bete dich an!«

Liebe. Da lag er nun vor uns, der goldene Apfel. Doch ich wollte nicht die Erste sein, die ihn aufhob.

Den Rest des Nachmittags versuchte ich, mich mit Lesen und Notizen für mein Buch abzulenken. Dann kam der Abend. Ich spielte gerade mit dem Gedanken, Anna anzurufen und mich mit ihr zu treffen, als der Nachrichtenton meines iPads erklang.

Bo.

Sie schrieb, ich solle sie in Ruhe lassen.

Von: Bo@BoLuxton.co.uk
Gesendet am: 5. Juli 2015, 19:45
An: AlicetheEighth@gmail.com
Betreff: Tut mir leid

Hallo Alice. Tut mir leid, dass ich mich erst jetzt melde. Als ich heute Morgen aufwachte, wurde mir klar, dass ich eine Pause brauche. Ehrlich gesagt habe ich die ganze Nacht kein Auge zugetan, weil ich ständig dachte: »Ich muss Alice bitten, mir eine Weile keine E-Mails mehr zu schicken, damit ich den Kopf wieder frei kriege.« Wäre das okay? Ich muss unbedingt mein Buch weiterschreiben. In letzter Zeit habe ich mich viel zu sehr ablenken lassen, aber das kann so nicht weitergehen …

Sie wollte, dass ich sie in Ruhe ließ, weil sie ständig an mich denken musste. Es zerriss mir das Herz. Mir war zum Heulen, als ich meine Antwort tippte:

Von: AlicetheEighth@gmail.com
Gesendet am: 5. Juli 2015, 19:50
An: Bo@BoLuxton.co.uk
Betreff: Re: Tut mir leid

Liebste Bo. Das braucht dir nicht leidzutun. Ich habe vollstes Verständnis dafür. Ich liebe dich im Stillen, aus der Ferne, bis in alle Ewigkeit.

Kaum hatte ich auf »Senden« gedrückt, bereute ich es. Zu offensichtlich. Viel zu offensichtlich. Ich bekam Panik und schickte eine weitere E-Mail.

Von: AlicetheEighth@gmail.com
Gesendet am: 5. Juli 2015, 19:52
An: Bo@BoLuxton.co.uk
Betreff: Re: Tut mir leid

Sorry, wollte keinen auf Brontë machen. Ja, arbeite weiter an deinem Buch. Bis demnächst. A.

Ursprünglich hatte ich »Beste Grüße, A« geschrieben, aber das klang zu förmlich, also löschte ich es wieder.

Bis demnächst.

Seit meiner Rückkehr aus Grasmere hatten wir täglich Kontakt gehabt, uns immer wieder E-Mails geschickt. Und jetzt wollte sie, dass ich sie in Ruhe ließ. Dabei war sie an diesem Austausch genauso beteiligt gewesen.

Aber sie hatte recht. Es war wirklich besser, wenn wir eine Weile Abstand hielten. Am besten ging ich direkt in eine Kneipe. Es würde bestimmt nicht lange dauern, bis mich dort ein Typ ansprach, der mich zum Essen einlud und anschließend Sex mit mir hatte. Immerhin bestand dabei wenigstens die Chance, dass das Ganze in eine zukunftsfähige Beziehung mündete …

Doch die Vorstellung, tagelang nichts von Bo zu hören, schien mir unerträglich. Die Wanduhr tickte, die Zeiger bewegten sich präzise im Rhythmus, doch auf die Zeit war kein Verlass mehr; entweder war sie zu kurz oder zu lang, je nachdem, ob ich bei Bo sein konnte oder nicht, und die Stunden, in denen ich nichts von ihr hörte, waren viel länger als die Stunden, in denen ich bei ihr gewesen war.

Es war furchtbar, von Liebe verzehrt zu werden. Sie hatte mich eiskalt erwischt und war wie ein tosender Wasserfall. Wenn ich nicht aufpasste, würde ich von ihr in die Tiefe gerissen.

* * *

Den folgenden Tag verbrachte ich mit Schreiben. Ich beendete mein erstes Kapitel, schickte es Bo jedoch nicht. Als ich zu Bett ging, konnte ich nicht einschlafen. Seit unserer Begegnung war dies der erste Tag, an dem ich gar nichts von ihr gehört hatte. Es fiel mir schwer, ihr Schweigen auszuhalten.

Meine Gedanken rasten. Ich musste an meine Mutter denken; an die Nacht, als ich elf war und sie mich von ihr fortbrachten.

Ich fragte mich, wie Bo so werden konnte, wie sie war. Sie war schön, fand ich. Nicht nur äußerlich, ihre ganze Persönlichkeit war schön. Es war unbegreiflich für mich. Sie wusste alles von der Welt. Sie war mehr als ein Genie. Fast schon übermenschlich.

7

Von: Bo@BoLuxton.co.uk
Gesendet am: 7. Juli 2015, 22:34
An: AlicetheEighth@gmail.com
Betreff: Du fehlst mir

Wollte dir nur gute Nacht wünschen. Und dir sagen, dass du mir fehlst. Komm bald wieder zu Besuch.

Ich druckte ihre E-Mails aus und nahm sie mit in den Pub, um sie Anna zu zeigen. Ich war mit meinem Latein am Ende und brauchte eine zweite Meinung. Anna hatte ich mir ausgesucht, weil sie älter war als ich und mir gegenüber stets ehrlich.

»Und, was denkst du?«, fragte ich.

Anna legte die Blätter auf den Tisch und nahm einen großen Schluck Bier. »Keine Ahnung.«

»Komm schon.«

»Also, es ist ziemlich offensichtlich, dass diese Frau dich sehr mag. Sie ist ganz vernarrt in dich und will nicht, dass du dein Leben in einer schäbigen Bude in Brighton verschwendest. Und es könnte auch sein, dass sie auf dich steht, da schwingt auf jeden Fall etwas in der Richtung mit. Aber ich weiß nicht. Schwer zu sagen. Wenn ich wetten müsste, würde ich wahrscheinlich drauf setzen, dass du recht hast. Allerdings schreiben Leute in E-Mails oft Sachen, die sie gar nicht so meinen. Jedenfalls wäre ich vorsichtig, das alles für bare Münze zu nehmen.«

Ich war ein wenig geschockt, als Anna meinte, Bo würde vielleicht auf mich stehen. Im Vergleich zu dem, was ich für Bo empfand, klang das schwach. Am liebsten hätte ich eine neue Sprache ohne Worte erfunden für Dinge, deren Reinheit nicht durch banale Phrasen verunreinigt werden sollte. Das Wort »Liebe« ging nicht weit genug. Es gab kein Wort, das mein Gefühl treffend zum Ausdruck bringen konnte.

Anna schob die Blätter zu mir herüber. Ich faltete sie zusammen und steckte sie in meine Tasche.

»Und was willst du jetzt machen?«, fragte Anna.

»Ich weiß nicht.«

»Dich scheint es ja wirklich schwer erwischt zu haben.«

Mir wurde ganz flau im Magen. »Tja«, sagte ich. »Sieht ganz so aus.«

»Du musst herausfinden, was sie wirklich fühlt und wie ernst sie das Ganze nimmt. Wenn sie tatsächlich dasselbe empfindet wie du, steht für sie viel auf dem Spiel. Glaubst du, sie würde ihren Mann und ihre Kinder für eine andere Frau verlassen?«

»Ich weiß nicht«, sagte ich. »Wahrscheinlich nicht.«

Ich musste an Gus denken. Ich kannte übellaunige Typen wie ihn, die eine Frau ganz für sich allein haben wollten. Meine Mutter hatte einen von dieser Sorte geheiratet. Anfangs hatte sie seine besitzergreifende Leidenschaft noch schmeichelhaft gefunden und für einen Ausdruck tiefer Liebe gehalten, doch natürlich hatte das Ganze ein gewaltsames Ende gefunden. Bo wirkte zwar stark und selbstbewusst, aber auch zerbrechlich. Ob sie das Gus zu verdanken hatte? Was würde er wohl tun, wenn er das mit uns herausfände? Ich schauderte bei der Vorstellung.

»Ich würde es an ihrer Stelle jedenfalls nicht tun«, sagte Anna.

»Warum?«

»Na, weil es total dämlich wäre! Eine vierundvierzigjährige Frau wäre doch verrückt, ihr wohlgeordnetes bürgerliches Leben mit Mann und Kindern aufzugeben, um mit einer viel jüngeren Frau zusammenzuziehen, die praktisch ihre Tochter sein könnte und ihr weder Sicherheit noch Geld bieten kann. Im Ernst, Alice. Wenn sie das wirklich tut, machst du dich besser vom Acker, denn dann muss sie komplett irre sein.«

Ich schnaubte. »Na, vielen Dank auch.«

»Mach dir nichts vor, Alice. Sie wird bei ihrer Familie bleiben.«

»Das weißt du doch gar nicht.«

Anna zuckte mit den Schultern. »Du wolltest meine Meinung hören, und ich hab sie dir gesagt. Selbst wenn sie dich tatsächlich liebt – das wird die Hölle werden. Für dich vielleicht nicht, aber für ihre Kinder bestimmt.«

»Nicht unbedingt. Wenn wir behutsam vorgehen.«

»Kinder, deren Eltern sich trennen, tragen immer Schäden davon, egal, wie umsichtig die Erwachsenen sich verhalten. Ich weiß, wovon ich rede. Die Kids, die ich festnehme, kommen alle aus zerrütteten Familien. Alle.«

So war Anna: Stets hatte sie ein passendes Beispiel aus ihrer zwölfjährigen Polizeikarriere parat. Straftäter hätten jede Hoffnung verloren, sagte sie. Das fing mit der Trennung der Eltern an, und danach ging es nur noch bergab. Anna machte die Eltern für alles verantwortlich. In ihren Augen hatten sie gefälligst vernünftig zu sein und zusammenzubleiben.

»Wahrscheinlich hast du recht«, sagte ich.

»Würdest du warten, bis ihre Kinder älter sind?«, fragte Anna.

»Ja«, antwortete ich sofort. Darüber brauchte ich noch nicht einmal nachzudenken.

»Selbst wenn es fünfzehn Jahre dauert?«

»Ja.«

»Wow. Dich hat's wirklich schwer erwischt. Du musst echt aufpassen, Alice.«

Ich erwiderte nichts. Sie hätte es ohnehin nicht begriffen. Ich brauchte nicht aufzupassen, denn diese Liebe war groß und wunderbar. Sie würde ewig halten und niemals wehtun, denn sie war weise, erhaben und barmherzig. Sie war etwas Himmlisches, das golden strahlte und uns mitten ins Herz getroffen hatte.

* * *

Ich verabschiedete mich von Anna und spazierte langsam zu meiner Wohnung zurück. Ihre Worte klangen mir noch in den Ohren: »Selbst wenn sie dich tatsächlich liebt – das wird die Hölle werden.«

Aber noch war ja alles offen zwischen Bo und mir. Keine von uns beiden hatte bisher gesagt: »Ich will dich um jeden Preis aus deinem konventionellen schwanzfixierten Dasein locken.« Einmal hatten wir uns allerdings (Gott weiß, warum) per E-Mail über Sex ausgetauscht, und ich hatte Bo davon vorgeschwärmt, wie ich mal in Malawi mit einem Kerl im Bett gelandet war, nachdem wir uns zusammen am See den Mondaufgang angeschaut hatten. Bo hatte geantwortet: »Ich muss ständig an deine letzte E-Mail denken. So eine schöne E-Mail, Schätzchen. Einfach wunderbar. (Hörst du mich schnurren?)« Daran war eigentlich nichts falsch zu verstehen.

Als ich nach Hause kam, fand ich eine Nachricht von ihr auf dem iPad.

Von: Bo@BoLuxton.co.uk
Gesendet am: 11. Juli 2015, 12:17
An: AlicetheEighth@gmail.com
Betreff: Nächste Woche

Gus fährt nächsten Dienstag für drei Tage weg.
Komm zu Besuch.
Bitte. Du fehlst mir.
Bxxx

8

Von Euston aus nahm ich den Zug nach Oxenholme. Mein Rucksack war leicht. Da mein Besuch diesmal nur drei Tage dauern würde, hatte ich nicht viel eingepackt, bloß eine Jeans, zwei Oberteile, eine Wanderhose, mein iPad, ein Notizbuch und einen Pyjama. Den Pyjama wollte ich eigentlich gar nicht mitnehmen, aber dann stopfte ich ihn doch noch dazu, nur für den Fall, dass ich einen schrecklichen Fehler machte und Bo mich aus einem ganz anderen Grund als vermutet einlud.

Ich fischte das iPad und das Notizbuch aus dem Rucksack, stopfte den Rucksack in das Gepäckfach über meinem Sitz und nahm Platz. Kaum hatte ich das iPad auf den kleinen Klapptisch vor mir gelegt, bekam ich eine Nachricht von Bo. »Ich freue mich wahnsinnig, dass du kommst, liebste Alice. Du bist wunderbar! Bxxxx.«

Ich schickte »xxxx« als Antwort und bekam Herzklopfen. Keine von uns beiden hatte bisher offen zur Sprache gebracht, dass hier mehr im Spiel war als die übliche Zuneigung unter Freundinnen. Aber ich wusste es. Ich wusste, was ich für Bo empfand, und Bo hatte deutlich genug gemacht, welche Gefühle sie für mich hegte. Und als sie wusste, dass Gus verreisen würde, hatte sie mich sofort zu sich eingeladen. Da erwartete ich natürlich mehr als eine Tasse Tee und ein frisch bezogenes Bett im Gästezimmer.

Allerdings graute mir vor der Unbeholfenheit, den peinlichen Momenten, bis es endlich so weit war und wir uns unsere Liebe gestanden.

Ich wollte Bo die Führung überlassen. Schließlich war sie diejenige, die verheiratet war und alles zu verlieren hatte. Ich musste ihr die Möglichkeit lassen, es sich anders zu überlegen, wenn sie das wollte.

Bei der Vorstellung, dass sie einen Rückzieher machen könnte, wurde mir ganz flau. Anna hatte recht. Das Ganze war schon zu weit gegangen, um ein gutes Ende zu nehmen, für Bo ebenso wenig wie für mich oder ihre Familie. Bisher hatte ich es nicht sehen wollen, aber von außen betrachtet war eigentlich ich diejenige, die am ehesten Gefahr lief, dass ihr das Herz gebrochen wurde.

Aber nein. Dazu würde es nicht kommen. So war Bo nicht. Selbst wenn sie es sich anders überlegte, sie würde mich niemals verletzen. Was das anging, war ich mir sicher.

Ich lehnte mich in meinen Sitz zurück und begann zu schreiben. Wenigstens zweitausend Wörter wollte ich schaffen, um sie ihr am Abend zu zeigen.

* * *

Als Bo mich diesmal am Bahnhof abholte, küsste sie mich zärtlich auf den Mund. Ich war so verblüfft, dass ich gar nicht schnell genug reagieren konnte, um ihren Kuss zu erwidern. Doch damit nicht genug. Als wir zum Auto gingen, nahm sie meine Hand, als wäre es ihr egal, wer uns sah und was man über uns dachte. Und als wir im Wagen saßen, beugte sie sich zu mir herüber für einen leidenschaftlichen Zungenkuss. Es fühlte sich himmlisch an.

Am Ende war alles ganz einfach.

9

Nach all den Jahren war sie für mich wie ein unverhofftes Geschenk, wie ein Diamant am Wegesrand.

Ich lag neben ihr auf dem Teppich, blickte sie staunend an und murmelte: »Dich kann es nur einmal auf Erden geben; kein anderer Geist stimmt so perfekt mit meinem überein.«

»Wir sind Zwillingsseelen«, sagte sie. »Wir sind identisch.«

»Nein. Nicht identisch. Gegensätzlich. Wie Leben und Tod, Licht und Schatten – das eine kann ohne das andere nicht sein.«

Stundenlang lagen wir still nebeneinander.

* * *

Ich drückte sie an mich, spürte ihren warmen Atem an meinem Hals, die Wärme ihres Körpers, schaute tief in ihre Augen, die meinen Blick erwiderten, bis sie ein Spiegel waren, in dem ich meine eigenen sah.

»Mein Liebling«, flüsterte sie. »Mein Liebling.«

Die Dunkelheit legte sich langsam über uns. Wir versteckten uns in ihr, strahlende Sterne, deren Licht verging.

* * *

Sie bettete ihren Kopf auf meine Schulter, und ich las ihr vor, bis sie einschlief. Ich lauschte dem leisen Auf und Ab ihres Atmens, küsste sie auf die Stirn, und dann lag ich einfach nur still neben ihr, während sie schlief, und genoss diese heilige, himmlische Stunde.

Als sie wieder aufwachte, sah sie mich schweigend an. Wir sagten kein Wort. Wir hatten gelernt, nicht von Liebe zu sprechen, sondern sie einfach zuzulassen.

10

Den Ausdruck »im siebten Himmel schweben« kannte ich natürlich, doch erst jetzt verstand ich, was er eigentlich bedeutete. Ich fühlte mich wunderbar leicht und beschwingt. Bo liebte mich, wollte mit mir zusammen sein, riskierte alles für mich. Es war atemberaubend, überwältigend und kaum zu fassen.

Am Morgen brachten wir die Mädchen zur Schule, und danach wanderten wir weiter durch den Wald bis zum Loughrigg Tarn. Es war ein warmer Tag, die Sonne leuchtete golden über dem dunklen See. Ich nahm Bos Hand in meine. Ich wollte nicht an die Zukunft denken.

Schweigend gingen wir nebeneinanderher. Ich war ganz selig vor Glück. Doch als ich Bo ansah, erwiderte sie meinen Blick nicht. Schon war es mit der Seligkeit vorbei.

»Alles in Ordnung?«, fragte ich.

Sie schwieg.

Vor der Sonne zogen Wolken auf. Ich fröstelte. Bo sah mich noch immer nicht an. Ich hielt weiter ihre Hand, klammerte mich regelrecht daran fest, und sagte nichts weiter aus Angst, alles kaputt zu machen.

* * *

Beim Abendessen sagte Bo: »Ich kann nicht so tun, als käme Gus nicht zurück.«

» Und wie geht es dann weiter?«, fragte ich.

»Ich kann dir nichts versprechen«, sagte sie.

»Bereust du es?«, fragte ich.

Sie schwieg.

Ich verbrachte die Nacht im Gästezimmer und wartete auf sie.

Doch sie kam nicht. Ich weinte.

* * *

Am nächsten Morgen war sie wieder in Hochstimmung. Sie plauderte munter, als wir den Mädchen Frühstück machten. Ich stellte Porridge in die Mikrowelle, Bo steckte Brot in den Toaster und servierte Saft und Kaffee. Zwischendurch warf sie mir immer wieder Blicke zu und lächelte mich an, als wolle sie mit mir flirten, und wenn sie mich im Vorbeigehen streifte, durchzuckte uns beide ein Verlangen, das stärker war als wir selbst.

Als es dunkel wurde, war alles wieder gut. Es war unser letzter gemeinsamer Abend.

* * *

Zwei Uhr früh. Wir lagen im Bett, noch immer wach.

»Ich habe ein Gedicht geschrieben«, sagte Bo.

»Lies es mir vor«, sagte ich.

Es war ein trauriges Gedicht über das Gefangensein im Paradies.

Als sie es zu Ende gelesen hatte, nahm ich ihre Hand und sagte: »Es klingt so traurig. Nach Angst und Einsamkeit, und einer großen Sehnsucht, zu entkommen.«

Bo wurde auf einmal angespannt, und ich bereute meine Worte sofort. Doch dann lachte sie und sagte: »Natürlich sehne ich mich danach, zu entkommen! Vor allem dieser verdammten Katze. Jeden Tag hoffe ich, dass sie tot umfällt, damit ich endlich wieder in Urlaub fahren kann.«

»Und mehr steckt nicht dahinter?«, fragte ich.

Sie schwieg.

Nach einer Weile sagte ich: »Du weißt alles über mich, aber wenn ich etwas über dich erfahren möchte, blockst du jedes Mal ab.«

Tatsächlich hatte ich mehrmals versucht, mit Bo über Gus zu reden und darüber, wie er sie behandelte. Ich hatte sie auch gefragt, warum sie so geringschätzig von ihrer Mutter sprach und warum es ihr so wichtig war, in dieser Abgeschiedenheit zu leben. Doch sie wich meinen Fragen stets aus; statt zu antworten, wechselte sie einfach das Thema oder stellte mir eine Gegenfrage.

»Wie gehst du damit um, wenn du so wütend wirst wie jetzt gerade?«, fragte sie.

»Was?«

»Du bist wütend. Wie gehst du mit diesem Gefühl um?«

»Ich versuche doch nur, mit dir zu reden. Ich bin nicht wütend. Nur frustriert.«

»Aber was machst du normalerweise, wenn du wütend bist?«

»Ich bin nicht ...«

»Doch, du bist wütend, Schätzchen. Du hast auch allen Grund dazu. Du bist wütend auf deine Mutter ...«

»Ich ...«

»Du musst einen Weg finden, dich von deiner Wut zu befreien, damit es dir wieder gut geht. Alkohol und Zigaretten sind allerdings der falsche Weg.«

Ich schwieg verwirrt.

»Wenn du wütend bist, gehst du am besten spazieren. Geh raus an die frische Luft und wandere durch die herrliche Landschaft. Wenn du den Boden unter den Füßen spürst, wirst du merken, dass du selbst ein Teil der Natur bist. Nimm die Schönheit deiner Umgebung mit all deinen Sinnen auf, dann wird sie dich heilen. Aber genug geredet. Lass uns schlafen.«

Ich spürte einen seltsamen Knoten im Magen, als wäre ich zurechtgewiesen worden. Aber das war Quatsch. Bo hatte mich bestimmt nicht zurechtgewiesen. Sie hatte es lieb gemeint, wollte mich nur an ihrer Lebenserfahrung teilhaben lassen. Ich schloss die Augen und genoss das Gefühl, in Bos Armen zu liegen. Alles war gut.

* * *

Als ich am nächsten Morgen aufwachte, fühlte ich mich niedergeschlagen. Unser letzter Tag war angebrochen. Mein Zug ging um drei Uhr nachmittags. Ich dachte an meine Heimreise, meine leere Wohnung, mein leeres Leben. Am liebsten wäre ich bei Bo und ihren Töchtern geblieben. Ich sehnte mich nach einer Familie.

Die Mädels hatten natürlich keine Ahnung davon, was zwischen Bo und mir lief. Offiziell schlief ich im Gästezimmer. Dort hatte ich meine Sachen, und dorthin schlich ich morgens, bevor sie aufwachten, zurück. Wie eine große Schwester, die nachts heimlich außer Haus war. Oder wie eine miese Ehezerstörerin. So wollte ich mich aber nicht sehen.

Unten in der Küche hörte ich Bo und die Mädchen frühstücken. Ich blieb oben, duschte, zog mich an, packte langsam meinen Rucksack und weinte still beim Gedanken daran, wegfahren zu müssen und nicht zu wissen, wann ich das nächste Mal zu Besuch kommen konnte.

Nach einer Weile stürmten Lola und Maggie die Treppe hoch, um sich für die Schule fertig zu machen. Sie stritten sich über irgendetwas. Ich konnte nicht verstehen, worüber, und es interessierte mich auch nicht. Sie stritten sich andauernd. Meine Mutter hätte beiden den Hintern versohlt, aber Bo war stets die Ruhe selbst, die geduldige Vermittlerin.

Ich wischte mir die Tränen aus dem Gesicht und ging nach unten. Bo räumte gerade das Frühstück weg. Als sie mich sah, lächelte sie.

»Guten Morgen, Schatz«, sagte sie. Ihr fröhlicher Tonfall ärgerte mich. Ich wollte, dass sie traurig war. Ich wollte das Gefühl haben, nicht die Einzige zu sein, die den bevorstehenden Abschied bedauerte.

Doch bevor ich etwas sagen konnte, fuhr sie fort: »Ich muss heute arbeiten. Am besten gehst du spazieren. Das wird dir helfen, auf andere Gedanken zu kommen und dich in Ruhe und Gelassenheit zu üben.« Sie reichte mir ein grünes Buch mit dem Titel *Wanderführer Grasmere*.

Wortlos starrte ich auf das Buch. Ich hätte schon wieder heulen können. Uns blieben noch knapp sechs Stunden Zeit füreinander, aber Bo wollte lieber arbeiten. Plötzlich schämte ich mich, als hätte ich mich in einen ungebetenen Gast verwandelt, der ausgestoßen wird.

Ich blätterte in dem Buch. »Welche Strecke würdest du denn empfehlen?«, fragte ich kühl.

»Es gibt eine sehr schöne Tour, die am Dove Cottage beginnt und der Sargroute nach Rydal folgt. Dort überquerst du einfach die Straße zum See und läufst am Seeufer entlang zurück zum Dorf. Die Strecke ist nur etwa sechs Meilen lang. Gegen Mittag bist du wieder zurück.«

Ich lachte bitter. »Sargroute. Wie passend.«

»So nennt man den Pfad, auf dem früher Särge zur Trauerfeier getragen wurden. Manche Dörfer hatten keine eigene Kirche. Der Weg ist ziemlich steil.« Bo lächelte, dann fügte sie hinzu: »Das waren wirklich leidvolle Zeiten damals.«

Ich schwieg.

»Ich habe dir ein Lunchpaket gemacht«, sagte Bo. »Jetzt mach doch nicht so ein Gesicht, Schatz. Ich muss heute Vormittag wirklich mal was tun. Geh raus an die frische Luft. Das wird dich inspirieren, glaub mir!«

»Alles klar«, sagte ich. Bo gab mir das Lunchpaket und eine Flasche Wasser. Ich bedankte mich, und da mir nichts anderes übrig blieb, ging ich hinaus.

* * *

Bo hatte recht gehabt. Die Strecke war wirklich schön. Der Weg führte hinauf in die Berge und bot einen herrlichen Ausblick auf den See, der still im Sonnenlicht glitzerte. Aber der Spaziergang brachte mich leider nicht auf andere Gedanken. Ich grübelte die ganze Zeit vor mich hin. Ich wollte nicht allein durch die Gegend wandern. Ich wollte lieber mit Bo zusammen sein.

Ich trottete weiter. Vielleicht klammerte ich zu sehr. Bo war immerhin eine erfolgreiche und viel beschäftigte Schriftstellerin. Da war es doch kein Wunder, dass sie mich weggeschickt hatte. Natürlich brauchte sie Zeit zum Schreiben. Warum hatte ich das nicht gespürt? Eigentlich hätte ich von selbst darauf kommen können, spazieren zu gehen, um ihr so Raum zum Arbeiten zu geben. Stattdessen hatte ich sie in die Verlegenheit gebracht, mich mit einem Lunchpaket vor die Tür setzen zu müssen.

Ich wurde knallrot vor Scham.

Nach einer Kurve führte der Weg ein Stück bergab zur Straße. Ich überquerte sie und lief über eine Holzbrücke zum Seeufer. Ein paar Familien machten dort Picknick, die Kinder paddelten im Wasser oder schwangen kühn an dem Seil, das an einem der Bäume befestigt war.

Ich spazierte um den See. Es inspirierte mich nicht, im Gegenteil. Es fühlte sich an wie eine Strafe.

* * *

Als ich ins Dorf gelangte, trödelte ich noch eine Weile dort herum, weil ich Bo nicht zu früh bei der Arbeit stören wollte. Ich bummelte durch die Geschäfte, schaute mir Bücher, Taschen und andere Dinge an, die ich nicht brauchte. Um halb zwei machte ich mich schließlich auf den Rückweg zu Bos Haus. Mir blieb gerade noch genug Zeit, meine Sachen abzuholen, mich zu verabschieden und zum Bahnhof zu gehen.

Als ich vor Bos Haus stand, war ich unsicher, ob ich einfach hineingehen oder besser anklopfen sollte.

Aber Bo hatte schon am Küchenfenster nach mir Ausschau gehalten und öffnete mir die Tür. Sie wirkte sehr erleichtert, mich zu sehen.

»Du warst aber lange unterwegs«, sagte sie und küsste mich fordernd.

»Ich hab mich noch ein bisschen im Dorf umgeschaut«, sagte ich leichthin.

»Schade, dass du so spät dran bist«, sagte Bo. »Jetzt bleibt uns kaum noch Zeit miteinander ... Was ist denn los, Schätzchen?«

Ich schaute weg. Ich hatte Tränen in den Augen, aber ich war fest entschlossen, ihr keine Szene zu machen. »Nichts.«

Bo trat auf mich zu und schloss mich in die Arme. »Ach, Alice«, sagte sie. »Tut mir leid, wenn ich dich verletzt habe.«

Sie hielt mich lange fest.

Als sie mich wieder losließ, sagte sie: »Ich wollte unbedingt arbeiten, weil ich mir so zu Herzen genommen habe, was du mir gestern Nacht gesagt hast – dass ich jedes Mal abblocke, wenn du etwas über mich erfahren willst. Du hast recht. Bitte vergib mir, Schätzchen, ich bin einfach nicht gut darin. Es fällt mir wirklich schwer, über mich selbst zu reden. Deshalb habe ich heute Vormittag zwei kleine Geschichten geschrieben, nur für dich, damit du sie im Zug lesen kannst. Sie enthalten sozusagen meine Lebensgeschichte.«

Die furchtbare Schwere, die den ganzen Vormittag auf mir gelastet hatte, war im Nu verflogen.

Ich lächelte. »Danke. Ich dachte ...« Ich hielt inne und schüttelte den Kopf.

»Nein«, sagte Bo und drückte meine Hand. »So ist es nicht.«

11

FÜR ALICE, VON BO

Meine Familie zog ständig umher. Wir hatten einen roten Zigeunerwagen, waren jedoch keine Zigeuner, sondern Landstreicher. Meine Eltern hielten es nirgendwo lange aus. Sie meinten, wenn sie nicht umherzögen, ginge ihnen die Arbeit aus. Aber es lag wohl eher daran, dass mein Vater ein großes Talent besaß, sich überall Feinde zu machen. Es begann immer damit, dass uns zu Ohren kam, irgendwelche Kerle seien hinter meinem Vater her. Von da an war es nur noch eine Frage der Zeit, bis wir mitten in der Nacht aus dem Schlaf gerissen wurden, weil eine schreiende Meute wütend gegen unseren Wohnwagen hämmerte. Im Morgengrauen war es dann wieder so weit: Mein Vater spannte das Pferd ein, und wir zogen weiter und ließen all unsere Schulden und Sorgen hinter uns, wie er immer zu sagen pflegte.

Aber natürlich konnten wir vor unseren Schulden und Sorgen nicht einfach so davonlaufen. Entweder sie holten uns ein, oder sie erwarteten uns schon am nächsten Ort. Wir hatten nie Geld; selbst wenn welches hereinkam, blieb nichts für Essen oder neue Kleidung übrig, weil es für andere Dinge ausgegeben wurde, die wir nie zu Gesicht bekamen. Das Geld war immer sofort wieder weg.

Meine Eltern waren fast nie da. Ich weiß nicht, was mein Vater die ganze Zeit trieb. Meine Mutter war Lumpensammlerin. Tagsüber durchforstete sie fremde Mülltonnen, polierte Weggeworfenes wieder auf oder nahm es auseinander und stopfte es in ihr Bündel, und abends zog sie damit von Tür zu Tür, um den Kram zu verkaufen. Mein Bruder und ich blieben uns selbst überlassen.

Wir waren ständig auf der Jagd nach Essen. Wir lernten, welche Pflanzen genießbar und welche giftig waren. Im Sommer und Herbst kamen wir über die Runden, indem wir uns von wildem Obst ernährten. »Von Pilzen lasst ihr aber besser die Finger«, sagte meine Mutter, und dann lachte sie, und mein Vater ebenfalls. Ihr Lachen klang so, als ob Pilzen etwas Aufregendes und Verbotenes anhaftete. Wie so viele andere Dinge lauerten sie in der dunklen Welt, die für Kinder tabu war.

Im Winter war es schwerer. Dann kauerten mein Bruder und ich im Zigeunerwagen. Eisige Kälte kam von den Bergen zu uns herabgefegt, und wir froren bis auf die Knochen.

An den Winterabenden war unsere Mutter länger unterwegs, zwangsläufig, weil kaum jemand die Tür öffnete und sie deshalb doppelt so viele Straßen ablaufen musste, um auch nur die Hälfte von dem zu verkaufen, was sie im Sommer schaffte. Wenn sie spätabends zu uns in den Wagen stolperte, stank sie nach Bier und war voller Wut.

»Dieses verdammte Rattenloch«, lallte sie. Ich tat jedes Mal so, als schliefe ich schon, und betete, dass der Alkohol sie einschläferte, bevor sie in Rage geriet. Manchmal wurde mein Gebet erhört, und sie sank zu Boden, wo sie bis zum Morgen liegen blieb. Doch immer öfter kam es vor, dass sie sich über mein Bett beugte und schrie: »Was habe ich mir bloß dabei gedacht, Kinder zu kriegen! Ein Kind wie dich. Du bist unnütz und kostest mich ein Vermögen! Sieh dich an! Du bist jetzt vierzehn, alt genug, um endlich mitzuverdienen! Ansonsten sieh zu, dass du woanders unterkommst.«

Bald danach fing es an. Unsere Eltern waren nicht da, mein Bruder und ich lagen schon im Bett, da kam der erste Mann herein. Ich kannte ihn vom Sehen. Ein Bauarbeiter. Ein Trinker und Schreihals. Er setzte sich auf den Rand meines Bettes. Nach einer Weile zog er mir die Decke weg.

Mein Bruder setzte sich auf. »Was machen Sie da?«, fragte er.

»Halt dich da raus, und wehe, du erzählst deiner Mutter da-

von«, sagte der Mann, stand auf, ging zum Bett meines Bruders, riss ihm die Decke weg und stülpte sie ihm über den Kopf.

Mein Bruder wagte nicht, die Decke herunterzuziehen.

Der Mann kam wieder zu mir.

Ich lag still und regungslos da, ließ es über mich ergehen und wurde zu Stein.

Als der Mann weg war, kam ein anderer, und danach noch einer.

Von da an kamen sie jeden Abend, und unsere Geldsorgen lösten sich in Luft auf.

Denn ich verdiente ja mit.

12

FÜR MEINE GELIEBTE ALICE, VON BO

Als ich fünfzehn war, fühlte ich mich drei Monate lang hundeelend. Jeden Morgen wachte ich schlagartig auf, stürzte aus unserem alten Zigeunerwagen ins dahinterliegende Gebüsch und kotzte so lange, bis nichts mehr kam. Und selbst dann musste ich noch würgen. Ich würgte, bis ich das Gefühl hatte, in Ohnmacht zu fallen.

Nach einer Woche sah meine Mutter mich misstrauisch an. »Was ist los mit dir?«, fragte sie.

Ich wich ihrem Blick aus. »Hab mir den Magen verdorben.«

Sie nickte, sagte aber nichts weiter. Ich blieb tagelang im Bett liegen, war manchmal sogar zu schwach, um rauszugehen, wenn mir übel wurde. Mein Bruder brachte mir einen Eimer. Ich machte ihn sauber, wenn ich dazu imstande war.

Irgendwann begriff ich, was mit mir los war.

* * *

Als die Übelkeit endlich nachließ, war ich völlig erschöpft und abgemagert. Ich dachte: Hoffentlich ist das Baby in mir jetzt tot. Doch diese Hoffnung erfüllte sich nicht. Irgendwann dämmerte sogar meiner Mutter, was mit mir nicht stimmte.

Ich dachte, sie würde mir helfen, es loszuwerden. Ich wusste, dass das möglich war. Wenn man zum Arzt ging, verschrieb er einem eine Pille, und dann verschwand das Baby spurlos, als ob es sich in Rauch auflöste.

Doch meine Mutter hasste Ärzte. Für sie zählten Ärzte zu den »Obrigkeiten«, ebenso wie Schulen, Sozialarbeiter, die Polizei und die Regierung: allesamt Schnüffler und Spitzel, die nur ei-

nes im Sinn hatten, nämlich uns einzusperren. Man musste sie hassen und ihnen unbedingt aus dem Weg gehen. Die Obrigkeiten waren der Grund, weshalb wir nie länger an einem Ort blieben. Sobald sie mitbekamen, dass mein Bruder und ich nicht zur Schule gingen, waren sie uns auf den Fersen.

Also brachte meine Mutter mich nicht zum Arzt. Stattdessen schleppte sie mich einen Monat lang jeden Abend zum Black Horse, um beim Wirt zwei doppelte Gin für mich zu bestellen.

»Sie hat einen Braten in der Röhre, der es eilig hat, rauszukommen«, erklärte sie. »Noch mehr Bälger kann ich mir nämlich nicht leisten.«

Der Wirt schüttelte den Kopf, als fehlten ihm angesichts dieser Schande die Worte, schob das Glas zu mir herüber, und meine Mutter bezahlte ihn mit dem Geld, das meine nächtlichen Besucher ihr zugesteckt hatten.

Ich kippte den doppelten Gin hinunter. Mir wurde speiübel und schwindelig davon, und ich begann zu lallen. Es war eine Herausforderung, in diesem Zustand zu unserem Zigeunerwagen zurückzufinden. Wenn es mir gelang, kniete ich mich auf den Boden und betete, dass der Gin seine giftige Wirkung entfalten und das Baby aus mir heraustreiben möge. Doch meine Gebete wurden nicht erhört. Ich konnte nicht begreifen, dass dieses ekelerregende Gesöff mich dazu brachte, doppelt zu sehen und durch die Gegend zu torkeln, aber dem Baby in meinem Leib nicht das Geringste anhaben konnte. Es ergab überhaupt keinen Sinn.

Ein Gutes hatte das Ganze jedoch: Die Männer blieben weg. Als sich herumsprach, dass einer von ihnen mich geschwängert hatte, wollte es natürlich keiner gewesen sein, und zum Beweis verzichteten sie auf weitere Besuche.

Als die Übelkeit endlich nachließ und ich wieder ein wenig essen konnte (viel gab es sowieso nicht), wurden meine Klamotten zu eng. Mir blieb nichts anderes übrig, als meine Oberteile an den Seiten aufzuschneiden und meine Jeans offen zu lassen.

»Wie lange ist das jetzt her?«, fragte meine Mutter und starrte auf meinen runden Bauch.

Ich zuckte die Achseln. »Keine Ahnung. Fünf oder sechs Monate.«

»Tja, mit Gin wirst du das jetzt nicht mehr los. Wir werden es irgendwem unterjubeln müssen.«

Ich schwieg.

Die Zeit verging. Je größer das Baby in mir wurde, desto müder und erschöpfter fühlte ich mich, und ich hatte so große Angst davor, was passieren würde, dass ich einfach nur noch sterben wollte.

Aber ich starb nicht.

Meine Mutter verdonnerte mich zum Arbeiten. Ich sollte Fliesen reparieren und anmalen. Sie schleppte säckeweise Fliesenscherben an, unzählige Puzzleteile, die ich mit Kleber wieder zusammenfügen sollte. Wenn ich damit fertig war, sollte ich mit einem dünnen Pinsel schöne Muster darauf malen, damit meine Mutter sie für zehn Pfund pro Stück an reiche Leute verkaufen konnte.

Und während ich die Tage damit verbrachte, einsam auf einem Plastikstuhl draußen vor dem Zigeunerwagen zu sitzen und Fliesenscherben zusammenzuleimen und zu bemalen, wuchs das Baby in mir weiter heran und nahm immer mehr Platz ein.

Einmal sagte ich: »Was passiert denn, wenn das Baby kommt?«

»Ganz in der Nähe ist eine Frau, deren Tochter es haben will«, sagte meine Mutter.

Doch das hatte ich gar nicht gemeint. Ich wollte wissen, was mit mir geschehen würde und wie ich es eigentlich schaffen sollte, das Baby aus mir herauszukriegen. Die meiste Zeit versuchte ich, nicht daran zu denken, aber manchmal bekam ich nachts Albträume davon, das Kind ganz allein im Zigeunerwagen zur Welt zu bringen, ohne dass mir jemand dabei half.

* * *

Eines Tages kam das Baby schließlich, früher als erwartet. Ich hatte keine Ahnung, welchen Wochentag oder welche Uhrzeit wir hatten, ich wusste nur, dass es draußen hell war, nicht dämmrig wie am frühen Morgen, sondern richtig hell.
Ich war allein im Zigeunerwagen und begriff erst nach einer Weile, was los war. Zuerst dachte ich, ich hätte mir in die Hose gemacht, aber der ganze Boden war klatschnass, die reinste Überschwemmung. Mein erster Gedanke war, wie ich diese Schweinerei beseitigen sollte, bevor meine Mutter zurückkehrte. Als mir klar wurde, dass das Baby herauskommen wollte, ging ich nach draußen zum Toilettenhäuschen und setzte mich aufs Klo.
Nach einer Weile wurde es mir dort zu ungemütlich, also schleppte ich mich wieder zum Zigeunerwagen zurück. Inzwischen standen nur noch vier Wohnwagen auf dem Platz. Die anderen hatten meinen nächtlichen Besuchern gehört; sie waren längst weitergezogen. Niemand schien da zu sein.
Ich stand auf der Wiese und rief: »Hilfe!« Dann wartete ich eine Weile, aber nichts passierte. Also beschloss ich, mich wieder an die Arbeit zu machen und mich so abzulenken.

* * *

Die Wehen folgten einige Stunden später. Zuerst waren sie gar nicht so schlimm, trotzdem rief ich wieder um Hilfe. Doch niemand hörte mich. Ich dachte, dass wahrscheinlich Sonntag war, denn sonntags vertrieben sich die meisten Leute vom Platz die Zeit im Black Horse. Ich fragte mich, ob es wohl gut für das Baby war, an einem Sonntag zur Welt zu kommen; vielleicht gab es für Babys, die sonntags geboren wurden, mehr Hoffnung als für gewöhnliche Montags- oder Dienstagskinder.
Nach einer Weile hielt ich das Sitzen nicht mehr aus, also ging ich spazieren. Ich lief kreuz und quer durch die Landschaft, und als die Wehen schlimmer wurden, rief ich abermals um Hilfe. Doch niemand kam. Da dämmerte mir, dass ich die Sache wohl

allein durchstehen musste. Ich wusste nicht, was ich tun musste und ob ich vielleicht sterben würde.
Dann wurden die Wehen so stark, dass ich eine Weile gar nichts mehr denken konnte.

* * *

Irgendwann war ich nicht mehr imstande weiterzulaufen, weil die Wehen in Wellen kamen. Ich zog mein Nachthemd aus und setzte mich ins Gras. Und wenn eine Wehe kam, schrie ich, wie ich noch nie zuvor geschrien hatte. Ich konnte kaum glauben, dass diese Laute tatsächlich von mir kamen.
Ich hoffte noch immer, dass jemand mich hören und mir zu Hilfe eilen würde, doch niemand kam. Also blieb ich einfach dort sitzen, den Rücken an einen Baum gelehnt. Ich heulte, stöhnte und brüllte, und als mein Körper es mir befahl, begann ich zu pressen.

* * *

Irgendwann, das Gras war schon voller Blut und Schleim, kam das Baby endlich aus mir heraus. Ich fing es mit meinen Händen auf: ein zerknittertes, graues, mit weißer Schmiere bedecktes, wimmerndes Bündel. Dann wurde das Baby rot und schrie, und ich wusste nicht, was ich mit ihm machen sollte, ob ihm vielleicht kalt war und wie ich es am Leben halten konnte. Ich wusste nur, dass die Nabelschnur durchtrennt werden musste, aber ich hatte keine Schere dabei, und alles war dreckig.
Schließlich legte ich das Baby ins Gras und hob mein Nachthemd auf. Es war das Einzige, was ich hatte, und ich beschloss, das Baby damit zuzudecken, damit ihm warm war. Und als ich das tat, sah ich, dass das Baby ein Mädchen war.

* * *

Es schlief ein. Ich trug es zum Wohnwagen und setzte mich mit ihm auf mein Bett.

Irgendwann kam meine Mutter zurück. Als ich sie auf der Treppe hörte, bekam ich furchtbare Angst, als hätte ich etwas Schlimmes angestellt und würde gleich dafür bestraft werden. Also schob ich das Baby rasch unter die Bettdecke und setzte ein Gesicht auf, als wäre nichts passiert.

Doch meine Mutter hatte die Blutspuren draußen bemerkt. Sie schaute sich um und fragte: »Hast du das Baby zur Welt gebracht?«

»Ja«, sagte ich.

»Wo ist es denn? Warum hast du uns nichts gesagt?«

Ich zog die Bettdecke weg und zeigte ihr das Baby. »Ich habe gerufen, doch niemand hat mich gehört.«

Meine Mutter schwieg, aber sie hob das Baby hoch und sagte Hallo zu ihm, was mehr war, als ich getan hatte. Woher hätte ich auch wissen sollen, was man zu einem Wesen sagt, das gerade aus einem herausgekommen ist und das man von Anfang an nicht haben wollte.

* * *

Ich hatte damit gerechnet, dass sofort jemand kommen und mir das Baby wegnehmen würde, doch ich hatte mich geirrt. Ich behielt es tagelang bei mir. Es lag neben mir im Bett, und ich betrachtete es, doch es sah mir überhaupt nicht ähnlich, und ich war unsicher, ob es wirklich meins war.

Meine Mutter meinte, ich solle es füttern, aber ich wusste nicht, wie das ging, also tat ich gar nichts. Das Baby zappelte ein bisschen und ruderte unbeholfen mit den Armen, und als es anfing zu schreien, deckte ich es mit dem Laken zu.

* * *

Irgendwann ging ich dazu über, das Baby einfach in eine Decke zu wickeln und mit nach draußen zu nehmen, um dort weiter Fliesen zu bemalen. Sonst gab es nichts zu tun. In den ersten Tagen schrie das Baby kaum, sondern schlief die meiste Zeit, und wenn es aufwachte, legte ich das Laken über sein Gesicht und hielt mir die Ohren zu, und irgendwann hörte es auf zu schreien und schlief wieder ein. Dann war ich erleichtert.
Manchmal wurde ich nachts wach und schaute zu dem Baby hinüber. Ich dachte, es würde schlafen, doch es war hellwach und starrte mich stumm an. Seine Augen machten mir Angst.

* * *

Meine Mutter sorgte dafür, dass wir etwas zu Essen bekamen, aber sie war weiterhin den ganzen Tag weg und kam erst spätabends heim. Sie redete kaum mit mir. Ab und zu fragte sie, wie es dem Baby und mir ging. Ich sagte, es ginge uns beiden gut, danke, und dann verschwand sie wieder. Aber einmal sagte sie: »Vergiss nicht, das Kind zu füttern.«
Also öffnete ich die Tüte, die sie auf dem Boden stehen gelassen hatte, holte eine Scheibe Brot heraus, ging damit zu dem Baby hinüber, das auf meinem Bett lag, und hielt ihm die Kruste an den Mund. Das Baby fing an, kräftig daran zu saugen, und riss die Augen auf, als wäre es wahnsinnig, und ich bekam Angst.
Also ließ ich es mit der Scheibe Brot allein und setzte mich weit weg von ihm in die Ecke.

* * *

Andere Leute hätten dem Baby wahrscheinlich Milchpulver gegeben, aber so etwas gab es bei uns nicht. Ich hatte zwar schon andere Frauen beim Stillen gesehen, aber ich wollte das Baby nicht hochnehmen und an meine Brust halten, weil ich Angst

hatte, etwas falsch zu machen. Also gab ich ihm einfach nur Brot und ab und zu etwas Wasser, und da es nicht starb, nahm ich an, dass ich das Richtige tat, obwohl es sich oft erbrach.
Eines Tages kam meine Mutter früher als sonst nach Hause und brachte eine junge Frau mit, die ich noch nie zuvor gesehen hatte. »Wo ist das Baby?«, fragte meine Mutter.
Ich deutete mit dem Kopf zum Bett, wo das Baby schlief. Inzwischen schlief es die ganze Zeit. Meine Mutter ging zu ihm hinüber, hob es auf und gab es dann der anderen Frau.
Die Frau betrachtete das Baby auf ihrem Arm und begann zu weinen. »Danke«, sagte sie. »Danke.«
Und dann nahm sie es mit.

13

Im Zug zurück nach Euston las ich die beiden Geschichten wieder und wieder. So war das also gewesen. Deshalb war Bo so geworden: eine schöne, starke, reine Seele, die nicht von Zorn und Bitterkeit verzehrt wurde, die Welt aber trotzdem auf Abstand hielt.

Doch nun änderte sich alles. Die Erkenntnis, dass wir uns liebten, ließ ihr Herz allmählich auftauen. »Ich habe noch nie …«, hatte Bo in unserer ersten Nacht gesagt und dann kopfschüttelnd innegehalten. Doch ich wusste trotzdem, was sie hatte sagen wollen. Bo hatte noch nie einem anderen Menschen ihr Herz geschenkt. Auf echte Nähe ließ sie sich nur in kleinen, vorsichtigen Schritten ein.

Ich betrachtete die Blätter in meinem Schoß. Es erstaunte mich, dass Bo diese beiden Geschichten geschrieben hatte, nur weil ich in der Nacht zuvor so frustriert darüber gewesen war, dass sie mir immer auswich, wenn ich ihr Fragen zu ihrer Vergangenheit stellte. Doch jetzt, nachdem ich die Geschichten gelesen hatte, verstand ich. Bo konnte nicht darüber sprechen. Stattdessen schrieb sie es für mich nieder und gab es mir mit.

Am liebsten wäre ich auf der Stelle umgekehrt und zu ihr zurückgefahren. Wir gehörten zusammen, so viel war klar. Unsere Begegnung war wie ein Urknall gewesen, das schicksalhafte Zusammentreffen zweier Seelen im Rausch der Leidenschaft.

14

Seit einer Woche war ich wieder in Brighton, doch Bo hatte sich nur ein einziges Mal gemeldet, eine kurze E-Mail. Sie hoffte, dass ich gut angekommen war und der Umzug in die neue Wohnung gut geklappt hatte. »Melde dich, wenn du dich fertig eingerichtet hast«, hatte sie geschrieben, als ginge sie von einigen Tagen Funkstille aus. Aber ich wollte keine Funkstille; ich wollte mich vergewissern, dass Bo zu unserer Liebe stand und sich nicht hinter ihrer Familie versteckte.

Bos Schweigen war eine Qual für mich, doch ich schrieb ihr nicht, fest entschlossen, mein Leben trotz allem weiterzuleben. Morgens stand ich auf, fuhr zur Arbeit, unterrichtete Italienisch und Spanisch für Anfänger, und wenn ich wieder nach Hause kam, zwang ich mich dazu, mein Buch mit fünfhundert Wörtern zu füllen, meinem selbst auferlegten Tagespensum. Abends konzentrierte ich mich darauf, die Wohnung so gemütlich wie möglich einzurichten: Ich hängte Bilder auf, kaufte Pflanzen fürs Wohnzimmer und einen purpurroten Überwurf für das alte, zerschlissene Sofa. Ich hätte zufrieden sein können. Das war eine Entwicklung zum Besseren, viel besser als die schäbige Bude am Brunswick Place. Aber Bo fehlte mir wahnsinnig, und die schmerzliche Sehnsucht nach ihr erstickte jede Begeisterung darüber, dass es in meinem Leben vorwärtsging. Nachts, wenn ich im Bett lag, dachte ich immer wieder: *Warum bist du nicht bei mir?* Dabei war die Antwort klar. Bo war verheiratet, sie hatte Kinder, ein Haus. Natürlich war sie nicht bei mir.

Ich kam einfach nicht darüber hinweg, es machte mich regelrecht krank. Erst eine Woche zuvor hatten wir uns am Bahnhof voneinander verabschiedet. Als der Zug losfuhr, zerriss es mir das Herz. Das war kein gewöhnlicher Abschied gewesen. Ich trauerte, und die Trauer setzte meinen Verstand außer Kraft, zog mich in die Tiefe. Ich drohte, in der Tragik dieser Liebe unterzugehen.

Und trotzdem versuchte ich, meine Zukunft zu planen. Bo hatte mich immer wieder dazu ermuntert, mich ganz dem Schreiben zu widmen, es zur obersten Priorität zu machen. Doch es fiel mir sehr schwer, die nötige Disziplin aufzubringen. Also suchte ich im Internet nach Postgraduiertenprogrammen für kreatives Schreiben. Zu meiner Überraschung wimmelte es nur so davon. Fast jede Universität des Landes machte sich die Ambitionen von Leuten zunutze, die überzeugt davon waren, die nächste J. K. Rowling werden zu können, wenn sie nur fest genug an sich glaubten und die fälligen Studiengebühren aufbrachten.

Freitagabend verschickte ich sechs Bewerbungen für Manchester, Lancaster, Brunel, UEA, Sussex und Goldsmiths. Das genügte. Eine dieser Unis würde mich sicher nehmen, und falls Bo sich wieder bei mir meldete, konnte ich nach Manchester oder Lancaster ziehen, in ihre Nähe.

Warum zum Teufel meldete sie sich nicht bei mir?

So konnte es nicht weitergehen. Die Entfernung zwischen uns war einfach zu groß. Ich musste zu ihr.

Da bekam ich eine SMS von Anna:

Spontanes Bierchen?

Gern, antwortete ich. *Wo?*

Ancient Mariner. Bis in zehn Minuten.

Ich zog meine Jeansjacke über und machte mich auf den Weg zur Strandpromenade. Es war erst sieben, aber die Kneipen füllten sich bereits, wie immer an sonnigen Abenden. Anna saß an einem Glastisch und rauchte. »Ich hab dir schon ein Bier bestellt«, sagte sie.

»Danke«, sagte ich und nahm ihr gegenüber Platz.

»Und?«, fragte sie. »Was gibt's Neues?«

»Nichts.«

»Du warst doch im Lake District, oder?«

»Ja.«

»Und?«

»Es war toll. Oh, Gott, Anna … es ist wirklich die Hölle!«

»Natürlich. Sie ist über vierzig, verheiratet, hat zwei Kinder. Das kann kein gutes Ende nehmen. Ich hab's dir gesagt …«

»Seit ich wieder zurück bin, hat sie sich nur ein einziges Mal bei mir gemeldet.«

»Du musst das Ganze vergessen.«

»Das kann ich nicht.«

»Doch, das kannst du. Hör auf, an sie zu denken. Schau nach vorn. Besauf dich mit mir und schnapp dir 'nen Kerl. Lenk dich ab.«

Fast hätte ich mich an meinem Bier verschluckt. Schon der bloße Gedanke an einen Kerl war unmöglich. Absolut unvorstellbar. Am liebsten hätte ich gesagt: *Du hast echt keine Ahnung von Liebe.* Stattdessen leerte ich mein Glas und sagte: »Na gut.«

* * *

Den Rest des Abends erlebte ich wie in Trance. Wir kippten einen Drink nach dem anderen hinunter, zogen erst von Pub zu Pub und dann von Club zu Club. Irgendwann saß ich bei ohrenbetäubender Musik auf einem lilafarbenen Samtsofa und dachte daran, wie sehr ich Clubs verabscheute und dass ich viel lieber mit Bo zusammen Gedichte gelesen hätte.

Am nächsten Morgen wachte ich in einem fremden Bett neben einem fremden Kerl auf, in einem Haus, in dem ich noch nie zuvor gewesen war. Ich hatte wahnsinnige Kopfschmerzen und obendrein einen Filmriss. Wie es aussah, hatte ich mit dem Typen gevögelt. Ich brauchte unbedingt die Pille danach und einen Tripper-Test. Meine Güte, ich war fünfundzwanzig. Ich war zu alt für so etwas.

Schlimmer Kater, begleitet von Selbsthass. Das Übliche.

Ich zog mich an und machte, dass ich wegkam, bevor der Kerl aufwachte.

* * *

Als ich heimkam, war eine E-Mail von Bo in meinem Postfach. Drei Worte nur.

»Ruf mich an.«

15

Bevor ich Bo anrief, musste ich erst einmal die letzte Nacht wegduschen. Wie Bo wohl reagieren würde, wenn sie von meiner kleinen Eskapade wüsste? Wahrscheinlich sähe sie es locker; sie war ja selbst kein Paradebeispiel für Treue. Aber die Vorstellung, dass es ihr vielleicht egal war, tat weh.

Ich wusch mir den Typen von der Haut und den Zigarettengestank aus dem Haar. Mir brummte noch immer der Schädel. Nach dem Duschen schlüpfte ich in meinen Pyjama. Heute würde ich zu Hause bleiben. Ich würde mit Bo telefonieren und dann sofort ins Bett kriechen und den Rest des Tages mit Lesen verbringen. Mit einem Buch, das nicht aus Bos Feder stammte.

Ich wählte ihre Nummer. Sie ging sofort dran.

»Ich bin's«, sagte ich.

»Alice«, sagte sie. »Gus ist dieses Wochenende wieder in Manchester. Die Mädels sind gerade beim Musikunterricht. Ich muss mit dir reden.«

Gus war fort, aber sie hatte mich nicht gefragt, ob ich sie besuchen wollte. Ich beschloss, direkt zum Thema zu kommen.

»Hast du kalte Füße bekommen?«, fragte ich.

»Nein«, sagte sie wie aus der Pistole geschossen.

»Da bin ich aber froh«, sagte ich erleichtert. »Aber warum klingst du dann so besorgt?«

»Wir sollten uns besser keine E-Mails mehr schreiben.«

»Was? Wieso?«

»Du weißt doch, wie schwierig Gus ist. Er war schon immer eifersüchtig, aber in den letzten Jahren ist es noch schlimmer geworden, vor allem, seit ich so erfolgreich bin, und er ... Egal, jedenfalls benutzt er meinen Computer und liest meine E-Mails. Wir sollten ab jetzt nur noch telefonieren. Am besten morgens, dann habe ich Zeit, und er bekommt nichts davon mit.«

»Aber ich muss arbeiten.«

»Dann eben abends. Bitte, Schatz. Ich kann kein Risiko eingehen. Ich brauche Zeit. Wenn ich nicht aufpasse, wird Gus …« Sie führte den Satz nicht zu Ende, sodass ich nur vermuten konnte, was ungesagt blieb.

Was würde Gus tun? Sie schlagen? Der Gedanke schien durchaus plausibel.

»Na gut«, sagte ich.

»Und könntest du meine alten E-Mails bitte löschen, falls du sie noch hast? Ich weiß, es klingt paranoid, aber man kann wirklich nie wissen …«

Ich schwieg eine Weile. Dann sagte ich: »Okay.«

»Verstehst du, warum ich dich darum bitte?«

»Ja. Natürlich verstehe ich das.«

»Wir sehen uns bald wieder«, sagte sie. »Ganz bestimmt. Ich muss jetzt aufhören.«

Sie verabschiedete sich hastig und beendete das Gespräch.

Ich legte das Telefon beiseite.

So war das also. Bo hatte nur eines im Sinn, nämlich ihr Leben zu schützen, und deshalb wollte sie so tun, als gäbe es mich nicht. Sie wollte mich unter den Teppich kehren, wie ein schmutziges kleines Geheimnis. Aber sie war nicht wie meine Eltern. Niemals würde sie ihre Ziele rücksichtslos auf Kosten anderer Menschen durchsetzen. Sie war eine verantwortungsvolle Mutter, und das Wohlergehen ihrer Töchter stand für sie an erster Stelle. Sie gönnte sich vielleicht mal einen Ausrutscher, aber zu guter Letzt siegte bei ihr immer die Vernunft.

Das war mir klar. Das liebte ich ja so an ihr.

Sie versuchte, ihr Leben durch eine Festung zu schützen.

* * *

Das Problem war die Entfernung. Hätte Bo in Bristol oder ich in Grasmere gewohnt, hätten wir uns jeden Tag sehen können, und

Gus hätte uns für Freundinnen gehalten, für zwei Schriftstellerinnen, die sich treffen, um über ihre Arbeit zu sprechen. Aber so, wie es war, musste alles heimlich geschehen, und jeder gemeinsame Moment musste ihrem Leben mühevoll abgetrotzt werden.

Als ich ein Angebot von der Uni Lancaster bekam, nahm ich es an, weil es mich in Bos Nähe brachte. Bis der Studiengang anfing, konnte ich weiter an der Sprachschule arbeiten, Geld sparen und von etwas Besserem träumen.

Mein Job bestand zum Beispiel darin, einer Gruppe von Mexikanern beizubringen, das Wort »Schlüpfer« richtig auszusprechen. Das Wort war Teil einer Leseverständnis-Übung, aber da sie es natürlich nicht kannten, musste ich es ihnen zuerst beibringen. Also zeigte ich der Klasse ein Bild mit einem Schlüpfer, sprach das Wort laut aus und forderte die Klasse auf, es mir nachzusprechen. Schlüpfer.

So hatte ich mir mein Leben wirklich nicht vorgestellt. Mit Anfang zwanzig war ich mal in einem Bewerbungsgespräch bei der Unternehmensberatung Arthur Andersen gefragt worden: »Wo sehen Sie sich in fünf Jahren?« Mir wäre nie im Traum eingefallen, zu antworten: »In einer heruntergekommenen Sprachschule in Brighton, wo ich Mexikanern beibringe, das Wort ›Schlüpfer‹ richtig auszusprechen.«

Tja. Aber so war das Leben, es steckte voller Überraschungen. Dass ich mich in eine Frau verlieben würde, die fünfzehn Jahre älter war als ich, hätte ich mir schließlich auch nicht träumen lassen.

Mein Handy piepte. Eine SMS. Noch eine Überraschung.

Bo: Ich hätte einen Vorschlag. Ich weiß, du hast dich gerade erst in deiner neuen Wohnung eingerichtet, und es ist bestimmt zu viel verlangt, aber wie wäre es, wenn du nach Grasmere ziehst? Im Dorf gibt es viele freie Unterkünfte, und Arbeit würdest du bestimmt auch finden. Ich könnte dir finanziell unter die Arme greifen, wenn du Hilfe brauchst. Es ist natürlich keine perfekte

Lösung, aber dann läge wenigstens nicht mehr diese große Entfernung zwischen uns. Wir könnten uns viel öfter sehen, und ich könnte mir in Ruhe überlegen, wie ich am besten vorgehe. Ich muss eine Lösung finden, die allen Beteiligten möglichst wenig Schaden zufügt.

Ich antwortete: Ist das dein Ernst?

– Ja.

– Ähm … ich soll also nach Grasmere ziehen. Ein Grund spricht natürlich dafür (du), aber es gibt wesentlich mehr Gründe, die dagegensprechen, beispielsweise die Tatsache, dass ich meinen Job aufgeben müsste oder dass dein Mann mich bestimmt umbringen würde. Abgesehen davon fängt mein MA-Studium in fünf Wochen an.

– Er wird dich schon nicht umbringen (vorausgesetzt, du löschst die ganzen E-Mails).

– Und wenn ich ihn umbringe, weil mich die Eifersucht packt?

– Das würdest du bestimmt nicht, mir zuliebe.

– Ich kenne aber niemanden in Grasmere.

– Du kennst mich.

– Richtig. Das ist natürlich ein überzeugender Grund.

– Also, was sagst du? Ziehst du hierher?

– Ja.

Von: AlicetheEighth@gmail.com
Gesendet am: 22. August 2015, 11:04
An: rentals@lakelandproperties.com
Betreff: Wohnung zur Miete

Sehr geehrte Damen und Herren,
ich suche baldmöglichst eine kleine Mietwohnung in Grasmere. Ich bin alleinstehend, habe keine Haustiere, und meine Obergrenze liegt bei 600 Pfund pro Monat.
Mit freundlichen Grüßen
Alice Dark

Von: rentals@lakelandproperties.com
Gesendet am: 22. August 2015, 11:10
An: AlicetheEighth@gmail.com
Re: Betreff: Wohnung zur Miete

Sehr geehrte Miss Dark,
momentan haben wir nur ein Objekt, das Ihren Vorstellungen entspricht. Es handelt sich um eine Einzimmerwohnung im Zentrum von Grasmere, etwa zwei Gehminuten vom See entfernt. Die Wohnung ist ab sofort frei. Bitte teilen Sie uns mit, ob Sie einen Besichtigungstermin wünschen.
Mit freundlichen Grüßen, Lakeland Properties

– B, in Grasmere ist eine Wohnung frei. Ich habe mit dem Makler von Lakeland Properties telefoniert und ihm gesagt, dass ich die Wohnung gern nehmen würde, aber ich muss sie zuerst besichtigen bzw. jemanden hinschicken, der das an meiner Stelle tun kann. Könntest du das machen? A xx
– Ja, natürlich. Ich kümmere mich so schnell wie möglich darum und melde mich wieder.

Sehr geehrte Miss Dark,
hiermit bestätigen wir den Erhalt Ihrer Kündigung des Mietvertrags für Wohnung Nr. 3, 26 Burlington Street. Gemäß Mietvertrag beträgt die noch ausstehende Miete 2800 Pfund.
Mit freundlichen Grüßen
Halls Immobilien

– Die Wohnung ist sehr schön. Ich habe für dich eine Anzahlung von 200 Pfund geleistet (brauchst du mir nicht zurückzugeben). Du kannst in zwei Wochen einziehen. Bx

Sehr geehrte Miss Dark,
anbei senden wir Ihnen den Mietvertrag für die Einzimmerwohnung in Grasmere, Cumbria. Die restliche Kaution beträgt 700 Pfund und wird zusammen mit der ersten Monatsmiete in Höhe von 600 Pfund am Tag Ihres Einzugs am Mittwoch, den 9. September, fällig.
Mit freundlichen Grüßen
Lakeland Properties

Nun gab es kein Zurück mehr. Mein ganzes Geld ging dafür drauf, in Bos Nähe zu ziehen.

Ich schrieb ihr, dass ich meine Wohnung in Bristol gekündigt und den Mietvertrag für die Wohnung in Grasmere unterschrieben hatte.

Sie antwortete nicht.

16

Von: AlicetheEighth@gmail.com
Gesendet am: 29. August 2015, 13:04
An: Bo@BoLuxton.co.uk
Betreff: Hallo

Verehrteste Bo. Was soll ich noch tun, um Ihnen meine Liebe zu beweisen? Genügt es Ihnen nicht, dass ich mein Auskommen, mein Heim, mein ganzes Hab und Gut aufgegeben habe, nur um in Ihrer Nähe sein zu können? Reicht es Ihnen nicht, dass ich alles opfere, um in Ihrem Dunstkreis weilen zu dürfen, während Sie in aller Ruhe darüber sinnieren, wie Sie mich, Ihr schändliches Geheimnis, am besten unter Verschluss halten können? Genügt es Ihnen nicht, dass ich alles für Sie gebe, obwohl ich doch weiß, dass es uns niemals vergönnt sein wird, ganz und gar vereint zu sein? Sagen Sie mir, meine Liebste, ist Ihnen das wirklich nicht genug?
Sorry. Ich wollte nur mal ausprobieren, den viktorianischen Stil nachzuahmen. Das Ergebnis ist gar nicht so übel, was? Ich finde ja ohnehin, dass ich eher ins viktorianische Zeitalter gepasst hätte. Schließlich gehörten hysterische Anfälle für Frauen damals zum guten Ton. Und momentan neige ich sehr zu hysterischen Anfällen, weil das, was wir gerade tun – oder besser gesagt: das, was *ich* gerade tue –, völlig verrückt ist. Hollywood muss mich dazu gebracht haben. Nur in Hollywoodfilmen gibt es in solchen Geschichten ein Happy End. Ich kann nur hoffen, dass du dein Versprechen hältst und mir tatsächlich hilfst, falls ich keine Arbeit finde und meine Miete nicht mehr zahlen kann, denn ganz im Ernst: Ich habe jetzt nichts mehr. Nur noch dich. Sag mir, dass es das wert war.
Verdammt, ich glaube, die Liebe hat mir den Verstand geraubt.
Ax

Von: AlicetheEighth@gmail.com
Gesendet am: 30. August 2015, 13:04
An: Bo@BoLuxton.co.uk
Betreff: Hallo?

Du hast inzwischen einen ganzen Tag lang nichts von dir hören lassen. Ich versuche, mir einzureden, dass das normal ist und einfach nur bedeutet, dass du viel zu tun hast, aber angesichts der Tatsache, dass ich gerade meinen letzten Penny ausgegeben und mein ganzes Leben über den Haufen geworfen habe, nur um in deiner Nähe zu sein, könnte ich es ehrlich gesagt ganz gut gebrauchen, wenn du mir (am besten mehrmals) versichern würdest, dass ich keinen schrecklichen Fehler begehe.
In Liebe
Axx

Von: AlicetheEighth@gmail.com
Gesendet am: 31. August 2015, 09:17
An: Bo@BoLuxton.co.uk
Betreff: Hallo?

Noch immer kein Wort von dir. Geht es dir gut? Bitte melde dich.

Von: AlicetheEighth@gmail.com
Gesendet am: 1. September 2015, 02:28
An: Bo@BoLuxton.co.uk
Betreff: Hallo?

Bo, was ist los? Bitte melde dich!

Von: AlicetheEighth@gmail.com
Gesendet am: 2. September 2015, 04:43
An: Bo@BoLuxton.co.uk
Betreff: Hallo?

Seit fünf Tagen keine Nachricht von dir. Es wird allmählich wirklich Zeit, dass du dich meldest, okay?

Von: AlicetheEighth@gmail.com
Gesendet am: 2. September 2015, 04:43
An: Bo@BoLuxton.co.uk
Betreff: Hallo?

Bo, ich kann nicht länger warten, du musst mir jetzt endlich sagen, ob ich wie geplant nach Grasmere umziehen soll. Nur noch wenige Tage, dann ist es so weit. Du bist wirklich sehr unfair. Oder tot. Aber das glaube ich nicht.

Von: AlicetheEighth@gmail.com
Gesendet am: 3. September 2015, 15:35
An: Bo@BoLuxton.co.uk
Betreff: Hallo?

WO STECKST DU, VERDAMMT NOCH MAL?

17

8. September. Am nächsten Tag sollte mein Umzug ins dreihundert Meilen entfernte Grasmere stattfinden, doch Bo hatte sich noch immer nicht gemeldet. Ich konnte es einfach nicht fassen. Warum verhielt sie sich so? Ich hatte schon überlegt, meinen Umzug zu canceln und doch in Brighton zu bleiben. Aber ich hatte das ganze Geld ja längst ausgegeben, mir sogar schon ein Zugticket besorgt. Und tief in meinem Herzen wusste ich, dass Bo, die wunderbare, liebenswerte Bo, mich niemals auf diese Weise abservieren würde. Sie bat mich nicht, in ihre Nähe zu ziehen, nur um mich dann wie eine heiße Kartoffel fallen zu lassen. Für all das musste es eine Erklärung geben.

Ob Gus wohl dahintersteckte? Ich kannte ihn kaum, aber was ich von ihm mitbekommen hatte, reichte mir schon. Ich wusste, dass er ihre Briefe und E-Mails las, dass er ständig schlecht gelaunt und aggressiv war und dass er Bo lieblos behandelte, ohne einen Funken Respekt. Und ich wusste, dass sie Angst vor ihm hatte. Das hatte sie mir schließlich klar genug zu verstehen gegeben.

Ich versuchte, mir keine Sorgen zu machen, aber ich musste ständig daran denken, dass er Bo vielleicht grün und blau geschlagen hatte oder ihr so viel Angst einflößte, dass sie es nicht wagte, mit mir Kontakt aufzunehmen.

Ich seufzte, während ich meine Sachen zusammensuchte. Viel gab es nicht zu packen, nur Klamotten und Bücher. Die Wohnung war möbliert, und das Einzige, was mir gehörte, war ein Fernseher mit dazugehörigem Tisch. Die Bücher hatte ich bereits in vier Kartons verstaut, um sie per Paketdienst nach Grasmere zu schicken. Es dauerte nicht lange, meine restlichen Habseligkeiten in den verschlissenen alten Rucksack zu stopfen, mit dem ich damals durch Afrika gereist war, als ich mir noch eingeredet hatte, dass eine tief greifende kulturelle Erfahrung darin bestand, in einer Bruchbude am Strand zu schlafen und sich den Magen mit vergammeltem Fleisch zu verderben.

Ich lehnte den Rucksack gegen den Küchenschrank und schickte Jake eine SMS. *Bist du wach?* Es war schon fast Mittag. Vermutlich schlief er noch.

Doch zu meiner Überraschung antwortete er direkt. *Ja.*

- Willst du meinen Fernseher haben?
- Brauchst du ihn nicht mehr?
- Ich ziehe morgen um. Fahre mit dem Zug. Kein Platz.
- Okay.
- Kann ich vorbeikommen?
- Klar.
- Jetzt sofort?
- Ja.
- Bin in 10 min da.
- OK

Ich schleppte den Fernseher zur Bushaltestelle und betete, dass mir keiner über den Weg lief, der mir anbot, den Fernseher für mich zu tragen. Es war mir schon zu oft passiert, dass ich die Hilfe von irgendeinem Kerl angenommen und dann als Gegenleistung mit ihm gevögelt hatte. So sollte mein Liebesleben nicht mehr aussehen.

Mein neues Stadtviertel Kemptown gefiel mir; ich wäre gern noch ein Weilchen dortgeblieben. Ich mochte die schrulligen Bars und Läden wie Doggy Fashion, wo Leute ihre Hunde frisieren und mit Diamanthalsbändern ausstatten ließen, oder den Buchladen, der gleichzeitig als Galerie für noch unbekannte Künstler fungierte, oder Honey Pot, eine Bar nur für Frauen, wo dreihundert verschiedene Sorten Gin angeboten wurden, weil die Besitzer annahmen, dass Frauen darauf standen.

Aber nun zog ich in den Lake District, weil ich Bo kennengelernt hatte. Schon seltsam, welche Wendungen das Leben nahm.

Als der Bus kam, zwängte ich mich mit dem Fernseher durch die Tür, lehnte sämtliche Hilfsangebote ab, bezahlte die Fahrkarte und setzte mich. Der Bus fuhr langsam die St George's Road herunter; er war offenbar speziell für die komfortable Beförderung von Senioren entwickelt worden. Ich fischte mein iPhone aus der Tasche. Den Vertrag dafür – 25,99 Pfund pro Monat – hatte ich unterschrieben, als ich aus meiner winzigen Einzimmerwohnung ausgezogen war und begonnen hatte, Vollzeit zu arbeiten. Ich musste in Grasmere unbedingt einen Job finden. Hoffentlich gab es dort wirklich Arbeit, so wie Bo gesagt hatte. Sie hatte schon so viel gesagt ...

Ich warf einen Blick in meinen Posteingang. Nichts von Bo. Ich schaute in meinen »Gesendet«-Ordner. Am Tag zuvor hatte ich ihr meine letzte E-Mail geschickt:

Von: AlicetheEighth@gmail.com
Gesendet am: 7. September 2015, 16:22
An: Bo@BoLuxton.co.uk
Betreff: Mittwoch

Bo, ich habe keine Ahnung, was in deinem Kopf vorgeht. Ich habe versucht, die Kündigung meines Mietvertrags in Brighton rückgängig zu machen, aber es gibt schon eine Nachmieterin, also müsste ich mir etwas Neues suchen. (Ich bin stinksauer darüber, wie viel Geld mich das gekostet hat.) Ich komme Mittwoch um 14 h in Oxenholme an, also dürfte es für dich kein Problem sein, mich am Bahnhof abzuholen und zu der Wohnung nach Grasmere zu bringen, bevor du deine Töchter von der Schule abholen musst. Ich hoffe sehr, von dir eine Erklärung für dein Schweigen zu bekommen, wenn wir uns sehen.

Ich steckte das Handy in meine Tasche zurück. Bo tat mir das nicht absichtlich an, dessen war ich mir sicher. Sie ging sehr sorgsam mit anderen Menschen um. Sie war kein dämonischer Engel, der sich ein Opfer krallte, sich damit zum Himmel emporschwang und es dann einfach fallen ließ. So war sie nicht.

Bestimmt war ihr etwas passiert. Ich musste wieder an Gus denken.

Vielleicht ist sie tot, dachte ich. *Vielleicht ist nur ein kleiner Teil von ihr übrig, ein Knochen oder ein Fingernagel. Aber ich könnte sie trotzdem identifizieren. Selbst wenn es nur ein kleiner Hautfetzen wäre, ich bräuchte nur kurz darüberzustreichen, um zu wissen, ob er von ihr stammt. Und wenn es eine Haarsträhne wäre, würde ich sie am Geruch erkennen.*

Gus wäre dazu nicht imstande gewesen. *Wenn er doch Alzheimer bekäme,* dachte ich. *Dann vergäße er, mit wem er verheiratet war, und könnte irgendwo vermodern.* Einmal hatte ich zu Bo gesagt: »Sag diesem despotischen Schwachkopf, dass er gefälligst verschwinden soll. Dann können wir endlich zusammen sein.« Jetzt tat es mir fast leid. Ich hatte das natürlich nur im Spaß gesagt, aber vielleicht hatte ich Bo damit verletzt. Gus war immerhin ihr Mann. Sie hatte zwar behauptet, außer mir noch nie jemanden richtig geliebt zu haben, selbst ihn nicht, und dass sie ihn nur geheiratet hätte, weil sie unbedingt ein Haus und Kinder wollte und es deshalb okay für sie gewesen wäre, einmal pro Woche mit ihm zu vögeln. Trotzdem hätte ich es mir verkneifen können, über ihn herzuziehen. Das machte es auch nicht leichter für sie.

Aber vielleicht hatte Gus etwas getan, um sie daran zu hindern, ihre Nachrichten zu beantworten. Vielleicht hatte er ihr E-Mail-Konto gelöscht.

Während der Bus sich durch den dichten Verkehr schob, holte ich Notizbuch und Kuli aus meiner Tasche hervor und kritzelte rasch eine Nachricht.

B, ich weiß nicht, ob du meine E-Mails erhalten hast. Ich komme am Mittwoch den 9. September um 14 h in Oxenholme an. Bitte hol mich am Bahnsteig ab. Ich kann es kaum erwarten, dich wiederzusehen. Ax.

Der Bus hielt in Jakes Straße. Als ich ausstieg, wurde mir auf einmal ganz wehmütig ums Herz, als spazierte ich in mein altes Leben zurück, ein einfacheres Leben, das zwar weniger erfüllend, aber unbeschwerter gewesen war.

Plötzlich war mir, als hätte ich meine Jugend verloren.

* * *

Ich hämmerte gegen Jakes Tür. Er ließ mich herein und nahm mir den Fernseher ab.

»Danke«, sagte er. »Bist du sicher, dass du ihn nicht behalten willst?«

»Ja. Ich benutze ihn sowieso nie. Und da, wo ich hinziehe, gibt es keinen Platz dafür.«

Ich setzte mich aufs Sofa. Jake nahm mir gegenüber Platz. Auf dem Beistelltisch zwischen uns herrschte das übliche Chaos: leere Tassen, Zigarettenpapier, Tabak, überquellende Aschenbecher und Take-away-Schachteln.

»Wo ziehst denn hin?«, fragte Jake, ohne mich anzuschauen.

»Nach Grasmere.«

»Nie gehört. Was soll das sein?«

»Ein Dorf im Lake District.«

»Lebt diese Frau dort?«

Ich nickte.

»Ich hatte geahnt, dass das passieren würde«, sagte Jake.

»Echt?«

Jake nickte. »Ja. Du scheinst gerade eine lesbische Phase durchzumachen. Frauen törnen dich an. Vor allem intellektuelle Frauen. Diese Shakespeare-Dozentin …«

Ich ging nicht darauf ein, sondern wechselte das Thema. »Ich wollte mich dafür entschuldigen, dass …«

»… du mir nicht gesagt hast, dass du bei mir ausgezogen bist?«

»Ja.«

»Schon gut. Ich bin wohl ohnehin der geborene Single. Und außerdem war es ja auch nicht besonders nett von mir, einfach abzuhauen.«

»Vergiss es«, winkte ich ab.

Jake drehte sich eine Zigarette und reichte mir die Tabakpackung.

»Dann bist du jetzt also wirklich unter die Lesben gegangen?«

Ich lachte. »Keine Ahnung. Sieht jedenfalls so aus.«

»Aber sie ist doch verheiratet, oder?«

»Ja, und Kinder hat sie auch.«

Jake stieß einen leisen Pfiff aus. »Auch das noch.«

»Tja.«

»Und du ziehst jetzt bei ihr ein?«

»Nein. Ihr Mann ist ja noch da. Nein, ich hab 'ne Wohnung im Dorf gefunden. Dann können wir uns wenigstens sehen, während sie in Ruhe überlegt, was sie als Nächstes macht.«

Jake zog an seiner Selbstgedrehten. »Wow. Alice, die lesbische Ehezerstörerin. Wer hätte das gedacht.«

»Halt die Klappe.«

»Aber es stimmt doch.«

»So einfach ist das nicht.«

»Das ist dann wohl die große Liebe, was?«

»Ja.«

»Es muss ihr wirklich ernst sein, wenn sie es so weit hat kommen lassen.«

»Ja. Jedenfalls dachte ich das. Sie hat das Ganze schließlich vorgeschlagen. Aber seit ein paar Tagen herrscht Funkstille. Genauer gesagt habe ich schon seit einer Woche nichts mehr von ihr gehört.«

»Im Ernst?«

»Langsam werde ich echt sauer.«

Jake warf mir einen kurzen Blick zu. »Und du bist wirklich absolut sicher, dass das Ganze kein Missverständnis ist?«

»Wie meinst du das?«

»Na ja ... Bist du wirklich sicher, dass sie dasselbe für dich empfindet?«

Plötzlich geriet ich ins Wanken. War ich mir wirklich sicher? Ja, sagte mein Bauchgefühl. Aber in meinem Kopf herrschte Chaos.

»Sie liebt mich, das weiß ich«, sagte ich.

»Dann mach dir keine Sorgen. Es gibt bestimmt einen Grund dafür, dass sie sich nicht meldet.«

»Glaubst du wirklich?«

»Du etwa nicht?«

Ich zuckte mit den Achseln. »Ich kapiere nicht, warum sie ausgerechnet jetzt nichts von sich hören lässt. Das Ganze ist ein Riesenschritt für mich – ich ziehe weit weg, an den Arsch der Welt, wo ich niemanden kenne, und gebe meinen Job und meine Wohnung für jemanden auf, der verheiratet ist. Gerade jetzt wäre es verdammt hilfreich, wenn sie mir das Gefühl vermitteln würde, dass ich nicht komplett verrückt bin.«

Jake schaute mich nachdenklich an. Dann sagte er: »Kein Mensch würde dich dazu bringen, diesen Schritt zu wagen, wenn es ihm nicht wirklich ernst mit dir wäre. Mach dir keine Sorgen.«

»Danke«, sagte ich. Meine Befürchtungen in Bezug auf Gus behielt ich lieber für mich.

»Und wenn es nicht funktioniert, kommst du einfach wieder zurück«, fügte Jake hinzu.

»Ich bin pleite, Jake. Ich hab mein ganzes Geld da reingesteckt.«

»Du könntest wieder hier einziehen«, sagte Jake. »Im Ernst, wenn sie wirklich kalte Füße bekommt, kannst du eine Weile hier bei mir wohnen. Du müsstest zwar auf dem Boden schlafen, aber du bräuchtest zumindest keine Miete zu zahlen.«

Ich lächelte. »Danke, Jake. Die Sache hat mich in den letzten Tagen echt fertiggemacht. Ich frage mich andauernd, ob ich mir das alles nur eingebildet habe. Vielleicht bin ich ja verrückt.«

»Also, auf mich wirkst du überhaupt nicht verrückt, sondern völlig klar im Kopf. Willst du einen Kaffee?«

»Gern«, sagte ich. Während er Kaffee kochte, dachte ich über seine Worte nach. Inzwischen bekam ich immer mehr das Gefühl, dass Bo vielleicht einen Rückzieher gemacht hatte, aber zu feige war, es mir zu sagen. Und nun saß ich hier, auf dem Sprung nach Grasmere, und war völlig pleite. Aber ich konnte es mir noch anders überlegen, ohne obdachlos zu werden. Jake hatte mir eine Rettungsleine zugeworfen.

Doch ich wollte es mir nicht anders überlegen. Bo würde mich bestimmt am Bahnhof abholen, und dann würden wir über alles reden. Und falls sie kalte Füße bekommen hatte, würde ich mich verständnisvoll zeigen und meinen unwiderstehlichen Charme spielen lassen, um sie zurückzuerobern.

Ich würde ihre Angst mit meiner Liebe besiegen.

18

Also nahm ich ein weiteres Mal den Zug von Euston nach Oxenholme. Wieder verstaute ich meinen Rucksack im Gepäckfach über mir und nahm Platz. Aber dieses Mal hatte ich außerdem ein Päckchen dabei, das am Tag zuvor in der Post gewesen war.

Es stammte von Bos Verlegerin. Vor einer Woche hatte ich ihr eine E-Mail geschickt und sie gefragt, was Bo im Laufe ihrer Karriere schon alles an Kurzgeschichten, Romanen und Gedichten veröffentlicht hatte. Ich wollte alles lesen, was Bo jemals geschrieben hatte. Ich wollte ihren Weg vom unbekannten Schreibtalent zur weltberühmten Bestsellerautorin verfolgen. *Diese Schriftstellerin liebt mich*, hatte ich gedacht, stolz und staunend zugleich.

Als wir noch täglich in Kontakt standen, hatte ich sie gefragt, ob sie mir ein Exemplar von jedem ihrer Werke geben könnte, doch sie hatte erwidert, es seien unzählige Dokumente, die an diversen Computern entstanden wären. Ihre frühesten Texte – Kurzgeschichten, die in Zeitschriften veröffentlicht worden waren – habe sie überhaupt nicht am Computer verfasst; sie seien alle verschollen, und sie habe auch keine Belegexemplare der Zeitschriften. Bei ihrer ersten Veröffentlichung sei sie dreiundzwanzig gewesen, und in den Jahren danach sei sie ständig umgezogen. Doch ihre Verlegerin habe bestimmt ein Verzeichnis, ich solle sie kontaktieren. »Sie kann dir sicher weiterhelfen. Sag ihr einfach, du würdest Bücher rezensieren oder deine Abschlussarbeit über mein Werk schreiben. Dann schickt sie dir bestimmt ein paar Freiexemplare, vielleicht sogar Sachen, die ich längst vergessen habe. Versuch es einfach mal.«

Und sie hatte recht gehabt. Als ich am Nachmittag zuvor von

meinem Besuch bei Jake nach Hause zurückkehrte, entdeckte ich das Päckchen mit folgender Notiz:

Liebe Miss Dark,
vielen Dank für Ihr Interesse an Bo Luxton. Anbei sende ich Ihnen Fotokopien von einigen ihrer frühen Werke und ein Exemplar ihres ersten Romans.

Volltreffer. Drei Kurzgeschichten, jede etwa zwanzig Seiten lang. Ich konnte es kaum erwarten, Bo davon zu erzählen. Vorher war ich zu wütend und aufgeregt gewesen, sie in Ruhe zu lesen, aber nun hatte ich eine dreistündige Zugfahrt vor mir und war begierig darauf, jedes einzelne Wort zu verschlingen. Und dann wollte ich etwas damit anstellen. Ich wusste noch nicht genau, was. Vielleicht würde ich die Wände meiner neuen Wohnung damit tapezieren, vielleicht würde ich Postkarten daraus basteln, um sämtlichen Bekannten meine neue Adresse zu verkünden. *Alice Dark hat eine neue Anschrift: The Studio, High Street, Grasmere. Sie ist jetzt eine Lesbe und hofft, bald mit der Autorin zusammenzuziehen, die die Geschichte auf der Vorderseite dieser Postkarte verfasst hat. Besucher sind herzlich willkommen.*

Der Zug setzte sich langsam in Bewegung. Ich lehnte mich in meinen Sitz zurück und begann die erste Geschichte zu lesen. »Als ich fünfzehn war, fühlte ich mich drei Monate lang hundeelend …«

Ich starrte auf den Text. Das konnte nicht wahr sein. Der Anfang klang ja genauso wie bei der Geschichte, die Bo letztens nur für mich geschrieben hatte.

Ich las weiter. Tatsächlich: Der Wortlaut war identisch mit der Geschichte, die sie mir mitgegeben hatte. Ich blätterte die Seiten durch, auf der Suche nach dem Veröffentlichungsdatum. Dort stand es: »Erschienen im Juni 1993 in Newcastle upon Tyne.«

Bo hatte mich angelogen. Sie hatte die Geschichte gar nicht

eigens für mich geschrieben, sie war uralt. Und Bo musste eine Kopie davon besessen haben, sonst hätte sie sie mir gar nicht mitgeben können. Verwirrt schüttelte ich den Kopf.

Der Klingelton meines iPads ertönte. Eine Nachricht von Bo. Endlich.

Mein Herz machte einen Freudensprung. Doch dann las ich die ersten Worte:

»Alice, es tut mir leid …«

Ich wusste sofort, was los war. Ich las trotzdem weiter.

»Alice, es tut mir leid. Ich kann das nicht machen. Es ist besser für uns beide, wenn wir den Kontakt zueinander abbrechen. Ich habe wirklich lange darüber nachgedacht. Ich weiß, wie dir zumute sein wird, wenn du diese Zeilen liest, aber irgendwann wirst du erkennen, dass ich recht habe. Pass auf dich auf. Bx.«

Ich spürte, wie tief in mir etwas Leuchtendes zerbrach. Wie eine verglühende Sternschnuppe.

Ich schrieb ihr sofort zurück. »Hat Gus es herausbekommen?«

»Bitte hör auf«, antwortete sie.

»Das kann doch jetzt nicht dein Ernst sein. Ich sitze schon im Zug nach Oxenholme. Ich habe meine Wohnung in Brighton aufgegeben. Ich kann nicht einfach umkehren. Ich weiß nicht, wo ich hinsoll. Du schuldest mir zumindest eine Erklärung. Hol mich am Bahnhof ab.«

»Alice, bitte hör auf. Das ist für uns beide nicht gut.«

»Wie meinst du das? Hat er dich geschlagen?«

»Alice, es ist aus. Es tut mir leid, Liebling. Es tut mir wirklich so leid.«

»Kannst du dich wenigstens mit mir treffen und es mir ins Gesicht sagen?«

»Leider nicht, ich habe zu viel zu tun. Ich muss die Mädchen nach der Schule noch zum Schwimmunterricht bringen, und ich will nicht, dass ihr normaler Tagesablauf gestört wird. Würdest du bitte alle meine E-Mails löschen, falls du es noch nicht getan hast?«

»Bitte mach das nicht, Bo«, schrieb ich.

Sie antwortete nicht mehr. Sie war weg.

19

Zwanzig Uhr. Hier oben im Norden blieb es länger hell. Ich schenkte mir ein Glas Wein ein, ging zum Fenster und zündete mir eine Zigarette an. Die Abenddämmerung senkte sich über das Tal und die umliegenden Berge; unzählige Sterne funkelten am Himmel. Die friedliche Schönheit dieses Anblicks überwältigte mich. Nach all den Jahren in Brighton war das wirklich etwas Besonderes.

Ich zog fest an meiner Zigarette. Eigentlich hatte ich mit dem Rauchen aufgehört, doch diese Zigarette gönnte ich mir zur Feier des Tages. Weil ich trotz allem hier war und weil mir die Wohnung gefiel. Auf der Reise hierher war ich verzweifelt, doch nun war alles gut. Alles würde sich einrenken.

Aber mein Stimmungschaos machte mir zu schaffen. Erst Bos Funkstille, dann die Nachricht, dass es aus war. Ich war verwirrt, aber vor allem war ich wütend. Am liebsten wäre ich sofort zu Bos Haus gestiefelt, um sie zur Rede zu stellen. Ich hätte ihr eine reinhauen können, so wütend war ich. Noch nie zuvor hatte ich den Drang verspürt, einem anderen Menschen Gewalt anzutun. Das machte mir Angst.

Ich glaubte, den Verstand zu verlieren. In meinem Kopf herrschte totales Chaos. Bo war ganz anders, sie war besonnen und behielt immer einen klaren Kopf. Und ihre Gefühle hatte sie auch im Griff. Sie geriet nicht so leicht außer sich wie ich. Und sie hatte ein großes Herz, das ruhig und gleichmäßig schlug. Mein Herz dagegen drohte ständig zu zerspringen. Ich wollte mein altes Herz zurück: das steinerne Herz, das ich mir im Laufe meines Lebens zurechtgemauert hatte und das gleichmütig im Takt der Zeit schlagen konnte, bis es irgendwann den Geist aufgab.

Ich drückte die Zigarette aus und betrachtete Bos Zettel. Er hatte auf dem Boden gelegen, als ich hereingekommen war.

Es tut mir unendlich leid, Schatz. Ich kann dir alles erklären (obwohl du es dir bestimmt schon denken kannst, ich sage nur: G). Richte dich erst einmal in Ruhe ein, dann finden wir einen Weg, uns zu treffen und über alles zu reden. Samstagmittags bin ich mit den Mädchen immer im Café um die Ecke, im Grasmere Cake, wo es übrigens nicht nur Kuchen gibt. Wir sehen uns bald dort.

Zuerst war ich unglaublich erleichtert gewesen, als wäre ich gerade noch rechtzeitig aus einem zusammenstürzenden Haus gerettet worden. Ich war Bo zutiefst dankbar dafür, dass sie mich nicht im Stich gelassen hatte. Aber ich musste aufpassen. Ich sehnte mich viel zu sehr danach, dass ich mit ihr im Bett landete und alles wieder gut wurde. Und warum wollte sie sich ausgerechnet am Samstag mit mir treffen, wenn die Mädels dabei waren? Wieso nicht schon morgen? Oder jetzt, in diesem Moment? Mit mir allein?

Weil sie verheiratet ist, sagte ich mir. *Weil sie verheiratet ist und zwei Kinder hat und nicht einfach alles stehen und liegen lassen kann, bloß um mit dir Sex zu haben. Das wusstest du doch von Anfang an.*

Andererseits war ich noch nie zuvor von jemandem so gedemütigt worden. Die Zugfahrt war die reinste Tortur gewesen. Später am Bahnhof hatte ich lange auf Bo gewartet, doch sie ließ sich nicht blicken.

Schließlich hatte ich ein Taxi genommen, dem Fahrer die Adresse des Maklers genannt, auf der Rückbank Platz genommen und war in Tränen ausgebrochen. Der Fahrer hatte mich höflich ignoriert. Er war erst am See entlang und dann durch mehrere Dörfer gefahren, bis wir endlich an den Ort kamen, der mir vertraut war: Grasmere. Dahinter erhob sich Rydal Fell, wo sich auf halber Höhe Bos Haus versteckt hielt.

Am liebsten wäre ich sofort aus dem Taxi gestiegen und zu Bo gelaufen, um sie dem schrecklichen Despoten zu entreißen, mit dem sie verheiratet war. Das Einzige, was mich davon abhielt, waren Lola und Maggie. Sie waren noch Kinder. Sie konnten ja nichts dafür.

Vor dem Maklerbüro hielt der Fahrer an. Ich bezahlte ihn, dann stieg ich aus, ging ins Büro, unterschrieb die Papiere und bezahlte noch mehr. Ich hatte längst aufgehört zu zählen, wie viel mich das alles schon gekostet hatte. Ich wusste nur, dass es viel war. Viel mehr, als ich mir leisten konnte.

Eine gelangweilt dreinschauende Frau gab mir den Wohnungsschlüssel und eine Wegbeschreibung. Ich schulterte abermals meinen Rucksack und machte mich auf den Weg. Unterwegs kaufte ich eine billige Flasche Wein und Zigaretten. Nur ein kleiner, einmaliger Rückfall, für den Abend, damit ich besser über meine nächsten Schritte nachdenken konnte.

Die Wohnung lag über einer Bäckerei, und der Duft von frisch gebackenem Kuchen und Brot lag in der Luft. Eine Treppe führte nach oben zu der Wohnung.

Drinnen war es kalt und dunkel. Ich schaltete das Licht an, ließ den Rucksack auf den Boden fallen und schaute mich um. Ein kleines Appartement mit unverputzten Wänden, Deckenbalken und Miniküche mit Spüle, Kühlschränkchen und ein paar Regalen. Wenn Bo aufgetaucht wäre, hätte es bestimmt gemütlich gewirkt. Wäre sie doch bloß gekommen.

Mir kamen wieder die Tränen. Ich ärgerte mich über mich selbst, weil ich nicht in Brighton geblieben war. Als Bo aufgehört hatte, mir E-Mails zu schicken, hätte ich mir ja denken können, dass es Probleme gab. Ich hätte das Ganze nicht so überstürzen sollen.

Erst in diesem Moment sprang mir der Zettel ins Auge. Er lag auf dem Boden, zwischen einigen Broschüren.

»Es tut mir so unendlich leid, Schatz ...«

Ich war überglücklich. Eben noch hatte ich meinen Kummer im Wein ertränken wollen, doch nun gab es einen Grund zu feiern. Und so stand ich am Fenster, rauchte eine Zigarette, genoss den Blick auf Grasmere, nippte an dem Glas Wein und stellte mir mein künftiges Leben mit Bo vor. Meiner wunderschönen Frau, meiner großen Liebe, meinem Juwel.

* * *

Die Zeit bis Samstag verging quälend langsam. Ich vertrieb sie mir mit Entdeckungstouren. Ich spazierte durch Grasmere bis hinunter zum See und besorgte mir im Fremdenverkehrsamt einen Busfahrplan, um die Berglandschaft rund um Buttermere und Ennerdale zu erkunden. Ich besichtigte Dove Cottage, um mehr über den Ort zu erfahren, an dem Bos letzter Roman spielte. Ich wollte durch dieselben Zimmer gehen, in denen Bo sich aufgehalten hatte, wollte ihre Anwesenheit spüren. Ich ließ die Hand über den Schrank gleiten, in dem Wordsworths Schlittschuhe standen, und stellte mir vor, dass Bo das Holz ebenfalls berührt und ihre Fingerabdrücke an eben jenen Stellen hinterlassen hatte, die ich nun so zärtlich streichelte.

Ob Menschen sich immer so verhielten, wenn sie trauerten? Ob es sich so anfühlte, wenn man jemanden verloren hatte? Ob man dann fortwährend vertraute Orte aufsuchte in der Hoffnung, die Person dort zu finden und sie mit der Kraft der eigenen Liebe zurückzugewinnen, nur um am Ende zu erkennen, dass dieser Wunsch niemals in Erfüllung gehen würde, und dann langsam wahnsinnig zu werden? Ein schrecklicher Gedanke.

Am Freitag wachte ich auf und fragte mich, wie ich bis zum nächsten Tag durchhalten sollte. Die Küchenuhr schien noch lauter als sonst zu ticken. Die Zeit verging quälend langsam.

Es war schrecklich, so von Liebe verzehrt zu werden. Aber nun war ich hier, und es würde besser werden; nun konnten wir uns jeden Tag sehen und brauchten nicht mehr monatelang bis zur nächsten Begegnung zu warten.

Ich blickte auf die Uhr. Es war neun. Bo hatte bestimmt gerade die Mädels zur Schule gebracht und wanderte nun nach Hause zurück. Wenn ich mich beeilte, konnte ich sie bestimmt noch einholen, ihr Hallo sagen, sie küssen, sie ein Stückchen begleiten und mir anhören, was sie zu erzählen hatte.

Aber Bo hatte Samstag gesagt. Sie arbeitete sicher viel, um die Zeit aufzuholen, die sie wegen ihrer monatelangen Schreibblockade verloren hatte. Ich würde also warten müssen. Doch ich wollte nicht warten. Ich wollte, dass Bo sofort alles stehen und liegen ließ, um zu mir zu laufen, so wie ich zu ihr gelaufen wäre, wenn sie mich nur gelassen hätte.

Stattdessen verbrachte ich den Tag damit, im Bett zu bleiben und Bos Bücher zu lesen.

* * *

Samstag wachte ich früh auf. Ich brauchte dringend Arbeit, um Geld zu verdienen und mich abzulenken. Ich war bereit, jeden Job anzunehmen; wenn ich erst einmal einen gefunden hatte, konnte ich mir ja immer noch etwas Besseres suchen. Also schnappte ich mir mein iPad und suchte nach Stellenangeboten im Lake District. Die meisten Jobs waren saisongebunden, und die Saison war bald vorbei, aber es gab einige Betriebe, die rund ums Jahr geöffnet hatten. Ich schickte Bewerbungen an den National Trust, einen Buchladen und ein paar Wandertouren-Anbieter. Als Wanderführerin war ich bestimmt geeignet.

Ich duschte, zog mich an und verbrachte den restlichen Vormittag damit, abermals durch das Dorf zu schlendern. Ich besichtigte die Kirche, Wordsworths Grab und die ehemalige Schule, die inzwischen einen Laden beherbergte, der den berühmtesten Lebkuchen der Welt verkaufte (von dem ich allerdings noch nie zuvor gehört hatte).

Währenddessen grübelte ich die ganze Zeit darüber nach, wie ich Bo begrüßen sollte, wenn ich sie wiedersah. Sollte ich ihr einen sanften Kuss auf die Wange geben? Oder kühl auf Abstand bleiben, damit sie merkte, dass ich über ihr langes Schweigen noch immer stinksauer war? Oder sollte ich einfach das tun, wonach mir am meisten der Sinn stand: auf alle gesellschaftlichen Regeln pfeifen und mitten im idyllischen, spießigen Grasmere mit ihr rumknutschen?

Am besten wartete ich einfach ab, was passierte, und richtete mich danach, wie Bo mich begrüßte.

Um Viertel nach eins drehte ich eine letzte Runde über den Friedhof, dann spazierte ich zum Café. Es sollte schließlich nicht so aussehen, als hätte ich den ganzen Vormittag lang Zeit totgeschlagen und wäre ziellos herumgewandert, unfähig, an irgendetwas anderes zu denken als an Bo.

Im Café war es laut und voll. Ich sah mich um, konnte sie jedoch an keinem der Tische entdecken. Aber vielleicht saß sie ja draußen auf der Terrasse.

Bingo. Da saß sie und lächelte mit glänzenden Lippen, eine Tasse Tee in der Hand.

Gus war auch dort. Und Lola und Maggie.

Als Bo mich bemerkte, starrte sie mich entsetzt an.

»Alice!«, rief sie. »Was machst du denn hier?«

Ich war völlig perplex. Wortlos starrte ich zurück, dann sah ich zu Gus und den Mädchen.

Bo drehte sich zu Gus und flüsterte ihm etwas zu.

Dann wandte sie sich wieder mir zu. »Ich habe dir doch gesagt, dass du mich in Ruhe lassen sollst.«

Ich schüttelte den Kopf. »Ich …«

Sie schaute mich entnervt an, als sei sie mit ihrer Geduld am Ende. »Ich habe es wirklich auf die nette Art versucht, Alice. Ich war überaus nachsichtig und verständnisvoll. Aber jetzt reicht es. Ich erwidere deine Gefühle nicht und habe dir auch nie den geringsten Anlass gegeben, etwas Derartiges anzunehmen. Du musst jetzt deine Sachen packen und nach Brighton zurückfahren, zu deinen Freunden und zu deiner Arbeit. Du bist noch jung, Alice. Die ganze Welt steht dir offen. Also geh jetzt und lebe dein eigenes Leben, und lass mich endlich in Ruhe!«

Die Leute an den Nachbartischen starrten uns an.

Der Schock verschlug mir die Sprache.

»Jetzt geh!«, wiederholte Bo.

Ich warf einen Blick zu Gus hinüber, um zu sehen, wie er darauf reagierte, aber er war damit beschäftigt, die Mädels zu beruhigen.

* * *

Ich verließ das Café. Der Schock betäubte die in mir aufsteigende Enttäuschung, die Wut und den Drang, zurückzustürmen, Bo die Faust ins Gesicht zu rammen und ihr hübsches kleines Spießerdasein in tausend Stücke zu schlagen.

Ich suchte mir ein Pub mit kostenlosem WLAN, bestellte ein Bier, setzte mich mit meinem iPad ans Fenster und hämmerte eine E-Mail in die Tasten. »Verdammt noch mal, was sollte das eben? Du hast mich vor deiner kompletten Familie wie eine Irre hingestellt. Erst bittest du mich, hierherzuziehen, und jetzt willst du auf einmal nichts mehr mit mir zu tun haben! Liegt es tatsächlich an Gus oder einfach nur daran, dass du eine miese Schlampe bist? Ich habe mir wirklich große Mühe gegeben, dich nicht für eine Schlampe zu halten, aber nach allem, was du dir inzwischen geleistet hast, bleibt mir eigentlich gar nichts anderes mehr übrig!«

Kaum hatte ich auf »Senden« gedrückt, bekam ich die Mitteilung, dass die E-Mail nicht zugestellt werden konnte. Ich ging auf Facebook und rief Bos Profil auf. Sie hatte sich aus meiner Freundesliste entfernt, mich jedoch nicht blockiert. Ich tippte die Nachricht abermals und schickte sie via Facebook. Dann schickte ich eine weitere hinterher. »Ich denke, du schuldest mir Geld. Es hat mich rund 3000 Pfund gekostet, von Brighton hierherzuziehen, und du hast genau gewusst, dass ich mir das nicht leisten kann. Wenn du mir das Geld nicht bis morgen überwiesen hast, werde ich deinem Mann erzählen, dass er mit einer verlogenen, notorischen Fremdgeherin verheiratet ist. Hier meine Bankverbindung bei der HSBC: Konto-Nr. 51478934, BLZ 40-87-43. Drei Riesen, oder Gus erfährt alles. Verlass dich drauf.«

Ich trank mein Bier aus und kehrte in die Wohnung zurück. Meine Hände zitterten. Mir war eiskalt ums Herz. Ich durchsuchte die Wohnung nach Bos Zettel, konnte ihn jedoch nicht finden. Ich schaute in meinen Taschen nach, vergebens. Wo war der verdammte Zettel? Wo hatte ich ihn hingesteckt? Ich war weder dumm noch verrückt. Ich hatte diesen Zettel in der Hand gehabt, ich hatte ihn mir nicht eingebildet, genauso wenig, wie ich mir eingebildet hatte, drei wunderbare Nächte mit Bo verbracht zu haben, während Gus auf Dienstreise gewesen war.

Ich setzte mich aufs Bett. Das Ganze war ein Albtraum. Hier konnte ich unmöglich bleiben. Aber ich war pleite, ich hatte noch nicht einmal genug Geld für eine Rückfahrkarte. Ich musste an Jakes Worte denken: »Wenn sie wirklich kalte Füße bekommt, kannst du eine Weile hier bei mir wohnen. Du müsstest zwar auf dem Boden schlafen, aber du bräuchtest zumindest keine Miete zu zahlen.«

Aber Jake war nun einmal Jake: ein liebenswerter Nichtsnutz. Uns trennten Welten. Seit jenem Abend, als ich ihn verlassen hatte, fühlte ich mich um Jahre gealtert.

Ich war wild entschlossen, nicht zu weinen. Ich wollte keinen Gedanken mehr an Bo und diese entsetzliche Liebe verschwenden, die mich so aus der Bahn geworfen hatte. Ich wollte nie wieder daran denken, dass ich einmal neben dieser wunderschönen Frau gelegen, sie zärtlich liebkost und zu ihr gesagt hatte: »Dich kann es nur einmal auf Erden geben; kein anderer Geist stimmt so perfekt mit meinem überein.« Und auch nie wieder an ihre Antwort. »Wir sind Zwillingsseelen. Wir sind identisch.« Und auch nicht an meine Entgegnung darauf. »Nein.

Nicht identisch. Gegensätzlich. Wie Leben und Tod, Licht und Schatten – das eine kann ohne das andere nicht sein.«

All das wollte ich aus meiner Erinnerung verbannen, denn mein Leben war zerstört und mein Herz gebrochen. Aber nicht nur das. Alles, was ich gewesen war, lag in Schutt und Asche.

FRAUENGEFÄNGNIS IHRER MAJESTÄT

YORKSHIRE

So lange ich draußen bin, kann ich den Tag gut überstehen. Schwierig wird es abends, wenn ich wieder hineinmuss, in meine Zelle. Im Sommer ist es leichter als im Winter, denn es bleibt lange hell, und wenn es Nacht wird, kann ich einfach unter die Decke schlüpfen, eine Schlaftablette nehmen und im Nichts versinken, bis der Weckruf ertönt. Doch im Winter wird es viel früher dunkel, und die Stunden bis zur Nachtruhe ziehen sich quälend lange hin. Die Herausforderung besteht darin, die eigenen Gedanken zu beherrschen. Ich halte mich von den anderen fern, und sie sich von mir. Ich ziehe mich ins Reich der Fantasie zurück, schreibe Texte, Tagebucheinträge, Gedichte – alles, was mir hilft, kreativ zu bleiben und nicht zu verzweifeln.

Es ist kein Problem, hier an Prozac zu kommen. Sie verschreiben es, ohne Fragen zu stellen, und sie drängen uns auch nicht dazu, eine Therapie zu machen. Es herrscht die allgemeine Überzeugung, dass Häftlinge guten Grund haben, sich schlecht zu fühlen.

Niemand scheint eine klare Vorstellung davon zu haben, wozu ein Gefängnis eigentlich gut sein soll: ob es ein Pferch sein soll oder eine Rehabilitationseinrichtung, wo wir lernen konnen, nicht kriminell zu sein und draußen ein gutes Leben zu führen. Aber ich hatte draußen ja schon ein gutes Leben. Und was mir wirklich zu denken gibt, ist, wie schnell Menschen, die ein gutes, normales Leben geführt haben, im Gefängnis landen können, nur weil sie sich mit den falschen Leuten eingelassen haben.

Darin lag das Problem. Wir waren ein explosives Paar, sie und ich. Uns verband eine tiefe Leidenschaft, die bis in unser Innerstes drang – an einen Ort, der anderen Menschen verbor-

gen blieb. Unsere Liebe war himmlisch, doch dann schlug sie um und wurde zur Hölle.
Eine Zeit lang wollte ich Rache. Ich hasste sie dafür, was sie mir angetan hatte. Doch jetzt will ich nur noch Frieden. Vergebung. Eine neue Chance. Sie.
Wenn ich die Zeit zurückdrehen könnte, würde ich alles anders machen.
Ich habe ihr schon einen Brief geschrieben. Sie haben mir verboten, ihn abzusenden, aber ich kann ihn ihr ja schicken, wenn ich wieder draußen bin. Wahrscheinlich stellen sie mir bei vorzeitiger Entlassung die Bedingung, sie nicht zu kontaktieren, aber sie will bestimmt von mir hören, davon bin ich überzeugt. Letztens, als ich ins Internet durfte, habe ich sie gegoogelt. Ihr Buch ist gerade erschienen. Es ist nicht möglich, direkt mit ihr Kontakt aufzunehmen; sie ist weder auf Facebook noch bei Twitter und hat auch keine öffentliche E-Mail-Adresse. Aber ich werde sie sicher über ihren Verlag kontaktieren können.
Ich möchte, dass sie weiß, dass es mir leidtut.

DRITTER TEIL

VERLEUGNUNG

BO

1

Die Wende kam an dem Tag, als ich aus Northumberland zurückkehrte. Bis dahin war ich glücklich gewesen und besaß alles, was ich mir je erträumt hatte: ein schönes Haus, zwei wundervolle Kinder, beruflichen Erfolg und einen Mann, mit dem ich relativ gut auskam. Wäre ich aufgefordert worden, mein Leben in einem Wort zusammenzufassen, hätte ich gesagt: friedlich.

Ein friedliches Leben. Nicht aufregend, aber erfüllt. Der Wert eines friedlichen Lebens lässt sich erst dann ermessen, wenn man es verloren hat.

Alice war mir ganz unverhofft begegnet. Als wir voneinander Abschied genommen hatten, erschien mir auf einmal alles trostlos und öde, wie ein langweiliger Sonntagnachmittag, der sich endlos hinzog. Am Tag nach meiner Rückkehr wollte ich eigentlich eine neue Biografie über Dorothy Wordsworth lesen, um mich auf ein gemeinsames Interview mit der Autorin vorzubereiten, bei dem es wieder einmal um die Frage gehen sollte, ob Dorothy Wordsworth eine inzestuöse Beziehung zu ihrem Bruder gehabt hatte. Doch ich konnte mich einfach nicht konzentrieren.

Also ließ ich die Arbeit liegen und ging in die Küche. Gus saß an seinem üblichen Platz. »Was hast du heute vor?«, fragte er.

Ich zuckte mit den Schultern und schüttete Katzenfutter in den Napf. »Nichts Besonderes«, sagte ich. »Arbeiten.«

Als ich zur Spüle ging, um den Wasserkocher zu füllen, stolperte ich über die Katze, die von ihrem Ruheplatz am Herd hervorkam. Die Katze war schon sehr alt. Ich hatte sie, seit ich neunzehn war. Damals war sie als junges, verspieltes Kätzchen zu mir gekommen, und ich hätte mir nie träumen lassen, mich eines Tages um ein dementes Pelztier kümmern zu müssen, das auf einem Auge blind war und unsere Obstschüssel als Katzenklo benutzte.

»Vielleicht wandere ich später zum Grisedale Tarn hoch. Willst du mitkommen?«

Gus schüttelte den Kopf. Ich hatte nichts anderes erwartete. Ihm war schon seit einiger Zeit die Lust vergangen, mir Gesellschaft zu leisten. Warum, wusste ich nicht. Vielleicht nagte der Groll an ihm. Da ich in unserer Familie die Hauptverdienerin war, traf ich alle wichtigen Entscheidungen, was unser Familienleben anging. Ich hatte ihn nach Cumbria verfrachtet, in die Einöde, wo er niemanden kannte und wo die einzige Chance, Leute kennenzulernen, darin bestand, einem örtlichen Verein beizutreten, was ihn allerdings nicht die Bohne interessierte. Seine Freunde, frühere Arbeitskollegen, die auf seiner Wellenlänge lagen, wohnten alle in Oxford. Und er versauerte nun als Rentner in den Bergen.

Zwischen uns herrschte noch immer dicke Luft. Am Abend zuvor hatte ich ihm vorgeschlagen, sich einen Job zu suchen, damit er etwas zu tun bekam.

»Und als was soll ich mich deiner Meinung nach bewerben?«, hatte er voller Hohn gefragt. »Als Bauernknecht vielleicht? Oder als Sherpa, der Touristen in den Bergen die Rucksäcke rauf- und runterträgt, damit sie es bequemer haben? Mehr gibt es in Cumbria ja nicht zu tun.«

»So war mein Vorschlag doch gar nicht gemeint«, sagte ich. »Ich dachte an eine freiberufliche Tätigkeit. Du könntest zum Beispiel deinen alten Arbeitgeber kontaktieren und sagen, dass du für Projekte zur Verfügung stehst, falls es Bedarf gibt. Irgendwas in der Arbeit.«

»Mal sehen«, hatte er gesagt. Mehr nicht.

Was unausgesprochen blieb, war sein Neid auf meinen Erfolg. Ich schüttelte einen Bestseller nach dem anderen aus dem Ärmel, während seine eigenen Leistungen längst in Vergessenheit geraten waren. Er ging jedem Streit aus dem Weg, aber es lag auf der Hand, dass mein Erfolg ihn wurmte.

Vorher hatte mich das nie gestört. Bis ich Alice begegnete.

* * *

Ich ging in mein Arbeitszimmer und fuhr den Computer hoch. Eigentlich hatte ich vor, nach Rezensionen über die neue Wordsworth-Biografie zu suchen. Vielleicht enthielten sie ja genug Informationen, dass ich mir die Lektüre sparen konnte. Stattdessen landete ich natürlich auf Facebook und scrollte durch meinen Newsfeed. Lauter politische Posts von Freunden, die sich für den Klimawandel oder das Ende der Schlafzimmersteuer einsetzten. Einer forderte sogar das Ende des Fuchsjagdverbots, das aus seiner Sicht der radikalen Linken zu verdanken war. Ich las mir den Post durch, dann hinterließ ich einen Kommentar: »Arme Tories. Ständig verdirbt ihnen die Linke den Spaß.«

Keine Ahnung, warum ich das tat, aber es fiel mir wesentlich leichter, so etwas zu schreiben, als meiner eigentlichen Arbeit nachzugehen, für die ich bezahlt wurde.

Alice postete nichts über Politik. Ihre neueste Statusmeldung lautete:

»*Girl on the Train?* Schön wär's. In Wahrheit müsste es *Girl on the Schienenersatzverkehr* heißen.«

Ich klickte auf »Gefällt mir«, dann sah ich nach meinen E-Mails. Eine war von ihr; sie schrieb, dass sie sich von ihrem Freund getrennt hätte. Obwohl sie darüber witzelte, klang sie ziemlich niedergeschlagen. Spontan lud ich sie ein, mich zu besuchen. Es wäre bestimmt nett, sie hierzuhaben. Sie hatte mir wieder Leben eingehaucht.

* * *

Als ich den Mädchen sagte, dass wir Besuch von einer Freundin bekämen, waren sie begeistert. Nachmittags pflückten sie Stockrosen und Rhododendron im Garten, steckten alles in eine Vase und brachten sie ins Gästezimmer.

Anschließend verkündete Lola: »Ich will Rosenparfüm für sie machen.« Also gab ich ihr vier leere kleine Honiggläser, die ich aus Londoner Hotels mitgebracht hatte. Lola nahm Maggie beim Arm und zog sie wieder zurück in den Garten.

Vom Küchenfenster aus beobachtete ich, wie die beiden Rosenblütenblätter sammelten und die Gläser mit Wasser aus dem Gartenhahn füllten. Ich freute mich auf Alice' Besuch, war aber auch ein wenig nervös. Gus warf mir vor, unvorsichtig zu sein.

»Bist du sicher, dass das eine gute Idee ist?«, fragte er.

»Ich weiß schon, worauf du hinauswillst ...«

»Ich mache mir nur Sorgen. Das Letzte, was du brauchst, ist ein promigeiles Nachwuchstalent, das du unter deine Fittiche nimmst. Das ist schon einmal schiefgegangen.«

Ich seufzte. »Ja, ich weiß. Aber Alice ist nicht so labil wie Christian. Sie ist wirklich nett. Sie ...«

»Das dachtest du bei Christian anfangs auch. Er kam dir einsam vor. Er war jung, nett, einsam und talentiert.«

»Ich ...«

»Woher willst du wissen, dass mit dieser Alice alles in Ordnung ist? Du kennst sie doch erst seit fünf Tagen.«

»Ich weiß es eben.«

»Sie ist jung.«

»Na und?«

»Sie will unbedingt Schriftstellerin werden. Sie wird hoffen, dass du ihr hilfst, den Durchbruch zu schaffen.«

»Na und? Kann gut sein, dass mir das sogar gelingt«, sagte ich. »Sie ist überaus talentiert. Wenn ich ihr helfen kann, warum nicht?«

»Du willst also wieder Mutter Teresa spielen«, sagte Gus

kopfschüttelnd. »Manchmal denke ich, du legst es regelrecht darauf an, Ärger zu bekommen.«

Gus glaubte nicht an Selbstlosigkeit. In seinen Augen waren alle Beweggründe fragwürdig. Er fand, es sei gegen die menschliche Natur, sich für fremde Leute einzusetzen, wenn dabei nichts für einen selbst heraussprang. Ich ließ ihn reden. Vielleicht war es gegen *seine* Natur, aber das traf bestimmt nicht auf alle Menschen zu. Auf mich jedenfalls nicht.

2

Mit Alice fand in unserem Haus endlich wieder ein inspirierendes Erwachsenenleben statt, eine herrliche Abwechslung zum ständigen Kindergeschnatter. Meine Schreibblockade löste sich langsam, allein durch den Austausch mit jemandem, der sich ebenfalls für Literatur begeisterte. Ich nahm Alice auf meine Wanderungen durch die Berge mit. Eines Morgens, es hatte kräftig geregnet, wanderten wir von Grasmere nach Ullswater und erfreuten uns am Rauschen des Wasserfalls und am sanften Plätschern des Sees.

Alice stand still neben mir und betrachtete die schroffe Berglandschaft von Cumbria. Nach einer Weile sagte sie: »Es ist schön hier. Ich habe so etwas noch nie gesehen.«

»In der Natur zu wandern tut der Seele gut«, sagte ich. »Der Anblick von Schönheit macht uns glücklich. Das ist Ihnen doch sicher auch schon so gegangen, oder?«

Alice schüttelte den Kopf. »In Brighton kann man höchstens bis zum nächsten Kebab-Laden wandern.«

»Wandern Sie öfter durch die Natur. Dann werden Sie sich besser fühlen.«

»Aber ich fühle mich gut.«

Ich verkniff mir eine weitere Bemerkung. Alice ging es schlecht, das war offensichtlich. Ihre miserable Verfassung schimmerte wie Mondlicht unter ihrer Haut. *Ich war auch mal so wie du,* hätte ich am liebsten gesagt. *Ich kann mich um dich kümmern, wenn du willst.*

Doch sie wollte nicht. Noch nicht.

Die Abende verbrachten wir in der Küche und tranken Wein, während Gus im Wohnzimmer allein vor dem Fernseher hockte und sich irgendwann ins Bett verzog. Es war mir egal. Gus beachtete meine Schriftstellerei nicht weiter, Hauptsache, sie brachte uns Geld ein. Alice dagegen hatte lebhaftes Interesse an meiner Arbeit. Durch ihren Besuch wurde mir klar, wie sehr mir seit unserem Umzug aus Oxford intelligente Gesprächspartner fehlten. Natürlich hatte ich meine Facebook-Freunde, mit denen ich mich über Politik austauschte, um gegen die allgemeine Ignoranz anzugehen und die Welt zu verändern, doch das war überhaupt nicht damit vergleichbar, einen echten Menschen aus Fleisch und Blut bei sich zu haben, der Worte sprach, die ich hören konnte, und Hände hatte, die ich berühren konnte. Alice war sehr redselig. Irgendwann sagte sie beiläufig: »Morgen ist der Todestag meiner Mutter.«

Die Mutter. Das ewige Thema.

»Kommen Sie damit klar?«, fragte ich.

»Ja. Kein Problem. Sie starb vor einem Jahr. Ich hatte sie sechs Jahre lang nicht gesehen. Es ist schwer, jemanden zu vermissen, den man so lange nicht gesehen hat, und außerdem habe ich, seit ich elf war, auch gar nicht mehr bei ihr gelebt.«

»Aber Sie vermissen sie doch bestimmt.«

Alice zuckte mit den Schultern und schüttelte den Kopf. »Das Ganze ist ziemlich kompliziert. Ich möchte das Thema lieber nicht vertiefen.«

Ich lächelte. »Verstehe. Aber Sie sind noch so jung. Es ist hart, in Ihrem Alter die Mutter zu verlieren. Und Trauer ist unberechenbar. Oft packt sie einen ganz unvermittelt, besonders dann, wenn es um jemanden geht, den man lange nicht gesehen hat. Plötzlich, warum auch immer, spürt man, wie sehr einem dieser Mensch fehlt, und das kann einem ganz schön zu schaffen machen.«

»Hm.«

»Wie dem auch sei, jedenfalls können wir morgen machen, wonach auch immer Ihnen der Sinn steht. Wir müssen uns nichts Bestimmtes vornehmen. Wenn Ihnen danach ist, können Sie den ganzen Tag im Bett bleiben, Sie brauchen sich zu nichts verpflichtet zu fühlen. Schonen Sie sich. Und wenn Sie traurig sind, kann ich Ihnen versichern, dass das völlig normal ist und auch wieder vorübergehen wird.«

Ich sprach mit sanfter Stimme. Alice schaute weg. Oh, tückische Sanftheit. Sie konnte selbst steinharte Herzen erweichen.

Schließlich warf Alice mir einen Blick zu. »Sie sagten, Ihre Mutter sei ein Albtraum gewesen ...«

»Ach, inzwischen komme ich mit ihr zurecht. Ich war jahrelang wütend auf sie, aber als ich heiratete, wurde ich ruhiger und lernte, besser für mich selbst zu sorgen. Und irgendwann konnte ich die Mutter, die ich mir immer gewünscht hatte, loslassen und eine andere Beziehung zu ihr aufbauen. Aber ich habe ein Auge für Menschen wie mich. Die Mutterlosen erkenne ich auf Anhieb.«

»Was war denn so schlimm an Ihrer Mutter?«

»Sie war nicht mütterlich«, sagte ich. »Sie hatte keine Ahnung, wie man sich um andere kümmert.«

Ein Bild aus alten Zeiten erschien vor meinem inneren Auge: der Zigeunerwagen meiner Familie, außen leuchtend rot und innen ganz düster; meine stets abwesenden Eltern; die Männer, die nachts zu mir kamen. Meine Mutter hatte es gewusst. Sie hatte es gewusst, aber weggeschaut, und jetzt, im Alter von vierzig Jahren, begriff ich, dass es in Ordnung war. Es war in Ordnung, dass ich das Unverzeihliche nicht verzieh, sondern still damit lebte, gut für mich sorgte und mir selbst die Liebe gab, zu der meine Mutter nie fähig sein würde.

Wir saßen eine Weile schweigend da. Schließlich begann Alice zu reden. »Meine Mutter war gewalttätig«, sagte sie. »Deshalb wurde ich ihr weggenommen. Ich hatte keine Ahnung, dass es nicht normal war, wenn Mütter ihre Kinder misshandelten. Ich dachte, dass es allen Kindern so ging. Es dauerte lange, bis die Leute merkten, was los war. Wir hatten Geld, und wenn man reich ist und ein großes Haus hat, schöpfen die Leute nicht so schnell Verdacht. Zumal sie schlau genug war, mich in der Schule krankzumelden, wenn sie mich allzu übel zugerichtet hatte.

Aber eines Abends hörte ein Nachbar meine Schreie und alarmierte die Polizei. Sie hatte mir den Arm gebrochen. Und kurze Zeit später wurde ich ihr weggenommen.«

»Und haben Sie sie wiedergesehen?«, fragte ich sanft.

Alice nickte. »Ja, aber nicht oft. Sie hatte ständig Beziehungsdramen mit irgendwelchen Männern. Entweder war sie Hals über Kopf verliebt, oder man hatte ihr das Herz gebrochen. Es war sehr anstrengend. Ihr fehlte wohl die Energie, das mit uns wiedergutzumachen, auch wenn sie es später, als ich älter war, versucht hat. Aber ich hatte Glück. Ich hatte gute Pflegeeltern, bei denen ich bleiben durfte, bis ich zur Uni ging.«

»Sie haben sich wirklich tapfer geschlagen.«

Alice zuckte mit den Achseln. »Mir blieb ja auch gar nichts anderes übrig.«

»Und wie war Ihnen zumute, als Ihre Mutter starb?«

»Ich habe nicht das Geringste gefühlt. Sie wollte, dass ich ihr verzeihe, aber nach all der Zeit gab es eigentlich nichts mehr, was ich hätte verzeihen können.«

»Das war sehr großzügig von Ihnen.«

»Nein, gar nicht. Es war schlicht und einfach zu spät, ihr zu verzeihen. Unsere Beziehung existierte nicht mehr, sie war vorbei. Meine Mutter war nur noch jemand, der mich früher mal verletzt hatte. Ich wollte nichts mehr mit ihr zu tun haben. Welchen Sinn hätte es gehabt, kurz vor ihrem Tod noch einmal Nähe zuzulassen?«

»Hatten Sie Angst vor der Trauer?«

»Ja«, sagte Alice. »Ich denke schon.« Dann sah sie mich an und fügte hinzu: »Sie sind sehr verständnisvoll.«

Ich lächelte und sagte: »Ich bin einfach nur alt.«

Sie lachte.

»Mütter sind wichtig, Alice«, fuhr ich fort. »Jeder Mensch braucht eine Mutter. Es ist wichtig, das zu akzeptieren und sich einzugestehen, dass man das, was man entbehren musste, schmerzlich vermisst. Aber Sie können Ihre eigene Mutter sein.

All das, was Sie sich früher so sehr gewünscht haben, können Sie sich selbst geben.«

Alice sah mich verblüfft an. Dann fragte sie: »Und wie soll das gehen?«

»Fangen Sie an, indem Sie sich selbst bekochen«, sagte ich. Ich lockte sie näher, sah, wie sie sich langsam, aber sicher in meine Welt vorwagte. »Fangen Sie mit einfachen Dingen an. Lernen Sie, sich eine Gemüsesuppe zuzubereiten. Nehmen Sie sich Zeit, für sich selbst zu sorgen. Das wird Ihrer Seele guttun.«

Alice nickte.

Wir sprachen weiter: über ihren Freund, ihr langweiliges Leben als Pflegekind, ihre Hoffnungen für die Zukunft. Kinder.

Um Mitternacht ging der Wein zur Neige. Auf dem Treppenabsatz wünschten wir uns eine gute Nacht. Ich umarmte sie lange und redete mir ein, dass meine unerwartete und ständige Sehnsucht, ihr nah zu sein, mütterlicher Natur sein musste. So wie der Instinkt, ein Neugeborenes an die Brust zu drücken.

3

Und dann war sie weg. Nach einer Woche brachten Maggie und ich sie nach Oxenholme zum Zug, und das Haus war wieder leer. Ich blieb mit einem Gefühl zurück, das ich seit meiner Kindheit nicht mehr gehabt hatte – als wäre jemand unter meine Haut gekrochen und bis in mein Innerstes vorgedrungen. Ich war fassungslos.

Ich dachte, ich hätte das alles hinter mir gelassen. Selbstschutz war schließlich mein Mantra. Damals im Zigeunerwagen, als die Männer kamen und gingen, als Willow kam und ging, verwandelte mein Körper sich in einen Holzblock. Ich hatte mir immer vorgestellt, dass meine Mutter mich eines Tages in diesem Zustand finden würde, alt und hart wie ein sterbender Baum. Vielleicht hätte sie dann etwas aus mir geschnitzt, einen Tisch oder eine Truhe.

Wenn man mich aufgeschnitten hätte, wären meine Jahresringe sichtbar geworden: der verborgene Schmerz der Kindheit, das heilende Wachstum und in der Mitte der Kern. Alte Bäume hatten totes Holz im Kern. Kernholz. Das Herz starb, doch der Baum wuchs trotzdem weiter.

Ich war steinhart, wie eine mächtige alte Eiche. Und niemand wusste es, außer mir.

* * *

Alice war nicht Willow. Aber sie erinnerte mich an Willow, weil sie fünfundzwanzig war, schön, liebenswert und intelligent. Sie war Willow sicher sehr ähnlich.

Ich ging in mein Arbeitszimmer, fuhr den Computer hoch und loggte mich bei Facebook ein. Es war dumm, sinnlos, doch ich gab trotzdem »Willow Luxton« in die Suchleiste ein. Sechs

Profile erschienen auf dem Bildschirm. Ich sah mir alle an, auf der Suche nach einer Frau in Alice' Alter, die Ähnlichkeit mit mir selbst hatte. Eine kam infrage: blond, jung, grüne Augen. Das könnte sie sein, dachte ich. Es wäre möglich. Ich schaute mir ihr Bild genauer an.

Meine Hände begannen zu zittern, und ich musste mich regelrecht dazu zwingen, das Bild wieder wegzuklicken. Ich kam mir lächerlich vor. Niemand wusste davon, dass ich sie Willow genannt hatte. Inzwischen hieß das Mädchen sicher Lucy, Kate oder Nicola. Und garantiert nicht Luxton. An ihr war jede Spur von mir schon vor langer Zeit beseitigt worden. Ich existierte nicht.

Egal. Ich musste Alice' Bettwäsche noch abziehen. Lästige Dinge wie diese schob ich gern vor mir her, aber ich hatte wieder eine Blockade und war einfach nicht in der Stimmung, mich an den Schreibtisch zu setzen. Dass ich das Bettenmachen dem Schreiben vorzog, war ein schlechtes Zeichen. Wenn es so weiterging, würde mein neues Buch nie fertig werden.

Das Gästezimmer sah leer und verlassen aus. Keine Spur mehr von Alice, nur ein zerwühltes Bett. Ich zog die Bettwäsche ab und ließ sie auf den Boden fallen. Sie duftete nach Alice. Ich dachte an ihr gebrochenes, wunderbares Herz und starrte auf die leere Matratze, auf der sie vor Kurzem noch geschlafen hatte. Dann legte ich mich auf das Bett, rollte mich zusammen und weinte.

4

Von: AlicetheEighth@gmail.com
Datum: 11. Juli 2015, 11:07
An: Bo@BoLuxton.co.uk
Betreff: Hallo

Liebste Bo,
diese Woche habe ich beschlossen, deinem Rat zu folgen und mein Leben in Ordnung zu bringen. Da es viel Arbeit macht, ein Leben, das so chaotisch ist wie meines, in Ordnung zu bringen, hast du eine Weile nichts von mir gehört. Aber nun kann ich Folgendes berichten:
1. Ich habe einen Vollzeitjob.
2. Ich habe eine Zweizimmerwohnung in Kemptown gefunden und ziehe nächsten Monat ein.
3. Ich bin gebärfähig.
Haha. Ich weiß, der letzte Punkt kommt etwas überraschend, aber als ich letztens die Strandpromenade entlangspazierte, stand dort ein Bus mit der einladenden pinkfarbenen Aufschrift »Kostenloser Chlamydien-Test«. Und da dachte ich mir: *Warum eigentlich nicht? Wo du diese Woche sowieso dein Leben in Ordnung bringen willst.*
Also stieg ich ein und machte den kostenlosen Test, und siehe da: Ich hatte Chlamydien. Kein Wunder, wenn man jahrelang mit sieben Katzen zusammengelebt hat, in einem Haus, das nach Pisse stank. Wahrscheinlich hatte ich mir die Dinger schon vor einer Ewigkeit eingefangen.
Die Frau, die den Test durchführte, meinte, ich solle mir einen Termin bei meinem Hausarzt geben lassen. Doch als ich dort anrief, erfuhr ich, dass mein Hausarzt erst Anfang des nächsten Jahrtausends wieder Zeit für mich haben würde.

Als ich wieder zu Hause war, googelte ich bis vier Uhr morgens und recherchierte alles, was es über Chlamydien zu wissen gab:
- Sie führen nicht zwangsläufig zu Unfruchtbarkeit.
- Sie führen nur dann zu Unfruchtbarkeit, wenn sich eine Unterleibsentzündung entwickelt, was umso wahrscheinlicher ist, je länger man bereits infiziert ist. Aber viele Frauen haben schon ewig Chlamydien und bekommen trotzdem Kinder.

Das war am Montag.

Am Dienstag ging ich zu einer anderen Ärztin und weinte still vor mich hin.

Sie meinte, eine Unterleibsentzündung sei eher unwahrscheinlich. Was für eine Erleichterung.

Am Mittwoch kam ich nach weiteren Recherchen allerdings zu dem Schluss, dass die Wahrscheinlichkeit einer Unterleibsentzündung bei immerhin vierzig Prozent lag.

Am Donnerstagmorgen war die Wahrscheinlichkeit nach weiteren Recherchen auf sechzig Prozent gestiegen, am Donnerstagnachmittag auf achtzig Prozent.

Am Freitagmorgen rief ich bei einer internationalen Adoptionsagentur an und bat darum, mir drei weibliche Babys aus China zu schicken. Man wollte mir ein Bestellformular zukommen lassen.

Am Freitagnachmittag teilte meine Ärztin mir mit, dass ich laut Testergebnis keine Chlamydien hätte. Gleichzeitig riet sie mir, eine Sexualberatungsstelle aufzusuchen, wo verantwortungslosen Menschen beigebracht werde, was Safer Sex sei und dass fehlende Verhütung schreckliche Folgen haben könne, Kinder zum Beispiel.

Das hatte ich mir allerdings schon gedacht.

Samstag ging ich trotzdem zur Sexualberatungsstelle, wo ich mit Abstand die Älteste im Wartezimmer war. Nach einer gefühlten Ewigkeit kam ich endlich dran. Der Berater gab mir ungefähr dreihundert Kondome und dazu ein paar Gummifolien, deren Funktion mir noch immer nicht klar ist. Außerdem veranlasste er Tests für sämtliche Geschlechtskrankheiten einschließlich Aids,

wovor ich mich immer gedrückt hatte, weil ich das Ergebnis lieber nicht wissen wollte.
Also ließ ich mir noch mehr Blut abzapfen. Eigentlich war ich sicher, kein Aids zu haben, da ich nie Sex mit Männern aus tropischen Ländern oder mit Schwulen gehabt hatte.
Samstagabend kamen mir erste Zweifel.
Sonntagfrüh wurde ich schließlich so nervös, dass ich wieder anfing zu googeln.
Um sechs Uhr lag die Wahrscheinlichkeit einer HIV-Infektion meinen Recherchen zufolge bei 0,2 Prozent.
Um sieben Uhr bei 98 Prozent.
Um acht Uhr setzte ich mein Testament auf. (Mit dir als Haupterbin.)
Eine Beschreibung des restlichen Sonntags spare ich mir lieber.
Montagvormittag flatterte das Formular der internationalen Adoptionsagentur herein, bei der ich drei weibliche Babys aus China bestellt hatte. Ich beschloss, es auszufüllen, denn wenn ich tatsächlich Aids hatte, stand es natürlich außer Frage, selbst Kinder zu bekommen, allein schon aus ethischen Gründen. Eine der Fragen auf dem Formular lautete: »Haben Sie sich schon einmal auf HIV testen lassen?« Es gab zwei Optionen zum Ankreuzen: Ja oder Nein. Da begriff ich, dass es sinnlos war. Ich zerknüllte das Formular und verfluchte diese engstirnigen Bürokraten, denn mal ernsthaft, wir haben es in unserer Jugend doch alle wild getrieben, oder? Wie auch immer, meine Hoffnungen, Mutter zu werden, waren für immer dahin.
Ich fieberte dem Nachmittag entgegen, um bei der Sexualberatungsstelle anrufen zu können und nach meinen Testergebnissen zu fragen. Als es endlich so weit war, tippte ich meine persönliche PIN ein – toller Service! – und hörte folgende Ansage:
»Ihre Testergebnisse lauten wie folgt:
Chlamydien: negativ.« (Die unpersönliche Stimme klang seltsam abgehackt, als sie »negativ« sagte, wie bei den Bahnhofsdurchsagen, wenn es heißt: »Auf Gleis eins erhält in Kürze Einfahrt …«)

»Gonorrhö: negativ.
Herpes: negativ.
Syphilis: negativ.
HIV: negativ.«
Danach war ich in Hochstimmung, denn ich wusste: Mein Traum, Mutter zu werden, kann doch noch in Erfüllung gehen.
Das war meine Woche. Nun frage ich mich ständig, wie einem eigentlich mitgeteilt wird, dass man HIV-positiv ist. Fände ich ja nicht so prickelnd, das über eine Telefonansage zu erfahren.
Ich hoffe, du hattest ebenfalls eine heitere und produktive Woche.
A xxxx

Ich lachte immer noch, als ich meine Antwort tippte:

»Alice, du bist die geborene Komikerin. Bitte besuch mich bald wieder. Ich muss oft an dich denken. Ich vermisse dich. x xxxxxxxxxxxxxxxxxxxx.«

Von: AlicetheEighth@gmail.com
Gesendet: 11. Juli 2015, 12:04
An: Bo@BoLuxton.co.uk
Betreff: Re: Hallo

Ich denke auch oft an dich. Und ich vermisse dich auch.
A xxxxxxxxxxxxxxxx

Von: Bo@BoLuxton.co.uk
Gesendet: 11. Juli 2015, 12:14
An: AlicetheEighth@gmail.com
Betreff: Re: Hallo

Allerliebste Alice,
da du nun einen Vollzeitjob hast, wirst du mich vorerst wohl nicht mehr besuchen können. Wie viele Urlaubstage hast du denn? Wenn du das nächste Mal kommst, könnten wir eine Gipfeltour machen. Kein Bergsteigen mit Seilen und Ausrüstung, einfach nur eine Wanderung bis zum Gipfel. So eine Tour ist natürlich etwas anstrengender, aber man wird mit einem herrlichen Blick auf den Lake District belohnt. Es gibt wirklich nichts Vergleichbares. Das solltest du auch einmal erleben; du wärest bestimmt begeistert.
Früher war ich am liebsten allein unterwegs, aber mit dir zusammen habe ich das Wandern wirklich genossen. Jetzt spaziere ich wieder allein durch die Natur und merke, wie sehr mir eine nette Begleitung fehlt. Ich wünschte, du wärest an meiner Seite.
In Liebe,
Bxxx

Von: AlicetheEighth@gmail.com
Gesendet: 11. Juli 2015, 12:43
An: Bo@BoLuxton.co.uk
Betreff: Re: Hallo

Liebste Bo,
eine Gipfeltour habe ich noch nie gemacht. Klingt ehrlich gesagt ziemlich anstrengend, und du weißt ja, dass ich im Grunde meines Herzens eine faule Socke bin, die nicht vor die Tür geht, wenn sie nicht unbedingt muss. Aber ich kann es gern mal versuchen. Wenn du mir bei der Tour von deinen Büchern

erzählst, werde ich sicher begeistert sein. Doch mit dir zusammen wäre ich auch begeistert davon, auf einer Müllkippe abzuhängen.
Alles Liebe,
A xxxxx

Von: Bo@BoLuxton.co.uk
Gesendet: 11. Juli 2015, 12:52
An: AlicetheEighth@gmail.com
Betreff: Re: Hallo

Auf einer Müllkippe? Im Ernst?

Von: AlicetheEighth@gmail.com
Gesendet: 11. Juli 2015, 12:56
An: Bo@BoLuxton.co.uk
Betreff: Re: Hallo

Ja, im Ernst. Auf einer Müllhalde.
So viel bedeutest du mir eben, Mrs Luxton.

Von: Bo@BoLuxton.co.uk
Gesendet: 11. Juli 2015, 13:06
An: AlicetheEighth@gmail.com
Betreff: Re: Hallo

Alice, du bringst mich zum Lachen wie niemand sonst.
Ich liebe dich. Ich wünschte, du wärest hier.

Von: AlicetheEighth@gmail.com
Gesendet: 11. Juli 2015, 13:08
An: Bo@BoLuxton.co.uk
Betreff: Re: Hallo

Ja, das wünschte ich auch.
Ich liebe dich übrigens ebenfalls. Meine Liebe zu dir ist so groß wie das Empire State Building. Keine Ahnung, welche Art von Liebe das ist, aber sie ist gigantisch.

Von: Bo@BoLuxton.co.uk
Gesendet: 11. Juli 2015, 13:12
An: AlicetheEighth@gmail.com
Betreff: Re: Hallo

Oh ja. Liebe ist so groß und unbeschreiblich wie amerikanische Architektur.
Ich liebe dich auch. Ich bete dich an!
B xx

5

Es war Sonntag. Gus und die Mädchen schliefen noch. Ich begann den Tag mit einer Kanne Kaffee. Ich hatte die ganze Nacht wach gelegen, hatte ständig an die Arbeit und an Alice denken müssen. Was die Arbeit anging, gab es eigentlich keinen Grund zur Sorge. Mein siebter Roman, *Die Schwester des Dichters*, war im April herausgekommen, und die davor erschienenen Bücher verkauften sich weiterhin gut. Mein neuestes Werk fand allerdings nicht ganz so viel Anklang wie seine Vorgänger, weshalb ich allmählich das Gefühl bekam, auf dem absteigenden Ast zu sein. Niemand sagte etwas in dieser Richtung, meine Agentin schon gar nicht, aber es lag auf der Hand. Jüngere, aufregendere Talente stürmten die Bestsellerlisten, und wenn ich nicht aufpasste, würde ich bald in Vergessenheit geraten.

Ich hatte viele Ideen, doch mir fehlte die Konzentration, sie weiterzuentwickeln. Ich musste ständig an Alice denken, sie ging mir einfach nicht aus dem Kopf.

Ich musste sie aus meinen Gedanken verbannen.

Doch eigentlich wollte ich das gar nicht. Es gefiel mir, an sie zu denken.

Alice tat mir gut. Sie inspirierte mich durch ihre Jugend. Sie besaß eine Lebendigkeit und Freiheit, die mir abhandengekommen waren. Ich steckte im Alltagstrott fest, doch durch Alice konnte ich die Welt wieder neu entdecken. Und wenn es mir gelänge, diese frische Energie mit der Weisheit der Erfahrung zu verbinden, gäbe mir das den ersehnten Kreativitätsschub.

Alice erinnerte mich daran, wie es war, jung zu sein. Ihre E-Mails brachten mich dazu, so ausgelassen zu lachen, dass ich für einen Moment das Gefühl hatte, wieder fünfundzwanzig zu sein. Es war herrlich. Ich wurde regelrecht süchtig danach. Ich wollte mehr davon.

Der Grund, warum ich ständig an sie denken musste, lag sicher in der Sehnsucht danach, wieder jung zu sein, ein sorgloses Leben zu führen, die ganze Nacht durchmachen und anschließend ausschlafen zu können, ohne sich um andere kümmern zu müssen.

Das war alles. Und diese Sehnsucht war stark; ich verzehrte mich geradezu nach der Frau, die ich einmal gewesen war. Aber das änderte nichts daran, dass ich tags zuvor stundenlang am Computer gesessen hatte, um Alice E-Mails zu schicken und von Liebe zu schreiben.

Ich nahm einen großen Schluck Kaffee, dann setzte ich mich an den Küchentisch und schminkte mich. Mein Make-up bewahrte ich in einem Täschchen auf dem Kühlschrank auf. Meistens legte ich nur Mascara und Lippenstift auf; das reichte, damit ich nicht verhärmt aussah und unsichtbar wurde. Als Alice zu Besuch gewesen war, hatte sie davon gesprochen, dass die Persönlichkeit eines Menschen in seinem Gesicht zum Ausdruck kam. Ich betrachtete mich im Spiegel. Was mein Gesicht der Welt wohl über mich verriet?

Christian hatte einmal gesagt, ich habe die Ausstrahlung einer schönen, kreativen Frau, die von einem dominanten Mann unterdrückt werde. Das war gar nicht so abwegig.

Ich legte den Spiegel und das Make-up wieder weg und ging in mein Arbeitszimmer, fest entschlossen, mich diesmal nicht von Facebook und E-Mails ablenken zu lassen. Meine Sehnsucht, von Alice zu hören, sollte mich nicht von der Arbeit abhalten. Ich wollte einfach nur schreiben, schreiben, schreiben. Egal, was. Ich wollte genau das tun, was ich Anfängern immer beibrachte: »Denken Sie nicht darüber nach, was Sie schreiben, sondern lernen Sie, das Schreiben an sich zu genießen, und warten Sie ab, was passiert.«

Also machte ich mich ans Werk. Mir kamen zwar nur flüchtige Ideen, doch ich schrieb wacker einen Absatz nach dem anderen, ohne innezuhalten. Ich kam in Fluss, so wie früher.

Um nicht abgelenkt zu werden, schloss ich die Tür ab.

Ich beschrieb eine Frau, die seitlings auf dem Bett lag: die weiße Kurve ihrer Brüste, die Wölbung ihres Bauches, das dunkle Haar zwischen ihren Beinen, das unter dem dünnen weißen Slip durchschimmerte.

Das Bild dieser schönen, entrückten, unnahbaren Frau verschlug mir den Atem. Diese Frau war Alice. Ich schrieb weiter. Eine weitere Frau erschien. Sie küsste Alice, liebkoste sie …

Ich zwang mich, aufzuhören. So etwas hatte ich noch nie zuvor erlebt. Ich begehrte Alice. Eine Frau. Ich wollte sie bei mir haben, wollte, dass sie bei mir lag. Alice. Die wunderschöne Alice.

Ich war allein im Haus, mein Arbeitszimmer war abgeschlossen. Ich legte mich auf den Boden und ließ meinen Gedanken an Alice freien Lauf. Ich träumte von Leidenschaft und Ekstase. Ich stellte mir Alice vor, wie sie nackt auf dem Bett lag, so wie in meiner Beschreibung. Mein Atem ging schneller. Ich ließ die Hand unter meine Kleidung wandern, streichelte mich, erst sanft, dann immer fester, bis meine Finger nach unten glitten und in mich eindrangen. Und dabei malte ich mir aus, dass es Alice war, die mich berührte, sich eng an mich schmiegte und mich küsste. Und ich stöhnte und seufzte und dachte: Ach, wenn es doch nur wahr sein könnte.

* * *

Ich musste es mir endlich eingestehen. Alice ging mir deshalb nicht aus dem Kopf, weil ich sie liebte. Sie begehrte.

Doch das war vollkommen lächerlich. Ich war schließlich verheiratet. Abgesehen davon war Alice fünfzehn Jahre jünger als ich. Es war so verrückt, dass ich auflachte. Zwar hieß es immer, dass Liebe nicht auf Vernunft hörte, aber das war nun wirklich zu viel des Guten.

Nachdem ich die Mädels ins Bett gebracht und mir rasch einen Topf Nudeln gekocht hatte – Gus und ich aßen kaum noch zusammen –, sah ich nach meinen E-Mails. Alice hatte mir zwei Nachrichten geschickt, am Vormittag und am frühen Abend. In der ersten erzählte sie fröhlich, dass es mit dem Schreiben gut laufe und dass sie auf der Suche nach einer besseren Wohnung sei. Die zweite war nur kurz. »Du hast dich heute gar nicht gemeldet. Alles okay bei dir? Lass kurz von dir hören, damit ich mir keine Sorgen zu machen brauche. xxx«

Was sollte ich ihr antworten? »Ich habe mich deshalb nicht gemeldet, weil ich masturbierend im Arbeitszimmer lag und mir dabei vorstellte, dass du dich nackt und schwitzend an mich presst. Und diese Vorstellung war so fantastisch, dass du unbedingt herkommen und sie wahr machen musst.«

Stattdessen schrieb ich: »Hallo Alice. Tut mir leid, dass ich mich erst jetzt melde. Als ich heute Morgen aufwachte, ist mir klar geworden, dass ich eine Pause brauche. Ehrlich gesagt, habe ich die ganze Nacht kein Auge zugetan, weil ich ständig dachte: ›Ich muss Alice bitten, mir eine Weile keine E-Mails mehr zu schicken, damit ich den Kopf wieder freikriege.‹ Wäre das okay? Ich muss unbedingt mein Buch weiterschreiben. In letzter Zeit habe ich mich viel zu sehr ablenken lassen, aber das kann so nicht weitergehen …«

Ich drückte auf »Senden«. Die Antwort kam fast sofort: »Liebste Bo. Das braucht dir nicht leidzutun. Ich habe vollstes Verständnis dafür. Ich liebe dich im Stillen, aus der Ferne, bis in alle Ewigkeit.«

Dann kam noch eine Mail hinterher: »Sorry, wollte keinen auf Brontë machen. Ja, arbeite weiter an deinem Buch. Bis demnächst. A.«

Oh, Gott, dachte ich. *Das darf nicht wahr sein. Ich bin in Alice verliebt und sie offensichtlich auch in mich.*

Ich hätte jauchzen können vor Freude.

Doch es war unmöglich. Diese Liebe durfte nicht sein. Niemals. Wenn das nicht romantisch war … Es zerriss mir das Herz.

6

Ich zwang mich, weiter an meinem Buch zu schreiben. Alice hatte mir sicher keine E-Mail geschickt, es hatte keinen Sinn, nachzuschauen. Meine Geschichte nahm allmählich Gestalt an. Im Mittelpunkt stand ein Paar, das durch eine Umweltkatastrophe voneinander getrennt worden war; die Jahre vergingen, der Mann galt als tot, die Frau machte sich allmählich von ihm frei …

Ich seufzte. Alles war so hoffnungslos.

Diese Liebe hatte keine Chance. Und Alice auch nicht. Sie war so naiv, so offen und zerbrechlich, das konnte nicht mehr lange gut gehen. Schon bald würde sie lernen, andere zu täuschen und sich hinter einer Maske zu verbergen. Das arglose Mädchen würde sich in eine mit allen Wassern gewaschene Frau verwandeln.

Noch nie hatte ich jemanden wie Alice getroffen. Sie war unglaublich sensibel, zugleich aber hatte sie einen wunderbaren Humor. Sie schaffte es, mich die Hölle ihrer Kindheit spüren zu lassen und mich kurz darauf zum Lachen zu bringen.

»Du bist wunderbar«, sagte ich dann. »Einfach wunderbar.« Und ich meinte es auch so.

Ich begriff nicht, wie ihre Mutter es geschafft hatte, sie so schlecht zu behandeln. Der Gedanke daran machte mich wütend. Aber Wut war zwecklos. Ihre Mutter war tot, und ich konnte nur den Scherbenhaufen einsammeln, den sie hinterlassen hatte.

Ich stand auf und ging in die Küche, um mir etwas zu trinken zu holen.

Gus blickte von seinem Stammplatz im Schaukelstuhl auf. »Und, wie geht es deiner jungen Freundin heute?«, fragte er leicht verächtlich, wie immer, wenn er über Menschen sprach, die sich für mich und für meine Arbeit interessierten, mit ihm jedoch nichts zu tun hatten.

»Gut«, sagte ich.

»Und wie viele E-Mails hat sie dir heute schon geschickt? Fünfzig?«

Er war also an meinem Computer gewesen und hatte mir hinterherspioniert, aus Eifersucht. Wie üblich.

»Drei«, antwortete ich.

»Genauso hat es damals mit Christian angefangen.«

»Christian war ein Ausrutscher. Er war labil. Und gefährlich. Und jetzt ist er tot.«

Zum ersten Mal, seit es passiert war, hatte ich es laut ausgesprochen. Ich war überrascht, wie unbeteiligt ich klang. Dabei schickte seine Mutter mir noch immer empörte Briefe.

Gus schwieg und widmete sich wieder seiner Zeitung.

Ich warf ihm einen hasserfüllten Blick zu. Am liebsten hätte ich ihm ins Gesicht geschlagen, nur um zu sehen, ob er überhaupt noch in der Lage war, zu reagieren und sich aus seinem verdammten Schaukelstuhl zu erheben.

Mir kam der Gedanke, wie es wäre, wenn Alice an seiner Stelle dort säße. Nein – Alice würde ihre Tage niemals in einem Schaukelstuhl verbringen, selbst mit neunzig nicht (und Gus war erst Anfang sechzig). Sie würde auch mit neunzig noch Make-up und tolle Klamotten tragen, um die Häuser ziehen und unwiderstehlich sexy sein. Nie im Leben würde sie ihre Zeit damit verplempern, Lokalnachrichten über Schafe zu lesen.

Es war schon fast Mittag. Noch fünf Stunden, bis ich meine E-Mails checken durfte. Fünf Stunden. Das war unsere Abmachung. Eine Nachricht pro Tag. Abends. Sonst würden wir beide zu nichts anderem mehr kommen.

Wir wollten vernünftig sein, auf dem Boden bleiben. Die Sache zwischen uns – was auch immer es war – hatte keine von uns bisher offen angesprochen, aber wir waren uns einig, dass wir einander zu sehr ablenkten und zu viel Zeit mit Nachrichtenschreiben verbrachten.

Ich hatte das Gefühl zu verhungern, und sie war die Nahrung. Jeden Tag musste ich mich stundenlang gedulden, während ich pausenlos an sie dachte. Ich verzehrte mich nach ihr, wollte sie bei mir haben, in meinem Haus, in meinem Bett.

Ich kämpfte nicht länger dagegen an. Es hatte mich überwältigt.

Was soll's, dachte ich, ging wieder ins Arbeitszimmer und schaltete den Laptop ein. Nur für den Fall, dass Alice sich gemeldet hatte. Hätte ja sein können.

Nichts.

Ich kehrte zurück in die Küche. Gus hatte sich inzwischen dazu bequemt, aufzustehen, um sich sein Mittagessen zuzubereiten. Irgendwie war er mir ständig im Weg.

»Was machst du heute Nachmittag?«, fragte ich.

Er stach mit dem Messer in die Butter. »Ich muss mir Zugtickets besorgen. Dave hat angerufen. Er braucht Unterstützung bei einem Projekt in Manchester, und ich habe eingewilligt. Natürlich gegen Honorar.«

»Du fährst nach Manchester?«

Gus nickte. »Es ist leichter, wenn ich vor Ort bin. Ich werde drei Tage weg sein.«

»Und wann fährst du?«

»Nächsten Dienstag.«

Ich ging sofort zurück ins Arbeitszimmer.

Von: Bo@BoLuxton.co.uk
Gesendet am: 11. Juli 2015, 12:17
An: AlicetheEighth@gmail.com
Betreff: Nächste Woche

Gus fährt nächsten Dienstag für drei Tage weg.
Komm zu Besuch.
Bitte. Du fehlst mir.
Bxxx

7

Nach all den Jahren erschien sie mir wie ein unverhofftes Geschenk, wie ein Diamant am Wegesrand.

Sie lag neben mir auf dem Teppich, blickte mich staunend an und murmelte: »Dich kann es nur einmal auf Erden geben; kein anderer Geist stimmt so perfekt mit meinem überein.«

»Wir sind Zwillingsseelen«, sagte ich. »Wir sind identisch.«

»Nein. Nicht identisch. Gegensätzlich. Wie Leben und Tod, Licht und Schatten – das eine kann ohne das andere nicht sein.«

Stundenlang lagen wir still nebeneinander.

* * *

Ich drückte sie an mich, spürte ihren warmen Atem an meinem Hals, die Wärme ihres Körpers, schaute tief in ihre Augen, die meinen Blick erwiderten, bis sie ein Spiegel waren, in dem ich meine eigenen sah.

»Mein Liebling«, flüsterte sie. »Mein Liebling.«

Die Dunkelheit legte sich langsam über uns. Wir versteckten uns in ihr, strahlende Sterne, deren Licht verging.

* * *

Ich bettete meinen Kopf auf ihre Schulter, und sie las mir vor, bis ich einschlief. Als ich später aufwachte, sah ich sie schweigend an. Wir sagten kein Wort. Wir hatten gelernt, nicht von Liebe zu sprechen, sondern sie einfach zuzulassen.

8

Nachts wurde ich immer wieder wach und fragte mich, ob ich eigentlich den Verstand verloren hatte. Da lag ich nun, im Bett mit Alice, verliebt in Alice, aber alles war so schnell gegangen, dass ich kaum wusste, wie mir geschah.

Dann betrachtete ich die Frau, die neben mir lag, und fühlte mich glücklich, so glücklich wie noch nie zuvor. Irgendwo in meinem Hinterkopf erhob sich eine warnende Stimme und erinnerte mich daran, dass ich verheiratet war, dass ich zwei Töchter hatte, die ihren Vater brauchten, und dass das, was ich gerade tat, alles gefährdete, wofür ich so hart gekämpft hatte. Mein ganzes Leben lang hatte ich normal sein wollen. Und jetzt setzte ich alles, was ich erreicht hatte, aufs Spiel.

Aber es war mir egal. In jener Nacht war es mir egal. Ich konnte einfach nicht widerstehen.

* * *

Am Morgen wurden wir früh von der Sonne geweckt. Alice öffnete die Augen und lächelte mich an: ein schönes, zärtliches Lächeln, voller Liebe.

Ich sah sie an und fühlte mich entsetzlich.

9

Als sie ins Gästezimmer schlich, um sich anzuziehen, ging ich hinunter, um nach den Mädchen zu sehen. Sie saßen zusammen am Küchentisch, die Haare ganz zerzaust, löffelten Cheerios und schauten verstohlen zu, wie ich Brot in den Toaster steckte und die Schränke nach der Erdnussbutter durchsuchte. In diesem Haus gab es keine Ordnung, etwas zu finden war reine Glückssache.

Irgendwann fragte Maggie: »Wann kommt Daddy nach Hause?«

»In zwei Tagen«, sagte ich leichthin. Auf einmal wurde mir ganz flau.

Maggie wandte sich wieder ihrem Müsli zu. Ich nahm das Brot aus dem Toaster und bestrich die Scheiben mit Butter. Meine Hände zitterten. Ich hatte mir die ganze Zeit ausgemalt, wie es wäre, wenn Alice herkäme, um die Nacht mit mir zu verbringen, doch ich hatte keinen Moment darüber nachgedacht, wie es mir am nächsten Morgen gehen würde, wenn ich meinen Kindern gegenüberstand. Sie waren noch so klein und vertrauten auf die Sicherheit unserer Familie. Und ich hatte sie verraten.

Alice trat in die Küche; sie trug blaue Jeans und ein pinkfarbenes Spaghetti-Top. Bei ihrem Anblick stockte mir der Atem. Sie war wunderschön. Ich wollte sie so gern bei mir behalten.

Ich wagte es kaum, sie anzusehen.

* * *

Wir brachten die Mädchen gemeinsam zur Schule und wanderten anschließend durch den Wald zum Loughrigg Tarn. Sie nahm meine Hand und strahlte vor Glück. *Ich habe dir das an-*

getan, dachte ich. *Ich habe dich so glücklich gemacht.* Die Bürde der Verantwortung lastete schwer auf mir.

Wir liefen schweigend nebeneinanderher. Aus den Augenwinkeln bekam ich mit, dass sie mir nervöse Blicke zuwarf.

»Alles in Ordnung?«, fragte sie.

Ich brachte kein Wort heraus.

* * *

Ich musste dringend mit ihr reden, auch wenn es mir unglaublich schwerfiel. Als ich die Mädchen ins Bett gebracht hatte und wir beim Abendessen saßen, sagte ich: »Ich kann nicht so tun, als käme Gus nicht zurück.«

Sie fragte: »Und wie geht es dann weiter?«

Ich sagte die Wahrheit: »Ich kann dir nichts versprechen.«

»Bereust du es?«, fragte sie.

Ich schwieg.

* * *

Sie sagte, sie würde im Gästezimmer schlafen. Ich sah ihr an, dass sie hoffte, ich würde Nein sagen, das sei doch nicht nötig, sie solle wieder bei mir schlafen. Doch das tat ich nicht. Ich fand, etwas Abstand würde uns beiden guttun.

Ich vermisste sie die ganze Nacht. Sie fehlte mir unendlich.

Diese Art zu lieben war schrecklich. Ich hatte nicht gedacht, dass ich jemals so empfinden würde.

* * *

Am nächsten Tag gab ich nach. Die Nacht war lang. Himmlisch. Berauschend.

10

Ich musste das Ganze irgendwie drosseln. Meine Gefühle waren so intensiv, dass sie mir die Luft zum Atmen nahmen. Die Liebe machte mich schwach. Wenn ich ihr keinen Einhalt gebot, würde sie mich umbringen.

Am letzten Tag schickte ich Alice auf eine Wanderung. Ich sagte, ich müsse arbeiten. Wenn wir den Tag zusammen verbracht hätten, wären wir im Strudel der Gefühle untergegangen. Unser Abschied stand bevor. Wir liebten uns, begehrten uns, wir würden Tränen vergießen und Qualen durchleiden. Wir durften nicht mehr zusammen sein. Wir mussten uns beherrschen.

Sie war verletzt. Aber es war dringend notwendig, dass eine von uns die Kontrolle übernahm.

* * *

Während sie fort war, durchstöberte ich meinen Computer nach alten Dateien und stieß auf meine ersten Kurzgeschichten, die ich zu Beginn meiner Karriere verfasst hatte, als meine Vergangenheit noch das Einzige war, worüber ich schreiben konnte. Ich wollte sie ihr geben. Ich wollte, dass sie wusste, wer ich war. Dass sie die Jahresringe in meinem Inneren sah, und den toten Kern, mein hartes Herz. Dass sie verstand.

Das war unsere einzige Hoffnung.

* * *

Später nahmen wir Abschied voneinander. Danach war mir tagelang sterbenselend, als wäre mein Herz eine klaffende Wunde, die niemals heilen würde.

Es war kaum zu ertragen.

11

Von: AlicetheEighth@gmail.com
Gesendet: 18. Juli 2015, 10:32
An: Bo@BoLuxton.co.uk
Betreff: Hallo, meine Schöne

Meine wunderschöne, wunderbare Bo,
ich spare es mir, diese Nachricht mit Gejammer darüber zu beginnen, wie sehr ich dich vermisse, denn das weißt du ja längst. Stattdessen sollst du einfach nur wissen, dass ich in meine neue Wohnung gezogen bin. Sie ist hell und schön, und eigentlich sollte ich glücklich sein, aber ich bin es nicht, weil du nicht hier bist.
So, das reicht.
Nun zu meiner neuen Bleibe. Ich sitze gerade im Wohnzimmer, das vornehmlich aus Holz besteht. Eigentlich finde ich es furchtbar, dass für diesen Luxus majestätische Bäume gefällt wurden, aber bis mir jemand eine Alternative anbietet, muss ich der Bequemlichkeit halber wohl weiter unseren Planeten plündern wie alle anderen auch.
Das Wohnzimmer also: Holzdielen, ein altes Sofa und ein Regal mit Büchern, die meisten davon Werke von dir. Manchmal betrachte ich sie und denke an … Egal.
Vom Wohnzimmer geht eine kleine Küche ab. Sie ist wirklich winzig: links zwei Kochplatten, rechts ein Kühlschrank. Eigentlich verdient sie die Bezeichnung »Küche« gar nicht. »Kochnische« trifft es auch nicht. Für winzigen Einrichtungsbullshit dieser Art müsste eigentlich eine ganz neue Sprache erfunden werden. Ich vermute, diese Küche war früher ein Schrank. Die korrekte Bezeichnung wäre dann wohl »Kühlschrankschrank«, aber das klingt natürlich nicht besonders einprägsam.

Vielleicht sollte ich mich bei einer Wörterbuchredaktion bewerben, als Erfinderin bescheuerter Immobilienbegriffe.
Sobald man die Küche durchquert hat (dafür braucht man ein bis zwei Schritte, je nach Beinlänge), landet man beim Doppelbett, sprich: im Schlafzimmer. Und damit wäre die Beschreibung meines bescheidenen neuen Heims auch schon beendet. Du, liebste Bo, schwelgst im bourgeoisen Luxus. Und ich schmore in der Bohème-Hölle.
Aber kommen wir zum nächsten Punkt. Ich habe deine Kurzgeschichten gelesen. Sie haben mir das Herz gebrochen. Jetzt ist mir alles klar. Aber keine Sorge. Ich werde nie wieder davon sprechen, außer du willst es. Danke, dass du mir davon erzählt hast. xxx
Ich sollte besser aufhören. Mein Chef hat mir noch mehr Arbeit aufgehalst, ich darf den Schülern jetzt Konditional I und Konditional II beibringen. Eigentlich ist das gar nicht mal so uninteressant. Vielleicht kannst sogar du dabei noch etwas lernen. Hier sind zwei Sätze für dich. Achte auf den Bedeutungsunterschied:
1) Wenn Bo Luxton mich heiratet, werde ich bis an mein Lebensende glücklich sein.
2) Wenn Bo Luxton mich heiraten würde, wäre ich bis an mein Lebensende glücklich.
Verstehst du? Wahrscheinlich schon, denn du bist ja sehr klug und verstehst solche Dinge auch ohne die Hilfe deines Schützlings. Hier ist trotzdem die Erklärung, nur für alle Fälle:
Das Erste verwendet man, um über etwas zu sprechen, das ziemlich wahrscheinlich ist.
Das Zweite verwendet man, um über etwas zu sprechen, das eher unwahrscheinlich ist. Anders ausgedrückt: Wunschdenken.
Viele halten mich für einen Nerd, weil ich so auf Grammatikregeln abfahre, aber manchmal lassen sich die Gedanken einer Person allein anhand der von ihr verwendeten Sprache ablesen. So kann man feststellen, ob sie einen an der Waffel hat. Beispiel: »Wenn Bo Luxton mich heiratet, werde ich bis an mein Lebensende glücklich sein.«

Da siehst du es. Ich habe wirklich einen an der Waffel, aber von dieser Vorstellung kann ich einfach nicht lassen …
Ich liebe dich
Alice xx

Ich las die E-Mail auf meinem Handy und seufzte, antwortete aber nicht. Jedenfalls nicht sofort. Die liebe, süße Alice. Sie sehnte sich so verzweifelt nach mir.

Ich schaute mich um, betrachtete meine Küche, die großartige Aussicht auf die Berge und dachte an Alice, die einsam in ihrer kleinen Wohnung hockte. »Ich habe wirklich einen an der Waffel, aber von dieser Vorstellung kann ich einfach nicht lassen …« Da war sie, die stillschweigende Bitte, mich festzulegen. Ich war sehr geübt darin, zwischen den Zeilen zu lesen, und was Alice eigentlich meinte, war: »Bitte sag mir, dass wir eine Zukunft haben.«

Oh, Gott. So war es auch bei Christian gewesen. Ich erinnerte mich noch an sein wunderschönes, junges Gesicht, seinen vertrauensvollen Blick. Er hatte auch gewollt, dass ich mich festlegte, mich vollkommen auf ihn einließ. Und ich versuchte es auch. Ich versuchte es wirklich, aber es ging nicht. Ich ertrug die Vorstellung einfach nicht; ich blickte in einen Abgrund aus Liebe und Schmutz, Erstickung, Entsetzen, Tod.

Ich schlug die Hände vors Gesicht und brach in Tränen aus.

12

Ich redete mir ein, dass bei Begehren nur Distanz half, und meldete mich eine Woche lang nicht mehr bei ihr. Ich hoffte, sie würde meine Beweggründe verstehen und dann von sich aus ebenfalls auf Abstand gehen. Damit unsere Liebe eine gesunde Basis bekam. Erst dann konnten wir neu anfangen.

Doch so kam es nicht.

Sie schickte mir ständig E-Mails, morgens, mittags, abends. »Bitte lass mich wissen, wie es dir geht. Wenn du Schluss machen willst, okay. Ich verstehe das. Aber lass uns wenigstens darüber reden.«

Was hatte ich mir bloß dabei gedacht? Diese junge Frau machte ihr Wohlergehen von mir abhängig. Wenn ich sie im Stich ließ, würde sie daran zerbrechen. Aber ich wollte sie ja gar nicht im Stich lassen. Was ich brauchte, was wir beide brauchten, war ein wenig Abstand.

Nach sechs Tagen Funkstille schickte ich ihr eine SMS: *Ruf mich an.*

Samstagvormittag rief sie an. Sie klang niedergeschlagen und ein wenig heiser, als hätte sie einen Kater. Vielleicht hatte mein Schweigen sie zum Trinken verleitet.

»Gus ist dieses Wochenende wieder in Manchester«, sagte ich. »Die Mädels sind gerade beim Musikunterricht. Ich muss mit dir reden.«

Alice schwieg. Doch ich konnte hören, was unausgesprochen blieb: »Wenn er wegfährt, warum hast du dann nicht gefragt, ob ich wieder zu dir komme?«

Als sie weitersprach, kam sie jedoch direkt zum Punkt: »Hast du kalte Füße bekommen?«, fragte sie.

»Nein«, antwortete ich sofort. Ich hatte keine kalten Füße bekommen. Ich wollte es ja. Wirklich. Ich liebte diese junge, kluge, aufgewühlte Frau, aber es stand einfach zu viel auf dem Spiel. Lola und Maggie. Sie waren erst sechs und acht Jahre alt, und sie waren glücklich. Sie führten ein glückliches, behütetes Leben. Das konnte ich unmöglich zerstören.

Alice sagte: »Da bin ich aber froh.« Sie klang erleichtert. Dann fragte sie: »»Aber warum klingst du dann so besorgt?«

»Wir sollten uns besser keine E-Mails mehr schreiben.«

»Was? Wieso?«

»Du weißt doch, wie schwierig Gus ist. Er war schon immer eifersüchtig, aber in den letzten Jahren ist es noch schlimmer geworden, vor allem, seit ich so erfolgreich bin, und er ... Egal, jedenfalls benutzt er meinen Computer und liest meine E-Mails. Wir sollten ab jetzt nur noch telefonieren. Am besten morgens, dann habe ich Zeit, und er bekommt nichts davon mit.«

»Aber ich muss arbeiten.«

»Dann eben abends. Bitte, Schatz. Ich kann kein Risiko eingehen.«

Alice schwieg. Nach einer gefühlten Ewigkeit sagte sie: »Na gut.«

»Und könntest du meine alten E-Mails bitte löschen, falls du sie noch hast? Ich weiß, es klingt paranoid, aber man kann wirklich nie wissen ...«

Alice schwieg erneut. Dann sagte sie: »Okay.«

»Verstehst du, warum ich dich darum bitte?«

»Ja. Natürlich verstehe ich das.«

»Wir sehen uns bald wieder«, sagte ich. »Ganz bestimmt.«

Alice blieb still. Dann sagte ich, dass ich aufhören müsste, und legte auf.

13

Von da an lag ich nachts wach und versuchte, zu meiner Familie zurückzukehren.

Uns stand ein herrlicher Sommer bevor. Im Sommer war es hier immer schön, wenn auch nicht ganz so warm wie unten im Süden. Morgens würden wir in den Bergen wandern oder im See schwimmen gehen, mittags würden wir nach Hause zurückkehren und etwas essen, und die Nachmittage würden unsere Töchter im Garten verbringen, während ich auf der Terrasse saß und ein Buch las oder mir Ideen notierte. Und manchmal würde Gus uns Gesellschaft leisten. Letztes Jahr hatte er sogar einmal ein Tablett mit belegten Broten, Kuchen und einem Krug Limonade in den Garten gebracht, und dann hatten wir vier Stunden lang dort gesessen und es uns gut gehen lassen. Wir hatten zugeschaut, wie die Sonne unterging, wie der Mond aus dem See emporstieg und die Berge in silbernes Licht tauchte. Ich war so glücklich gewesen.

Was hatte ich mir nur gedacht?

Nächste Woche fingen die Ferien an. Dann hatte ich keine Zeit mehr zum Schreiben oder für irgendetwas anderes, sondern musste mich rund um die Uhr mit den Mädchen befassen. Da blieb einfach kein Platz für Alice. Vor Weihnachten bot sich kaum die Chance auf ein Wiedersehen.

Alice.

Sie brachte die ganze Welt zum Leuchten; plötzlich wirkte alles viel lebendiger. Es war wie damals mit zwanzig, als ich Magic Mushrooms ausprobierte. Ich empfand ein tiefes Gefühl von Ruhe und Wohlbefinden, das später in Ekstase überging. Alles um mich herum wurde bunter: der Himmel war blauer, das Gras grüner, das Herbstlaub röter, als hätte jemand die Farben der Erde in Licht getaucht.

So fühlte ich mich auch jetzt. Es war die pure Ekstase. Ich versuchte, es mit Vernunft zu kontrollieren, doch das gelang mir nicht. Es ging über Sprache hinaus. Mir fehlten die Worte, es zu beschreiben; ich wusste nur, dass es überwältigend war, wunderbar und gut. Doch manchmal verwandelte sich meine Freude in tiefe Verzweiflung. Mit der Liebe ging immer auch Trauer einher, still drohender Verlust. Deshalb hatte ich noch nie zuvor geliebt.

Ausgenommen meine Töchter natürlich. Aber die ersten Wochen und Monate nach Lolas Geburt waren furchtbar gewesen. Meine Gefühle hatten verrücktgespielt; es war, als stürzte ich einen Abgrund hinunter und zerschellte am Boden. Ich war so unsicher und das Baby so hilflos. Ich hatte ständig Angst, es nicht füttern, geschweige denn am Leben erhalten zu können, oder dass jemand es mir wegnähme und der Schmerz mich umbrächte. Muttersein war ein Ort des Schreckens für mich. Wochenlang weinte ich, in dem Bewusstsein, dass dies die Trauer um mein erstes Baby war. Trauer, Angst und Scham. Gott, ich schämte mich so, auch nach all der Zeit. Aber ich riss mich zusammen und lernte, die Angst zu kontrollieren. Nach einer Weile wurde es weniger schlimm, und ich war imstande, mich regelmäßig um das Baby zu kümmern, ohne in Panik zu geraten.

Mach dein Wohlbefinden niemals von einem anderen Menschen abhängig – das war seit jeher mein Mantra gewesen. Und wenn es dir doch passiert, dann halte Abstand zu diesem Menschen oder werde ihn los.

Ich war nicht dumm. Ich wusste, wie alt Alice war. So alt wie das erste Baby inzwischen. Das Baby, das ich Willow genannt hatte. So hatte ich mir das anfangs erklärt: Die wunderbare junge Frau, die mir in so vielerlei Hinsicht ähnelte, hätte dieses Baby sein können. Ich hatte geglaubt, dass meine Gefühle für sie mütterlicher Natur wären, doch so war es nicht, und die Gefühle waren so stark gewesen, dass ich sie kaum hatte unterdrücken können. Irgendwann war ich zu erschöpft gewesen, sie weiter im Zaum zu halten. Die Liebe hatte mich überwältigt.

Sie hatte regelrecht Besitz von mir ergriffen. Sie hatte mir meine Kraft und meinen Verstand geraubt, mich wehrlos gemacht. Nun saß ich hier und spielte ernsthaft mit dem Gedanken, alles, was ich hatte, aufs Spiel zu setzen: mein Zuhause, meine Familie, mein friedliches Leben; die kostbare, unersetzliche Normalität, die ich mir immer gewünscht hatte.

Bei meinen Recherchen für den Wordsworth-Roman, auf der Suche nach meiner eigenen Antwort auf die ewige Frage, ob das große Genie seine eigene Schwester gevögelt hatte, war ich auf die Behauptung gestoßen, dass Familienangehörige, die früh getrennt und Jahre später wieder vereint wurden, sich häufig ineinander verliebten. Die Mischung aus Fremdheit (der oder die geheimnisvolle Unbekannte) und Vertrautheit (man war sich in vielerlei Hinsicht sehr ähnlich) übte eine starke Anziehungskraft aus, die ihnen zu Kopf stieg und schließlich ihr Leben zerstörte.

Irgendetwas Vergleichbares war mit Alice und mir geschehen. Wir waren zwar nicht miteinander verwandt, aber wir waren beide verletzt worden; wir hatten klaffende Wunden von identischer Gestalt. Alice war das, was mir genommen worden war: die wunderschöne Tochter, die mich wieder ganz und heil machte.

Und für Alice war ich die fehlende Mutterfigur.

14

Als ich noch jung war – in den Jahren vor Gus –, hatte ich Männer geliebt. Männer, bei denen ich mir sicher sein konnte, dass sie meine Liebe nicht erwiderten. Unerwiderte Liebe war alles, wozu ich fähig gewesen war. Auf diese Weise konnte ich das emotionale Auf und Ab echter Liebe erleben, ohne wirkliche Nähe aushalten zu müssen. Doch inzwischen war es genau andersherum: Nun war ich diejenige, die andere Menschen erst um den Finger wickelte und sie dann von mir stieß. Schuldbewusst und beschämt schaute ich aus sicherer Entfernung zu, wie ihre Herzen brachen, doch zugleich verschaffte mir das Wissen, so sehr geliebt zu werden, ein Gefühl tiefer Befriedigung.

Trotz meines beachtlichen Erfolges war ich im Grunde ziemlich gestört.

Ich seufzte. Lucy Winter hatte mir einen weiteren Brief geschickt. Diesmal war sie so raffiniert gewesen, Maschinenschrift für den Umschlag zu benutzen, sodass Gus ihn beim Aussortieren übersehen und mir gegeben hatte. Der Brief enthielt die üblichen Hasstiraden. Aber sie schrieb mir immer seltener, die zeitlichen Abstände wurden größer, und eines Tages würde sie bestimmt Ruhe geben.

»Gott wird dafür sorgen, dass Sie für den Tod meines Sohnes büßen«, schrieb sie.

Ich wollte ihr antworten, doch was hätte ich ihr schreiben können? Es gab nichts, das die Situation geändert hätte. Christian war ein wunderbarer junger Mann gewesen. Ich hatte ihn sehr gern gehabt – auf eine mütterliche Art. Ich hatte versucht, ihm zu helfen, ohne zu merken, dass er sich in mich verliebte. Als ich ihm sagen musste, dass ich seine Gefühle nicht erwiderte, wollte er es nicht wahrhaben und begann, mich zu stalken.

Er machte mir das Leben zur Hölle, sodass ich ihm schließlich klare Grenzen setzen musste. Und dann beging er Selbstmord. So hatte es sich zugetragen. Tragisch, ja, aber Christian war leider psychisch krank gewesen. Dafür konnte ich nichts. Mich traf keine Schuld. Kein Richter der Welt hätte mich für schuldig befunden. Ich war ein warmherziger, freundlicher Mensch, der von allen geliebt wurde. Ich war unschuldig.

So hatte es sich in meiner Erinnerung abgespielt. So war es gewesen.

* * *

Im Garten schaute ich den Mädchen zu. Ich hatte den Sprinkler für sie eingeschaltet, und sie liefen kreischend und juchzend durch die Wasserfontänen. So etwas konnten wir nur machen, wenn Gus nicht da war. Er hätte uns Wasserverschwendung vorgeworfen. Spätestens 2050 litt der Großteil der Menschheit unter Hungersnot und Wasserknappheit, davon war er fest überzeugt. Wir hatten kein Recht, so verantwortungslos mit dem Wasser umzugehen.

Einmal hatte ich gesagt: »Sollten wir dann nicht erst recht das Beste aus der Zeit machen, die uns noch bleibt? Ich finde jedenfalls, ich sollte meine Kinder im Wasser herumtollen lassen, solange es geht.«

Gus war jedoch nicht darauf eingegangen; er wollte nicht mit mir diskutieren. In seinen Augen war ich zu selbstsüchtig, weil ich keinerlei Anstrengungen unternahm, der Menschheit dabei zu helfen, die Erde zu retten. Und es stimmte sogar, allein der Gedanke daran überforderte mich. Was sollte damit überhaupt bezweckt werden? Ging es darum, den Planeten zu retten, oder darum, die menschliche Spezies vor dem Aussterben zu bewahren? Die hatte ihre beste Zeit doch schon hinter sich. Warum vernichteten wir uns stattdessen nicht selbst, um das Planktonsterben aufzuhalten?

»Dafür ist es zu spät«, hatte Gus finster gemurmelt und mir Zahlen über den Plastikmüll in den Weltmeeren vorgesetzt: Spätestens in dreißig Jahren gebe es mehr Plastikmüll als Fische. Während wir uns unterhielten, ginge das Great Barrier Reef zugrunde. Jede Stunde würden zweitausend Hektar Regenwald vernichtet, und die Polkappen schmolzen unaufhörlich. Alles sei dem Tode geweiht. Alles, was wir unseren Töchtern hinterließen, sei eine Umweltkatastrophe.

Seit Gus beschlossen hatte, sich mit dem Zustand unseres Planeten zu beschäftigen, war er chronisch depressiv. Hätte er es bloß gelassen. Seitdem herrschte bei uns Endzeitstimmung.

Lola verlor als Erste die Lust am Sprinkler-Spiel. »Mir ist kalt«, verkündete sie und stellte sich frierend vor mich hin.

Ich griff nach einem Handtuch, wickelte sie darin ein und hob sie dann auf meinen Schoß, damit ihr wieder warm wurde. Und während wir friedlich im Garten saßen, dachte ich wieder: *Wie konntest du nur so verrückt sein, dieses Glück aufs Spiel zu setzen?*

Wenn Gus auf die Idee käme, meine E-Mails zu lesen (Alice schickte mir weiterhin Nachrichten, trotz meiner Bitte, damit aufzuhören), wäre unser Leben hier vorbei. Gus würde mich verlassen, und das Elternhaus unserer Töchter wäre zerrüttet. Trennungen passierten inzwischen so häufig, dass man sich leicht einreden konnte, die Kinder kämen schon darüber hinweg. Aber ich hatte unzählige Artikel und Studien zu diesem Thema gelesen, und die Ergebnisse waren eindeutig: Nur wenn die Eltern zusammenblieben, konnten ihre Kinder glücklich aufwachsen. Lieber selbst tief unglücklich sein, als den Kindern eine Trennung anzutun. Ansonsten bestraften sie einen später dafür, dass man sein eigenes Glück über das ihrige gestellt hatte. Sie wuchsen zu depressiven Erwachsenen heran, die vom Pech verfolgt wurden – und das alles nur, weil ihre Eltern sich getrennt hatten und davon ausgegangen waren, dass die lieben Kleinen es schon verkrafteten und sogar froh darüber waren, dass die Eltern endlich glücklich waren. Doch in Wahrheit war den Kindern das Glück ihrer Eltern völlig egal. Sie wollten nur eins: dass ihre Familie zusammenblieb.

So konnte es nicht weitergehen.

So durfte ich nicht weitermachen.

Aber der Gedanke, nicht weiterzumachen, zerriss mir das Herz.

Anstatt an mich selbst zu denken, versuchte ich, das Ganze aus Alice' Perspektive zu sehen. Um mit mir zusammen zu sein, würde sie alles opfern müssen. Ihren Wunsch, selbst Kinder zu bekommen. Ihr Bedürfnis, die eigene kaputte Kindheit aufzuarbeiten und mithilfe der nächsten Generation Heilung zu finden. Ich konnte nicht zulassen, dass sie all das aufgab, nur für mich. Es war wichtig für sie. Und mir war es wichtig, dass ihr diese Chance nicht verwehrt blieb.

Eine von uns beiden musste also das Ruder übernehmen. Und da ich die Ältere von uns beiden war, fiel diese Aufgabe mir zu.

15

Ich wusch mir die Hände, immer wieder. Ich war krank vor Schuldgefühlen. Gus. Die Kinder. Alice. Ich hatte sie alle verraten. Das konnte so nicht weitergehen. Ich musste die Situation wieder unter Kontrolle bringen und eine Lösung finden, die möglichst wenig Menschen Schaden zufügte.

Es gab nur eine Lösung. Ich musste Alice opfern. Alice musste gehen.

Ich trocknete mir die Hände ab und schluchzte.

Alice. Die süße, wunderbare Alice, die ich mit jeder Faser meines Körpers liebte. Alice, die so tief verletzt worden war und die mich liebte, wie ich noch nie zuvor geliebt worden war. Ihr Herz würde ich nun brechen müssen.

Mir war bewusst, dass Alice sich davon nur schwer erholen würde. Es würde sie um Jahre zurückwerfen. Der Schmerz würde unerträglich sein.

Ich vergrub das Gesicht in den Händen. Oh, Gott, was hatte ich nur angerichtet? Und was würde ich noch anrichten?

Ich kann es ihr nicht sagen, dachte ich. *Ich bringe es nicht über mich.*

* * *

Sie schickte immer wieder E-Mails, fordernde, wütende, verzweifelte. Das Ausmaß ihres Elends war abstoßend, geradezu widerwärtig, wie Scheiße oder Kotze. Absolut unerträglich.

Eines Nachts lag ich wach und überlegte, wie ich ihr meine Entscheidung am besten mitteilte. Aber egal, was ich sagte: Alice wäre am Boden zerstört. Wie es ihr wohl gerade ging? Besser, ich belastete mich nicht mehr damit.

Um vier Uhr stand ich auf, ging in mein Arbeitszimmer und

googelte »Midlife Crisis«. Es musste doch irgendeine rationale Erklärung dafür geben, dass ich Alice so sehr liebte.

Wahrscheinlich hatte ich eine Midlife Crisis. Einigen Freunden war das auch schon passiert. Es schien, als wären sie glücklich verheiratet, doch dann ging die Ehe in die Brüche, weil einer der Partner sich nach Abwechslung sehnte, nach einer neuen, aufregenden, leidenschaftlichen Liebe. Ich hatte mitangesehen, wie das Leben anderer Menschen in tausend Scherben zersprang, und war mir stets sicher gewesen, dass mir so etwas nie passieren würde. Denn ich wollte nichts Neues, Aufregendes in meinem Leben haben, und auf Leidenschaft konnte ich gut verzichten. Ich wollte einfach nur ein ganz normales Leben führen. Ich wollte heiraten und eine Familie gründen, damit ich das Gefühl hatte, dazuzugehören, aber das Bedürfnis, zu lieben oder geliebt zu werden, kannte ich nicht. Es war wesentlich einfacher, normal zu sein, wenn man sich von der turbulenten Welt der Gefühle fernhielt.

Bei den Google-Ergebnissen stand: »Die Top-Ten-Symptome einer Midlife Crisis«. Ich klickte auf den dazugehörigen Link:

1. Sie wollen unbedingt nach Glastonbury.
2. Sie legen sich ein neues Hobby zu.
3. Sie wollen die Welt verbessern.
4. Sie kaufen sich ein Motorrad.
5. Sie suchen auf Facebook nach Ihren Ex-Partnern.
6. Sie wechseln von Radio 2 zu Indie-Sendern wie 6 Music.
7. Sie färben sich die Haare.
8. Sie kündigen Ihren Job in der Stadt und ziehen aufs Land.
9. Sie stellen Ihre eigene Sexualität infrage.
10. Sie haben eine Affäre.

Da stand es auf schwarz und weiß. Ich hatte tatsächlich eine Midlife Crisis. Von den zehn genannten Punkten hatte ich acht in den letzten zwei Jahren abgehakt, und die drei letzten wurden vom Autor (einem Psychotherapeuten) als die gefährlichsten eingestuft. Sie konnten Familien zerstören und lebenslange Schuldgefühle hervorrufen.

Ich musste das Ganze beenden. Ich konnte unmöglich den Vater meiner Kinder verlassen und die Mädchen mit einer anderen Frau zusammen großziehen. Im modernen, fortschrittlichen Brighton war so etwas kein Thema, aber hier in Grasmere schon. Meine Töchter würden als Außenseiterinnen abgestempelt werden, man würde sich das Maul über sie zerreißen. Sie wären nicht mehr wie alle anderen. Sie wären nicht mehr normal.

Doch Alice, die wunderschöne, verletzte Alice, würde das sicher nicht klaglos hinnehmen. Sie würde hierherkommen, Erklärungen verlangen und mir Szenen machen. Nichts von alldem konnte ich gebrauchen, denn ich hatte Kinder, einen Mann und ein Leben, in dem einfach kein Platz für die gebrochenen Herzen anderer Leute war.

Ich sah nach meinen E-Mails. Allein seit Mitternacht hatte sie schon wieder vier Nachrichten geschickt. Sie wollte wissen, wo ich steckte.

Wut stieg in mir hoch. Ich hatte sie schon vor über zwei Wochen gebeten, mir nicht mehr zu schreiben. Ich hatte klar zum Ausdruck gebracht, dass ich Abstand brauchte, um eine Chance zu bekommen, all das, was ich aufs Spiel gesetzt hatte, zu schützen. Anfangs hatte sie das respektiert, doch nun bombardierte sie mich geradezu mit Nachrichten. Es gab überhaupt kein Entkommen mehr; sie schrie unaufhörlich, wie ein Säugling.

Was erlaubte sie sich eigentlich? Wie konnte sie es wagen, mir so viel Druck zu machen? Mit fünfundzwanzig musste ihr doch eigentlich klar sein, was es bedeutete, sich mit einer verheirateten Frau einzulassen. Herrgott noch mal, sie war alt genug, auf eigenen Füßen zu stehen.

Das alles war nicht nur meine Schuld. Alice war genauso dafür verantwortlich.

Ich öffnete den »Gesendet«-Ordner und löschte alle Nachrichten, die ich ihr jemals geschrieben hatte.

16

Um fünf legte ich mich wieder hin und schlief ein. Um sieben hüpfte Maggie auf unser Bett. Ich war todmüde und bekam kaum die Augen auf. Also überließ ich Gus die nervige Frühstücksschicht inklusive Kampf ums Zähneputzen und Anziehen und den langen Marsch hinunter zur Dorfschule.

Inzwischen war es neun Uhr, und ich war noch immer nicht bereit, mich dem Tag zu stellen. Am liebsten hätte ich mich wieder unter der Bettdecke verkrochen.

Ich zwang mich aufzustehen, zog meinen Morgenmantel über und ging nach unten ins Arbeitszimmer.

Drei E-Mails von Alice, abgeschickt zwischen vier und sechs Uhr morgens. Das Mädchen war anscheinend dabei, den Verstand zu verlieren.

Ich hörte, wie Gus die Haustür öffnete und in die Küche ging.

Ich öffnete die E-Mails nicht, ließ das Postfach aber auf dem Bildschirm und ging ebenfalls in die Küche, um Kaffee zu kochen.

»Guten Morgen«, sagte ich zu Gus. »Wenn du willst, kannst du an den Computer.«

Er murmelte ein Danke und verschwand in meinem Arbeitszimmer.

Ich setzte mich an den Küchentisch, schnappte mir die neueste Ausgabe des *Guardian* und studierte die Titelseite, während ich auf Gus wartete.

Als er zurückkam, fragte er direkt: »Wie viele Nachrichten hat Alice dir heute schon geschickt?«

Ich winkte ab. »Weiß der Himmel. Ich lese sie schon gar nicht mehr. Die hat anscheinend nichts Besseres zu tun.«

Gus nickte; für ihn war das Thema damit abgehakt.

Für mich allerdings nicht. »Ehrlich gesagt mache ich mir ein wenig Sorgen«, sagte ich. »Anfangs wirkte sie so nett, aber irgendetwas stimmt mit ihr nicht. Sie ist wie eine Klette. Sie lässt mich einfach nicht in Ruhe.«

Gus zog die Augenbrauen hoch. »Schon wieder jemand, der dich stalkt?«

»Ich hoffe nicht.«

»Beantwortest du ihre Nachrichten denn?«

Ich schüttelte den Kopf. »Anfangs schon, aber inzwischen nicht mehr. Sie ist so fordernd. Sie verlangt zu viel Aufmerksamkeit.«

»Am besten ignorierst du sie einfach, dann wird sie schon damit aufhören.«

»Hoffentlich hast du recht«, sagte ich. Plötzlich musste ich schaudern bei dem Gedanken an diese junge Frau, die offensichtlich gestört war und mich in Schwierigkeiten bringen wollte.

17

Ich verbrachte eine schlaflose Nacht nach der anderen. Bald war ich vollkommen erschöpft, und allmählich wurde ich wütend. Wie sollte ich einen klaren Kopf bekommen, wenn Alice mich rund um die Uhr mit ihren wirren E-Mails zumüllte? Schon meiner Gesundheit zuliebe musste ich aufhören, sie zu lesen.

Eines Morgens – den Wochentag weiß ich nicht mehr, mir war inzwischen jedes Zeitgefühl abhandengekommen – stand ich in aller Herrgottsfrühe auf. Ich ging hinunter in die Küche und zog die Gardinen auf. Es dämmerte gerade. Ich blieb lange am Fenster stehen und schaute zu, wie die aufgehende Sonne die Dunkelheit verdrängte und die Berge in flammendes Rot tauchte. Wie zur Hölle war ich nur in diesen Schlamassel geraten?

Alice würde nicht einfach verschwinden, soviel stand fest. Dafür war sie nicht der Typ. Selbst wenn ich mit ihr redete und sie dazu brachte, mich in Ruhe zu lassen, wäre ich sie nicht los. Sie würde weiter in meinem Kopf herumspuken und dort Chaos anrichten. Und auch mein Herz würde sie weiterhin belagern, obwohl ich mir solche Mühe gegeben hatte, niemanden hineinzulassen, damit es weiter schlagen konnte.

Am liebsten hätte ich sie verscheucht, wie eine Schmeißfliege. Warum konnte sie nicht einfach akzeptieren, dass es zwischen uns aus war? Dann hätte ich mich wieder wie früher fühlen können, so hart und unverwundbar wie eine mächtige alte Eiche.

Doch das war natürlich reines Wunschdenken. Alice würde in Tränen ausbrechen und mir eine Szene machen. Sie würde von ewiger Liebe faseln und davon, dass sie für mich und meine Mädels alles aufgeben würde, weil ich ihre große Liebe, ihre Seelenverwandte war. Weil ich alles war, was sie wollte.

Aber ich hatte nicht vor, mich von der Liebe zugrunde richten zu lassen. Wer mir zu nahe kam, bereute es. Denn tief in meinem Innern lauerte eine Bestie. Meistens schlief sie. Doch wenn sie geweckt wurde, schoss sie hervor und riss den Störenfried in Stücke.

18

Alice entwickelte eine regelrechte Obsession. Ich konnte nichts dagegen tun. Täglich bombardierte sie mich mit E-Mails und SMS. Mir fehlte die Kraft, sie alle zu lesen.

Ich überlegte, ihre Nachrichten zu blockieren, kam jedoch zu dem Schluss, dass es sinnlos war. Alice würde sich davon nicht abhalten lassen und einen anderen Weg finden, mich zu kontaktieren. Wahrscheinlich tauchte sie irgendwann vor unserem Haus auf und hämmerte gegen die Tür, so melodramatisch wie in *Stürmische Höhen*.

Es war absurd. Sie hatte wirklich den Verstand verloren.

Mein E-Mail-Postfach platzte aus allen Nähten. Es war nicht zum Aushalten.

Am Vormittag des achten September saß ich vor meinem Computer und sah zu, wie eine Nachricht nach der anderen hereinflatterte.

Ich klickte auf eine der E-Mails und öffnete sie. Alice verkündete, nach Grasmere ziehen zu wollen, damit wir zusammen sein konnten. Es hörte sich so an, als wäre es unsere gemeinsame Entscheidung. Was natürlich Unsinn war. Ich hatte keine Ahnung, was das sollte.

Da kam Gus herein und gab mir einen Brief. »Der ist gerade angekommen«, sagte er.

Der Brief war in Brighton abgestempelt, die Handschrift unverkennbar. Alice. Wer sonst.

Ich legte den Brief beiseite und zeigte auf den Computerbildschirm. »Schau dir das mal an«, sagte ich.

Dutzende aggressiver E-Mails, alle von Alice Dark. »Wo steckst du, verdammt noch mal?« »Rede endlich mit mir!« Die neueste Nachricht hatte die Betreffzeile »Bin jetzt auf dem Weg«.

»Um Himmels willen«, sagte Gus. »Was hat sie vor?«

»Keine Ahnung«, sagte ich kopfschüttelnd. »Ich habe sie ignoriert, aber sie hat mir permanent E-Mails geschickt. Also habe ich sie blockiert, aber das hat nichts gebracht; stattdessen ist alles im Spamordner gelandet. Ist mir eben erst aufgefallen, ich schaue da so selten rein.«

»Tatsächlich?« Gus schien mir nicht zu glauben. Er dachte bestimmt an Christian.

»Ja.«

»Herrgott, Bo. Was hat das alles zu bedeuten?«

Ich schwieg. Wenn ich auch nur die geringste Chance haben wollte, mein Leben mit Gus, meine Kinder und mich selbst zu schützen, musste ich lügen. Ich hatte mich auf eine Affäre eingelassen, weil ich in einer Midlife Crisis steckte, und nun bereute ich es. Das war nachvollziehbar. Aber Gus durfte es trotzdem nie erfahren.

»Zeig mir die E-Mails mal«, sagte Gus.

Ich klickte auf diejenige mit dem Betreff »Bin jetzt auf dem Weg«. Sie hatte sie um fünf Uhr früh abgeschickt. »Ich komme um 14 Uhr in Oxenholme an. Bitte hol mich am Bahnsteig ab. Ich möchte nur mit dir reden. Wenn du es dir anders überlegt hast, ist das okay für mich. Ich verstehe es vollkommen. Wir können einfach nur Freunde bleiben, wenn dir das lieber ist. Ich würde niemals von dir verlangen, mir Opfer zu bringen, aber bitte lass mich nicht so hängen. Lass uns einfach nur reden. A.«

Gus runzelte die Stirn und sah mich scharf an. »Was hast du angestellt?«

»Nichts.«

»Diese Frau denkt offenbar, dass zwischen euch etwas läuft. Wie kommt sie darauf?«

»Ich habe keine Ahnung. Wirklich nicht.«

»Die E-Mail klingt, als hättet ihr eine Affäre.«

Ich schnaubte. »Klar. Bo Luxton, verheiratete Mutter zweier Kinder, treibt es mit einer Frau, die ihre Tochter sein könnte.«

Gus hielt seinen Blick auf mich geheftet. »Das hatten wir doch alles schon, Bo. Weißt du nicht mehr?«

»Hör auf, Gus.«

Er seufzte. »Ich weiß ja, dass es keinen Zweck hat, dieses Thema anzuschneiden.«

Ich scrollte durch die E-Mails. Die älteste war vier Tage alt. Ich öffnete sie, während Gus mir über die Schulter schaute. »Warum meldest du dich nicht mehr?«, stand da. »Dein Schweigen ist die reinste Folter. Bitte melde dich, liebste Bo. Du fehlst mir.«

Dann: »Verdammt noch mal. Wie kannst du mir das antun? Ich habe alles für dich aufgegeben, und du ignorierst mich einfach!«

Eine andere lautete: »Geht es dir gut? Ich liebe dich und mache mir Sorgen. Hat er das mit uns rausgefunden und dir wehgetan?«

Gus las sich das Ganze schweigend durch. Dann sagte er: »Entweder ist sie verrückt, oder aber du lügst.«

Ich seufzte. »Sie ist labil, Gus. Das war mir von Anfang an klar. Ich hatte gehofft, ihr helfen zu können, aber ich habe mich geirrt. Sie hat sich vollkommen verändert, als wäre sie ein anderer Mensch.«

»Verstehe ich das richtig, dass sie heute hierherkommen will?«

»Sieht so aus.«

Ich öffnete den Brief.

B, ich weiß nicht, ob du meine E-Mails bekommst. Ich komme am Mittwoch den 9. September um 14 Uhr in Oxenholme an. Bitte hol mich am Bahnsteig ab. Kann es kaum erwarten, dich zu sehen. Ax.

Schließlich sagte Gus: »Ich will damit nichts zu tun haben. Du musst reinen Tisch machen. Hol sie am Bahnsteig ab. Egal, ob nun etwas zwischen euch war oder ob sie etwas missverstanden hat – du musst ihr sagen, dass es aus ist. Wenn sie dich stalkt, wie du behauptest, dann sag ihr, dass sie dich in Ruhe lassen soll und dass du sonst die Polizei informierst.«

»Ich kann nicht fassen, dass du mir nicht glaubst, Gus.«

»Das ist das zweite Mal innerhalb von fünf Jahren, dass jemand dich stalkt. Beim ersten Mal habe ich es dir ja noch abgekauft, aber jetzt erscheint es mir eher unglaubwürdig. Und lass uns an dieser Stelle mal offen sein: Du bist mir nicht mehr ganz so sympathisch wie damals.«

Ich entgegnete nichts darauf. Ich konnte ihn auch nicht mehr leiden.

19

Ich bekam es mit der Angst zu tun. Ihre E-Mails klangen inzwischen so wütend, dass ich ihr lieber nicht gegenübertreten wollte. Diese Frau warf mir Beleidigungen und Schimpfwörter an den Kopf, behauptete, ich sei böse, und tat dann auch noch so, als stünden wir kurz davor, zusammenzuziehen. Die süße, lustige Alice, in die ich mich verliebt hatte, war nicht mehr wiederzuerkennen. Mir graute vor dem Gedanken, sie am Bahnhof abzuholen. Diese Art von Wut hatte ich schon als Kind erlebt; sie konnte leicht in Gewalt umschlagen.

Ich stieg ins Auto und fuhr eine Weile ziellos umher. Wahrscheinlich war es dennoch das Beste, wenn ich ihr persönlich sagte, dass ich nicht länger interessiert war und dass sie sich zudem geirrt haben musste, denn ich hatte sie nie dazu aufgefordert, nach Grasmere zu ziehen. Wenn ich es ihr von Angesicht zu Angesicht sagte, ließ sie mich vielleicht endlich in Ruhe.

Schließlich fuhr ich doch nach Oxenholme. Ich parkte etwas außerhalb, ging zu Fuß Richtung Bahnhof und versteckte mich hinter ein paar Birken. Von dort hatte ich einen guten Blick auf den Bahnsteig und den Taxistand, ohne selbst gesehen zu werden. Zuerst wollte ich sie nur beobachten, um herauszufinden, in welcher Stimmung sie war und ob es überhaupt Sinn hatte, sich ihr zu nähern.

Der Zug aus London kam pünktlich. Die Passagiere stiegen aus und strömten eilig davon. Sie wussten, wo sie hinwollten. Nur eine einsame Frau mit einem schäbigen Rucksack blieb auf dem Bahnsteig zurück. Sie stand da und schaute sich um. Sie sah aus, als würde sie jeden Moment in Tränen ausbrechen.

Zuerst nahm sie auf einer Bank Platz und wartete zehn Minuten. Dann stand sie auf und ging zum Ausgang. Dort schaute sie sich nochmals um und ging schließlich zum Taxistand.

Ihr Gesicht war wutverzerrt.

Ich wagte es nicht, zu ihr zu gehen.

* * *

Ich holte die Mädchen von der Schule ab und fuhr mit ihnen nach Hause. Gus wartete schon in der Küche. Wenn ich ihm sagte, dass ich nicht mit ihr gesprochen hatte, würde er sich nur aufregen. Das wollte ich mir nicht auch noch antun.

»Lola«, sagte ich, »kannst du mit Maggie hochgehen und eure Badesachen packen? Ihr habt ja gleich Schwimmunterricht.«

Die Mädels stürmten nach oben. Gus wandte sich zu mir. »Und?«

»Ich habe mit ihr geredet«, sagte ich. »Ich habe ihr erklärt, dass sie mich anscheinend missverstanden hat und dass ich ihre Gefühle nicht erwidere.«

»Und wie hat sie es aufgenommen?«

»Nicht so gut. Sie wollte es nicht akzeptieren. Sie ist noch immer überzeugt davon, dass ich sie liebe.«

»Hast du ihr gesagt, dass sie dich in Ruhe lassen soll?«

»Ja.«

»Und glaubst du, dass sie das respektieren wird?«

»Ich hoffe es, Gus«, sagte ich mit zitternder Stimme. »Wirklich. Denn allmählich weiß ich auch nicht mehr weiter.«

Gus schwieg.

20

Danach kehrte für einige Tage Ruhe ein. Zuerst befürchtete ich, dass Alice bei uns auftauchen und eine Szene machen würde, aber nichts geschah. Ich begann zu hoffen, dass sie ihren Irrtum eingesehen und endlich akzeptiert hatte, dass es zwischen uns aus war. Schließlich hatte ich sie nicht gebeten, nach Grasmere zu ziehen. Das hätte ich niemals getan.

Ich vermutete, dass sie wieder nach Brighton zurückgekehrt war.

Es tat gut, wieder ein friedliches Leben führen zu können. Samstagvormittag fuhren Gus und ich mit den Mädchen zum Grasmere Cake Shop. Wir setzten uns auf die Caféterrasse am Fluss und genossen unser Zusammensein als Familie an einem der schönsten Orte des Lake District.

Maggie sagte: »Mit sieben ist man doch alt genug, um auf den Helvellyn zu steigen, oder? Können wir das in den Ferien machen?«

Ich wischte ihr mit meiner Serviette das Kinn ab. »Nein, für den Helvellyn bist du noch zu jung.«

Plötzlich rief Lola ganz aufgeregt: »Guck mal! Da drüben ist Alice!«

Sie zeigte zum Terrasseneingang. Alice stand dort und blickte sich suchend um. Als sie mich sah, lächelte sie und kam zu uns herüber.

Ich war entsetzt. »Alice!«, rief ich. »Was machst du denn hier?«

Sie schaute uns perplex an.

Ich drehte mich zu Gus und flüsterte ihm zu: »Sie muss uns hierher gefolgt sein.«

Dann wandte ich mich wieder ihr zu. »Ich habe dir doch gesagt, dass du mich in Ruhe lassen sollst«, sagte ich.

Sie schüttelte den Kopf. »Ich ...«

»Ich habe es wirklich auf die nette Art versucht, Alice«, sagte ich. »Ich war überaus nachsichtig und verständnisvoll. Aber jetzt reicht es. Ich erwidere deine Gefühle nicht und habe dir auch nie den geringsten Anlass gegeben, etwas Derartiges anzunehmen. Du musst jetzt deine Sachen packen und nach Brighton zurückfahren, zu deinen Freunden und zu deiner Arbeit. Du bist noch jung, Alice. Die ganze Welt steht dir offen. Also geh jetzt und lebe dein eigenes Leben, und lass mich endlich in Ruhe!«

Die Leute an den Nachbartischen starrten uns an.

»Jetzt geh!«, sagte ich.

Sie ging. Ich sah ihr nach und fühlte mich schrecklich. Natürlich war ich nicht ganz unschuldig an diesem Desaster. Ich hatte Gus belogen, um unsere Töchter, unser Familienleben zu schützen. Aber mir war dabei nicht klar gewesen, wie schmutzig das alles werden würde und dass ich immer neue Unwahrheiten erfinden musste, damit die erste Lüge glaubhaft blieb.

Ich fühlte mich wirklich schäbig. Aber ich hatte nur einen Fehler gemacht, weiter nichts. Einen großen Fehler, einen schlimmen Fehler, einen, den ich zutiefst bereute. Aber ich konnte doch nicht ahnen, dass er eine Kettenreaktion in Gang setzen würde.

* * *

Als wir wieder zu Hause waren, zog ich mich sofort ins Schlafzimmer zurück. Meine Begründung lautete, ich sei zutiefst schockiert darüber, dass Alice meine Bitte, mich in Ruhe zu lassen, nicht respektiert hatte und weiterhin nicht einsehen wollte, dass ich ihre Gefühle nicht erwiderte.

Falls Gus mir noch immer nicht glaubte, hatte die Szene im Café zumindest dazu beigetragen, dass er seine Meinung überdachte. Er wollte in meinem Postfach nachschauen, ob Alice mir weitere Nachrichten geschickt hatte. »Das glaube ich nicht«, erklärte ich. »Ich habe sie doch blockiert, und auf Facebook bin ich auch nicht mehr mit ihr befreundet.«

»Sie kann dich auf Facebook also nicht mehr kontaktieren?«

Ich schüttelte den Kopf. »Ich glaube nicht. Du kannst ja nachschauen, ich bin eingeloggt. Aber ich glaube nicht, dass das noch geht, wir sind ja nicht mehr befreundet.«

Ich ließ den Blick zur Decke wandern und dachte an Alice. Sie war gestört, geradezu besessen von mir, konnte ohne mich nicht sein. Sie war abhängig und verzweifelt wie ein Kind, das nach seiner Mutter schrie. Genau das war sie. Ein haltloses, im Stich gelassenes Kind.

Gus kam zurück ins Schlafzimmer. »Keine E-Mails, aber sie hat dir zwei Nachrichten auf Facebook geschickt«, sagte er finster.

»Oh, Gott. Was?«

»In der ersten bezeichnet sie dich als miese Schlampe. In der zweiten fordert sie dich auf, ihr dreitausend Pfund zu überweisen, sonst erzählt sie mir von eurer Affäre.«

»Das ist ja lächerlich.«

»Es ist Erpressung.«

Ich schwieg.

»Hör zu, Bo«, sagte Gus. »Du darfst es mir nicht übel nehmen, dass es mir schwerfällt, dir zu glauben. Aber es kommt mir einfach seltsam vor, dass du innerhalb von fünf Jahren von zwei verschiedenen Personen gestalkt wirst. Christian Winter war zweifellos gestört. Aber Alice kam mir ehrlich gesagt überhaupt nicht gestört vor, sondern recht vernünftig. Die Mädels mochten sie. Und in ihren Nachrichten behauptet sie felsenfest, dass zwischen euch beiden tatsächlich etwas gelaufen ist. Kannst du mir vielleicht verraten, wie sie darauf kommt?«

»Ich habe keine Ahnung«, sagte ich. »Aber ich bin mir sehr sicher, dass sie ebenfalls gestört ist. Sie hat sehr viel Fantasie und sehnt sich verzweifelt nach Liebe. Und sie schaut zu mir auf. Sie will Schriftstellerin werden. Sie will so sein wie ich. Das ist doch typisch für Stalking.«

Gus nickte. »Wenn es wirklich so ist, wie du sagst, solltest du besser die Polizei einschalten.«

»Vielleicht ...«

»Ich bitte dich, Bo. So wie du es darstellst, bombardiert sie dich mit E-Mails und bildet sich eine lesbische Beziehung zu dir ein. Sie ist sogar nach Grasmere gezogen! Und sie ignoriert deine Aufforderung, dich in Ruhe zu lassen. Sie ist uns in ein Café gefolgt, und jetzt erpresst sie dich auch noch! Das kannst du nicht mehr auf die leichte Schulter nehmen. Was hat sie wohl als Nächstes vor? Mich aus dem Weg zu räumen?«

»Schon gut, du hast ja recht. Gut möglich, dass sie gefährlich ist. Ich hatte wirklich gehofft, ihr helfen zu können ...«

»Das hoffst du doch immer ...«

»... aber sie ist wohl doch zu gestört. Da kann man nichts machen.«

»Leute wie sie brauchen ärztliche Hilfe.«

Ich nickte. Dann sagte ich: »Wenn du nichts dagegen hast, würde ich mich jetzt gern etwas ausruhen.«

Er ließ mich allein.

Ich vergrub das Gesicht im Kissen. Oh, Gott. Was hatte ich bloß angerichtet? Ich hatte das alles doch nicht gewollt. Ich wollte einfach nur mein Leben zurück. Mein altes, ruhiges, friedliches Leben.

FRAUENGEFÄNGNIS IHRER MAJESTÄT

YORKSHIRE

Montag. Ich bin jetzt wieder zurück. Am Wochenende habe ich Freigang bekommen, um mich auf meine Entlassung vorzubereiten. Endlich. Das genaue Datum wurde mir noch nicht genannt, aber nächsten Monat soll es so weit sein.
Ich darf keinen Kontakt zu ihr aufnehmen und muss einen bestimmten Abstand zu ihr einhalten. Wenn ich dagegen verstoße, kann sie sofort die Polizei rufen, und dann werde ich wieder hierher zurückgebracht, um den Rest meiner Strafe abzusitzen. Aber ich denke, sie wird sich freuen, mich zu sehen. Wenn sie erst einmal weiß, was ich ihr zu sagen habe, gibt sie mir vielleicht doch noch eine Chance.

VIERTER TEIL

ZERSTÖRUNG

1

ALICE

Ich schlief fast nur noch. Die Zeit verging, doch es war mir egal; Manchmal war es hell, manchmal dunkel. Aber wenn ich daran dachte, was Bo getan hatte, erschien mir alles andere irrelevant.

Manchmal wünschte ich, sie käme zurück, und alles wäre so himmlisch wie damals. Ich streckte die Hand nach ihr aus, doch sie lag nicht neben mir. Sie war nicht da. Sie war nie da. Ich schloss die Augen und weinte.

* * *

Ein lautes Klopfen an der Tür riss mich aus dem Schlaf.

Ich schlüpfte in meinen Bademantel und öffnete. Ich hatte keine Ahnung, wie spät es war.

Vor mir standen zwei Polizeibeamte, ein Mann und eine Frau.

»Alice Dark?«, fragte der Mann.

»Ja«, sagte ich und fühlte mich sofort schuldig, weil ich völlig verschlafen im Bademantel vor ihm stand und nicht wusste, wie viel Uhr es war.

»Wir würden uns gern mit Ihnen unterhalten. Können wir hereinkommen?«

Ich trat zur Seite. Das Bett war zerwühlt, daneben auf dem Boden standen eine leere Weinflasche und ein Glas voller Zigarettenkippen. Das Zimmer stank nach Moder, nach einem Menschen, der sein Leben nicht mehr unter Kontrolle hatte.

Die Polizisten standen da und sahen sich um.

Dann fragte der Mann: »Wissen Sie, warum wir mit Ihnen reden wollen?«

»Ich vermute mal, es geht um Bo Luxton.«

Der Polizeibeamte nickte und beäugte die Bücher neben dem Bett. Sechs Romane, alle von Bo Luxton. »Wir haben nicht vor,

Sie zu verhaften, aber wir möchten, dass Sie nachher aufs Revier kommen. Da Sie nicht verhaftet sind, können Sie sich weigern. Aber wenn Sie das tun, besorgen wir uns einen Haftbefehl.«

»Ich werde kommen«, sagte ich.

»Sie haben das Recht auf einen Anwalt.«

»Ich brauche keinen. Schon okay.«

Der Polizist zog die Brauen hoch. »Wann können Sie aufs Revier kommen?«

»Wie spät ist es denn?«

»Halb zwölf.«

»In einer halben Stunde bin ich da.«

Der Polizeibeamte gab mir eine Wegbeschreibung, dann verschwanden er und seine Kollegin wieder.

Ich war verwirrt, denn schließlich hatte ich ja nichts verbrochen. Bo hatte mich aufgefordert, nach Grasmere zu ziehen, und dann hatte sie mich mit diesem verdammten Zettel abgespeist (den ich unterm Bett wiedergefunden hatte). Ich konnte alles erklären. Dann würde die Polizei schon einsehen, dass es gar keinen Grund gab, mich zu verhaften.

Ihre E-Mails hatte ich leider nicht mehr. Ich hatte getan, was Bo wollte, und sie alle gelöscht, wie eine jämmerliche Marionette. Ich hatte ihr sogar noch eine Nachricht geschickt: »Ich habe alle deine E-Mails gelöscht, so wie du es wolltest. Es macht mich sehr traurig, dass du von mir verlangst, meine kostbarsten Schätze aufzugeben.«

Bo hatte offenbar den Verstand verloren. Als ihr klar wurde, was sie aufs Spiel setzte, bekam sie natürlich Panik. Wahrscheinlich war sie zur Polizei spaziert und hatte gesagt: »Meine Affäre mit dieser fünfzehn Jahre jüngeren Frau war wirklich ein dummer Fehler. Seien Sie doch so nett und stecken Sie sie ins Gefängnis, damit sie mir nichts antun kann.« Dabei war sie diejenige, die es verdiente, verhaftet zu werden. Dieses verlogene Miststück.

Ich duschte, zog mein blaues French-Connection-Kleid an

und legte mein teuerstes Make-up auf. Ich wollte das, was die Polizeibeamten gesehen hatten, kompensieren: das Chaos in meiner Wohnung, meine Langschläferei, die sechs Romane von Bo Luxton, die Weinflasche. Bisher hatte ich nicht gerade seriös gewirkt.

Um fünf vor zwölf ging ich zum Polizeirevier. Die beiden Beamten, die zuvor bei mir gewesen waren, holten mich ab und führten mich durch eine Reihe von fensterlosen Fluren mit großen Metalltüren, die sie alle aufschließen mussten. Das kannte ich aus dem Fernsehen. Anscheinend stand ich schon mit einem Bein im Gefängnis.

Schließlich gelangten wir zu einem kleinen Empfangsbereich, in dem ein weiterer Polizist Formulare ausfüllte. Als er mich ansah, lächelte ich unwillkürlich. Der Mann verzog keine Miene.

Er legte den Stift nieder. »Alice Dark«, sagte er.

»Ja.«

»Bisher sind Sie nicht aktenkundig.«

Ich schwieg.

»Sie hatten noch nie Ärger mit der Polizei.«

»Stimmt.«

»Dieser Umstand spricht momentan zu Ihren Gunsten. Wenn es nicht so wäre, würde ich Sie jetzt festnehmen. Aber bisher haben Sie sich nichts zuschulden kommen lassen. Also werden Sie sich jetzt mit meinen Kollegen unterhalten und dann höchstwahrscheinlich mit einer Verwarnung davonkommen.«

Ich starrte ihn wortlos an.

Er gab seinen Kollegen ein Zeichen, und sie führten mich in einen kleinen, schäbigen Raum: kahle Wände, keine Fenster, nur ein alter Tisch und drei unbequem aussehende schwarze Stühle.

»Nehmen Sie Platz«, sagte der Mann.

Die Frau fummelte an einem Aufnahmegerät herum.

Ich setzte mich.

»Aufnahme läuft«, sagte die Frau.

»Erzählen Sie uns von Ihrer Freundschaft mit Bo Luxton«, forderte der Mann mich auf. »Wann hat sie begonnen, und wie hat sie sich seither entwickelt?«

Ich holte tief Luft und fing an zu erzählen.

Ich redete hastig, berichtete von dem Seminar, der Sympathie zwischen Bo und mir, den E-Mails und meinem Besuch in Grasmere nach der Trennung von Jake. Ich erzählte, wie Bo und ich uns ineinander verliebt hatten und von meinem Besuch, als Gus einige Tage verreist war. Den Sex sparte ich aus, den konnten sie sich ja denken. Ich schilderte, wie traurig wir beide waren, als ich wieder heimfuhr, von Bos Vorschlag, dass ich nach Grasmere ziehe, von meinem Umzug, der ganzen Verwirrung und dem Zettel.

»Haben Sie dem noch etwas hinzuzufügen?«

»Nein, ich glaube, das war alles.«

»Gut. Dann lese ich Ihnen jetzt Mrs Luxtons Stellungnahme zu Ihrer Freundschaft vor.

›Ich lernte Alice Dark im Mai 2015 kennen, als ich ein einwöchiges Seminar für angehende Schriftsteller gab. Alice war eine der Teilnehmerinnen. Ich war sofort sehr angetan von ihr, denn sie erschien mir als eine überaus talentierte und zudem lebhafte und humorvolle junge Frau. Wir verstanden uns gut.

Alice erzählte mir einiges über ihr Leben. Sie wirkte ein wenig orientierungslos und berichtete von ihrem Freund, den sie als ›Nichtsnutz‹ bezeichnete. Da ich mir Sorgen machte, dass sie nach ihrer Rückkehr nach Hause in unproduktive Verhaltensweisen zurückfallen könnte, wollte ich ihr helfen, das zu vermeiden.

Wir blieben via E-Mail in Kontakt. Einige Wochen später teilte Alice mir mit, dass sie sich von ihrem Freund getrennt hatte. Sie schien sehr aufgebracht zu sein, geradezu verstört. Weil ich ihr helfen wollte, sich wieder besser zu fühlen, lud ich sie ein, mich in Grasmere zu besuchen.

Als sie bei mir zu Besuch war, vertraute sie mir vieles an. So erzählte sie mir, dass ihre Mutter sie als Kind oft geschlagen hatte und dass sie schließlich in einer Pflegefamilie untergebracht worden war. Danach hatte sie zu ihrer Mutter kaum noch Kontakt. Sie sah sie erst, kurz bevor sie starb, wieder. Als wir uns kennenlernten, lag der Tod ihrer Mutter fast ein Jahr zurück.

Alice' Geschichte berührte mich. Ich wollte ihr helfen. Ich würde sagen, dass wir uns in dieser Phase sehr nahestanden. Ich hatte ihr gegenüber mütterliche Gefühle und das Bedürfnis, mich um sie zu kümmern.

Als sie wieder nach Hause zurückkehrte, änderte sich die Lage jedoch. Sie begann, mir zwanghaft E-Mails zu schicken, etwa fünfzig Nachrichten pro Tag; eine überwältigende Anzahl. Ich hörte auf, sie zu lesen. Ab und zu schaute ich mir einige an, doch ihr Inhalt schockierte mich. Sie machte mir Liebeserklärungen, die romantischer und auch sexueller Natur waren. Zudem erwähnte sie, dass sie in ihrer Vergangenheit nicht nur Alkohol und Drogen konsumiert hatte, sondern sexuell recht freizügig gewesen war und sich mit diversen Geschlechtskrankheiten infiziert hatte. Ich fand es sehr befremdlich, dass sie mir dermaßen intime Details aus ihrem Leben anvertraute.

Die E-Mail-Flut jagte mir zunehmend Angst ein. Ich wusste nicht, was ich tun sollte. Einmal schickte ich ihr eine Nachricht und bat sie, damit aufzuhören, mir ständig E-Mails zu schicken, und sich stattdessen darauf zu konzentrieren, ihr Leben zum Besseren zu wenden, zum Beispiel, indem sie sich eine schönere Wohnung und eine Arbeit suchte und neue Kontakte knüpfte. Ich teilte ihr mit, dass wir gern freundschaftlich verbunden bleiben könnten, dass aber die Anzahl ihrer Nachrichten einfach zu viel für mich war.

Ungefähr zur gleichen Zeit ließ ich sie dummerweise wissen, dass mein Mann Gus vorhatte, für einige Tage beruflich zu verreisen. Alice verwechselte dies anscheinend mit einer Einladung, mich erneut zu besuchen. Es war mitten in den Sommerferien, als ich sehr mit meinen Töchtern und auch mit meiner Arbeit beschäftigt war. Da mein Mann verreist war und mich nicht unterstützen konnte, hätte ich ihr niemals vorgeschlagen, mich zu einer so unpassenden Zeit zu besuchen. Sie tat es trotzdem. Da ich ihr weiterhin helfen wollte, ermutigte ich sie, Wanderungen zu unternehmen, statt die ganze Zeit bei uns im Haus zu bleiben. Ich versuchte, sie auf diese Weise von mir und meinen Töchtern fernzuhalten. Glücklicherweise reiste sie ab, bevor mein Mann zurückkam, und ich hoffte, danach nichts mehr von ihr zu hören.

Doch als sie nach Brighton zurückgekehrt war, überflutete sie mich wieder täglich mit E-Mails. Ich sah mir nur wenige davon an. In einer Nachricht erwähnte sie ihr Vorhaben, in meine Nähe zu ziehen. In einer anderen schrieb sie, dass sie meine Verlegerin kontaktiert und sich als Rezensentin ausgegeben habe mit der Bitte, ihr Exemplare meiner Frühwerke zu schicken.

An diesem Punkt beschloss ich, meine Freundschaft mit ihr zu beenden. Ich blockierte ihre E-Mail-Adresse, damit sie mir keine Nachrichten mehr schicken konnte und ich endlich Ruhe vor ihr hatte.

Sie fand jedoch einen anderen Weg, mit mir in Kontakt zu bleiben. Einige Wochen später erhielt ich einen Brief, in welchem sie mich über ihren bevorstehenden Umzug nach Grasmere informierte und mich aufforderte, sie am Bahnhof abzuholen. Ich erzählte meinem Mann davon, und wir kamen überein, dass ich zum Bahnhof fahren sollte, um ihr klar und deutlich zu sagen, dass ich nichts mehr mit ihr zu tun haben wollte.

Das tat ich dann auch. Als ich sie am Bahnhof wiedersah, war sie wie verwandelt. Früher hatte sie immer sehr auf ihr Äußeres geachtet. Nun wirkte sie ungepflegt, ihre Kleidung sah schäbig aus, und sie roch nach Alkohol. Ich teilte ihr mit, dass ich sie nicht in meiner Nähe haben wollte, und forderte sie auf, mich in Ruhe zu lassen. Daraufhin wurde sie laut und aggressiv und nannte mich ›verdammtes Miststück‹. Ich war zutiefst schockiert und zog mich zurück. Mir wurde klar, dass Alice massive Probleme hatte, und ich bekam Angst vor ihr.

In einigen ihrer E-Mails hatte Alice meinen Mann als ›despotischen Schwachkopf‹ bezeichnet, den sie am liebsten umbringen wollte. Ich hatte das als sehr verletzend und unangebracht empfunden, war jedoch davon ausgegangen, dass es sich bloß um einen Scherz handelte. Doch nun machte ich mir Sorgen um die Sicherheit meiner Familie. Wir blieben drei Tage lang im Haus, aus Angst, ihr draußen über den Weg zu laufen.

Sie war am Mittwoch in Grasmere angekommen. Samstagmittag ging ich dann mit meiner Familie in ein örtliches Café. Wir waren etwa zehn Minuten dort, als Alice plötzlich auftauchte und zu uns an den Tisch trat. Mir kam sofort der Gedanke, dass sie seit ihrer Ankunft unser Haus beobachtet hatte und uns dann gefolgt war, als wir uns wieder nach draußen trauten.

Ich forderte sie höflich, aber energisch auf, uns endlich in Ruhe zu lassen. Meine Töchter waren völlig verstört. Daraufhin verschwand sie, und ich hoffte, nie wieder von ihr zu hören.

Als wir wieder zu Hause waren, bat ich meinen Mann, meine E-Mails und Facebook-Nachrichten für mich zu überprüfen. Er fand zwar keine E-Mails von Alice, weil ich sie blockiert hatte, aber sie hatte mir zwei Nachrichten über Facebook geschickt. Darin forderte sie mich auf, ihr 3000 Pfund zu überweisen, andernfalls wollte sie meinem Mann mitteilen, dass wir eine Affäre hätten. Sie schrieb, sie wolle mein Leben zerstören.

An jenem Abend ging ich früh zu Bett, da die Ereignisse des Tages mir sehr zugesetzt hatten. Mein Mann blieb jedoch noch einige Stunden auf. Zwischen zwanzig und zwei Uhr nahm er fünf Anrufe entgegen, bei denen die Person am anderen Ende der Leitung sich nicht meldete. Ich kann nur vermuten, dass Alice dahintersteckte.

Alice' Verhalten hat einen überaus schädlichen Einfluss auf meine Familie. Wir haben Angst, aus dem Haus zu gehen, meine Töchter fürchten sich, und es gibt Grund zu der Annahme, dass

Alice gewalttätig werden könnte. Wir möchten, dass sie zurück nach Brighton zieht, wo sie zuvor gelebt hat. Ich bin keine Ärztin, aber ich habe den Eindruck, dass Alice an einer psychischen Krankheit leidet und dringend behandelt werden sollte.«

* * *

Der Polizeibeamte ließ das Dokument auf den Tisch sinken und musterte mich. »Wie Sie sehen können, hat Bo Luxton in Bezug auf Ihre Freundschaft eine ganz andere Wahrnehmung als Sie. Bo möchte keinen Kontakt mehr zu Ihnen, Alice. Sie möchte, dass Sie sie in Ruhe lassen.«

»Aber sie wusste doch davon!«, erwiderte ich. »Sie hat mich dazu aufgefordert, nach Grasmere zu ziehen. Ich ...«

»Können Sie das beweisen?«, fragte der Polizeibeamte.

Ich schüttelte resigniert den Kopf. Ich konnte es nicht beweisen, denn ich hatte Bos Nachrichten gelöscht. »Ich habe ihre E-Mails nicht mehr«, sagte ich. »Aber ...« Ich wollte vorschlagen, ihm mein iPad zu zeigen, damit er die Festplatte durchsuchen und die Nachrichten wiederherstellen konnte. Aber an seiner Miene erkannte ich, dass er mir keinen Glauben schenkte. Er wollte mir nicht zuhören, wollte dafür keine Ressourcen verschwenden. Er wollte mich loswerden.

»Ich habe die E-Mails gelesen, die Sie an Bo Luxton geschickt haben, und Ihren Brief ebenfalls«, sagte er. »Die Sachlage ist eindeutig. Sie müssen Mrs Luxton in Ruhe lassen. Wir werden Sie heute nicht festnehmen, aber wenn Sie noch einmal versuchen, Mrs Luxton zu kontaktieren, war's das. Dann werden Sie verhaftet, und der Fall geht vor Gericht. Haben Sie mich verstanden?«

Ich nickte. Ich war wütend und beschämt. Niemand glaubte mir. Ich wollte nur noch weg aus diesem schrecklichen fensterlosen Raum.

»Wir erteilen Ihnen eine offizielle Verwarnung. Wenn Sie diese Verwarnung akzeptieren, können Sie jetzt gehen und das

Ganze hinter sich lassen. Wenn Sie sie nicht akzeptieren, werden wir Sie verhaften und das Gericht einschalten. Bei Personen, die noch nie straffällig geworden sind und anscheinend nur eine große Dummheit begangen haben, möchten wir das jedoch tunlichst vermeiden. Ich empfehle Ihnen daher, die Verwarnung zu akzeptieren.«

Mir blieb gar nichts anderes übrig. Tief in meinem Innern rief eine Stimme, dass ich mich dagegen zur Wehr setzen sollte und dass es bestimmt eine Möglichkeit gab, Bos E-Mails wiederherzustellen. Aber ich hielt es einfach nicht mehr aus, ich wollte nur noch fort.

»Gut«, sagte ich. »Ich akzeptiere die Verwarnung.«

Der Polizeibeamte forderte mich auf, ihm zurück zum Empfangsbereich zu folgen, wo alles Weitere veranlasst werden sollte: Erteilung der Verwarnung, Fingerabdrücke, Foto für die Akten.

Ich tat, was er sagte.

2

BO

Nachdem ich die Mädchen zur Schule gebracht hatte, wanderte ich nach Hause. Oben auf den Gipfeln lag schon Schnee, doch auf unserer Höhe war es noch herbstlich. Vor dem Küchenfenster fielen die Blätter von den Ahornbäumen und tauchten das ausgehende Jahr in leuchtendes Gold. *Die Schönheit des Herbstes hat etwas Besinnliches,* dachte ich, als ich die Haustür öffnete und meinen Mantel an die Garderobe hängte. *Doch in der sanften Brise schwingt schon der düstere Klang des Winters mit.*

In der Küche hielt ich kurz inne, um diesen symbolträchtigen Gedanken zu notieren. Eines Tages würde ich ihn in ein Gedicht einfließen lassen (vielleicht eines über die Liebe im Alter, über die Warmherzigkeit reifer Liebe und die wachsende Hinfälligkeit der alternden Liebenden), und dieses Gedicht würde die Kritiker dazu bringen, meine Einfühlsamkeit und subtile Genialität zu bewundern, obwohl Künstler und Schriftsteller schon seit Jahrhunderten Vergleichbares von sich gaben und ich nur wiederkäute, was andere erlebt und empfunden hatten. Sie waren warmherzig und menschlich gewesen, imstande, ihre eigenen Gefühle zum Ausdruck zu bringen. Ich dagegen war kaltherzig und isoliert. Im Kern tot. Gus und ich wurden beide älter, aber ich wurde überhaupt nicht warmherziger, im Gegenteil.

Meine Liebe war eiskalt.

Ich ging zur Vorratskammer, holte Hefe, Öl, Salz und Mehl heraus und befestigte den Knethaken an der Küchenmaschine. Maggie hatte mich schon wieder gebeten, Minibaguettes zu backen. Ich kaufte zwar jede Woche welche für die Mädchen, aber selbst gebackene mochten sie lieber. Wenn ich mit dem Schreiben gut vorankam, ließ ich deshalb manchmal die Arbeit liegen und verbrachte den Vormittag stattdessen mit Backen. Dabei kamen mir oft gute Ideen.

Doch als ich diesmal die Zutaten in die Teigmaschine gab und das Gerät einschaltete, musste ich an Alice denken. Sie machte mir wirklich Angst. Sie würde sich bestimmt rächen wollen. Sie hatte eine enorme Wut im Bauch und nun mehr als genug Zeit, vor sich hinzubrüten und Pläne zu schmieden. Sie war gestört und aggressiv.

Die verrückte Alice. Ihre unzähligen E-Mails bewiesen ja, wie maßlos und fordernd sie war.

Und ihre Liebe …

Diese selbstlose Liebe, die keine Grenzen kannte … Anfangs hatte ihre Hingabe mir den Atem verschlagen. Doch nun kam sie mir nur noch krankhaft vor. Alice hatte sich sozusagen selbst das Herz aus der Brust gerissen und es mir auf dem Silbertablett serviert. Und ich war es noch nicht einmal wert. Ich war zwar berühmt, doch letzten Endes nur eine ganz normale Frau mittleren Alters, die innerlich tot war. Wahrscheinlich sogar verfault.

Ich nahm eine Schüssel, fettete die Innenseite mit Olivenöl und gab den fertigen Teig hinein. Dann bedeckte ich das Ganze mit dem Geschirrtuch der Schulpflegschaft, das ich gegen eine Spende erworben hatte, als Lola in die zweite Klasse gekommen war. Zweiundzwanzig Selbstporträts von Lola und ihren Klassenkameraden, darunter die Namen in Schnörkelschrift. Lola Hartley. Unsere Töchter hatten den Nachnamen von Gus. Als ich heiratete, wollte ich meinen Mädchennamen behalten. Zuerst hatte ich überlegt, ihn zu ändern, um mich von meiner Mutter abzugrenzen, aber dann war mir dieser Schritt doch zu langweilig und konventionell erschienen, ganz zu schweigen davon, dass meine Mutter es ohnehin nicht mitbekommen hätte. Also behielt ich ihn.

Alice würde ihren Namen bestimmt auch nicht ändern, dachte ich. Sie war ein feministischer Freigeist.

Anfangs war ich erleichtert gewesen, nichts mehr von ihr zu hören. Als sie mich noch täglich mit E-Mails bombardiert hatte, konnte ich sie unmöglich ignorieren; ihre ständigen Liebeserklärungen, gespickt mit Hinweisen, was sie schon alles für mich aufgegeben hatte (unter anderem ihren Kinderwunsch), und Beteuerungen, dass sie geduldig auf mich warten würde, hatten mir kaum noch Luft zum Atmen gelassen.

Gott, war das anstrengend, so geliebt zu werden.

Ich ließ den Teig aufgehen und reinigte solange die Küchenmaschine.

Eine Woche war es nun her, seit ich bei der Polizei gewesen war. Eine Woche ohne Alice. Keine E-Mails mehr im Posteingang, keine Nachrichten mehr auf Facebook, wo ich sie noch immer als enge Freundin eingestuft hatte, um keinen ihrer Beiträge zu verpassen. Jedes Mal, wenn sie ihren Status aktualisierte, wurde ich benachrichtigt und brannte regelrecht darauf, zu sehen, was sie geschrieben hatte. Weil es meinen Tag erträglicher machte. Als sie mit Jake Schluss gemacht hatte, war folgende Statusmeldung erschienen: »Meine erste männerlose Nacht als frischgebackene Singlefrau habe ich mit einer Packung Häagen-Dasz gefeiert. Herrlich, mal nichts anderes als Eis zu lutschen.« Mir selbst wäre es nie in den Sinn gekommen, so etwas zu schreiben, geschweige denn zu posten, aber Alice' Kühnheit hatte mir dennoch imponiert.

Nun allerdings herrschte Schweigen. Natürlich bekam ich E-Mails von anderen Leuten, doch sie waren langweilig, und auf Facebook war auch nichts mehr los.

Nach meinem Gespräch mit der Polizei hatte ich mich zwei Nachmittage lang in der Nähe von Alice' Wohnung herumgetrieben in der Hoffnung, einen Blick auf sie zu erhaschen, nur um sicherzugehen, dass sie noch lebte. Ich war überzeugt, dass sie noch dort war. Erstens hatte sie nicht genug Geld, um ihre Zelte abzubrechen, und zweitens war sie vermutlich am Boden zerstört und musste sich erst einmal erholen.

Doch es war keine Bewegung hinter dem Vorhang, kein Schatten am Fenster zu sehen. Vielleicht lag sie tot in der Wohnung.

Der Gedanke, dass Alice sich umbringen könnte, war mir bereits gekommen, als ich meine Stellungnahme für die Polizei verfasst hatte. Das arme Mädchen war ohnehin schon traumatisiert; vielleicht gab ihr das nun den Rest. Sie war zutiefst verletzt und verwirrt. So etwas konnte einen Menschen umbringen. Das hatte ich ja bei Christian erlebt.

Meinem Sohn ging es gut, bevor Sie ihn sich gekrallt haben. Er hatte nie Probleme. Er war nicht krank. Er hatte keine Depressionen, und er war auch nicht labil. Sie haben ihn manipuliert. Sie haben ihn dazu getrieben. Das wissen Sie genauso gut wie ich. Und damit werden Sie nun leben müssen.

Niemand hatte Lucy Winter Glauben geschenkt. Die Polizeibeamten hatten Mitleid mit ihr gehabt. Mit mir auch. Das Ganze war eine entsetzliche Tragödie gewesen, mit der nicht nur ich, sondern meine ganze Familie nun leben musste.

* * *

Den restlichen Vormittag verbrachte ich damit, aufzuräumen und mir einige Notizen für mein nächstes Kapitel zu machen. Dann backte ich die Minibaguettes im Ofen. Als sie fertig waren, legte ich sechs davon in einen Korb, den ich mit einem roten Geschirrtuch ausgekleidet hatte, und fügte noch ein Stück Brie, Trauben und zwei Scheiben Ingwerkuchen hinzu.

Einmal, als Alice zu Besuch gewesen war, hatten wir den Abend auf der Terrasse ausklingen lassen; die Mädchen waren schon im Bett gewesen. Wir hatten den Sonnenuntergang betrachtet und dabei Baguettes mit Brie, Trauben und Ingwerkuchen gegessen. Die Luft war von Lilienduft erfüllt gewesen, und über den Bergen hatte der Himmel in Flammen gestanden. Später, als es dunkel geworden war, hatten wir uns auf der Wiese geliebt und einander gestanden, dass wir noch nie zuvor so glücklich gewesen waren und noch nie zuvor einen anderen Menschen so sehr geliebt hatten.

Ich zog meinen Dufflecoat an, nahm den Korb und ging nach draußen. Die Luft war schneidend kalt, schwere Winterwolken hingen am Himmel. Der Nachmittag lag grau wie ein Geheimnis da.

Ich ging zügig ins Dorf hinunter. Selbst um diese Jahreszeit tummelten sich dort noch immer Touristen.

Als ich bei Alice' Wohnung ankam, stand ich etwa zehn Minuten davor und wartete. Noch immer war kein Lebenszeichen zu erkennen. Ich trug den Korb die Treppe hoch und stellte ihn behutsam vor Alice' Tür.

Es war nicht nötig, eine Nachricht zu hinterlassen. Alice würde schon Bescheid wissen.

Dann ging ich wieder, um die Mädels von der Schule abzuholen.

3

ALICE

Seit ich bei der Polizei gewesen war, hatte ich die Wohnung kaum noch verlassen. In Grasmere kannte ich niemanden, den ich hätte besuchen können, und auch sonst gab es nichts zu unternehmen, außer Bergtouren. Bo hatte zwar ständig beteuert, wie gut mir das Wandern in der Natur tun würde, doch mir fehlte die Kraft dazu. Ich lag die ganze Zeit im Bett, atmete tief ein und aus und rieb mir mit der Faust über die Brust, um den Schmerz in mir zu lindern. Ich brauchte meine gesamte Energie dafür, einfach nur am Leben zu bleiben.

Ich war geistig und seelisch am Ende. Bo war über mein Herz und meinen Verstand hergefallen, hatte sich wie ein Parasit von meiner Lebenskraft ernährt, mich ausgesogen bis auf den letzten Tropfen.

Ich war dabei, zusammenzubrechen, im wahrsten Sinne des Wortes. Es fühlte sich an, als bräche ich mir einen Arm oder ein Bein, nur dass mein gesamtes Wesen betroffen war.

Wenn ich die Kraft besessen hätte, aus mir herauszutreten und darüber nachzudenken, wäre ich über meine Reaktion sicher besorgt gewesen. Bis zu diesem Zeitpunkt hatte ich mich immer für cool, draufgängerisch und unzerstörbar gehalten. Ich hatte schon so viel Schreckliches erlebt und überwunden. Ich hatte meine Traumata nicht nur durchgestanden, sondern sie mit einem lauten »Ihr könnt mich mal!« in meiner Faust zerquetscht. Bevor das mit Bo passierte, hätte ich sogar gesagt, dass es psychische Krankheiten gar nicht gab, nur geistige Trägheit.

Doch nun lag ich hier, kaum imstande, mich zu rühren oder einen klaren Gedanken zu fassen, weil ich nur noch damit beschäftigt war, den Gefühlssturm, der in mir tobte, unter Kontrolle zu halten. Ich hatte keine Ahnung, wie ich ihm Einhalt gebieten konnte. Ich versuchte es mit Alkohol, Zigaretten und Schlaf, doch ich träumte ständig von Bo und der Polizei, und wenn ich aufwachte, war mir speiübel, von den Kopfschmerzen ganz zu schweigen.

Einmal wurde ich wach und dachte: *Wenn ich hierbleibe, sterbe ich.* Und dabei überkam mich eine Gewissheit, als hätte sich ein glasklarer Blick in die Zukunft aufgetan.

Doch ich konnte nirgendwohin, ich war so gut wie pleite. Zum ersten Mal seit meiner Kindheit sehnte ich mich nach meiner Mutter.

Meine Mutter …

Als sie krank wurde und erkannte, was sie mir angetan hatte, schrieb sie mir reuige Briefe, in denen sie mich um Verzeihung bat. Ich las sie und warf sie weg. Es war unmöglich, den Riss in unserer Beziehung wieder zu kitten. Er war zu groß und zu tief. Es gab nichts, das meine Mutter hätte tun können, um mich für die Erinnerungen zu entschädigen, die ich den Rest meines Lebens mit mir herumschleppen musste und die mich immer wieder straucheln und stürzen ließen.

»Mach es wieder gut«, hatte sie im Angesicht ihres Todes gesagt, als wäre es ein Leichtes, einen guten Mann zu finden und Kinder zu bekommen und ihnen ein schönes, normales Leben zu bieten. Als wären das Entscheidungen, die ich einfach treffen konnte. Ich wünschte mir schon lange nichts sehnlicher als eine richtige, intakte Familie. Aber dieser Wunsch schwebte in unerreichbarer Ferne, wie der Mond. Manchmal leuchtete er riesengroß am Himmel auf, zum Greifen nah, doch jedes Mal, wenn ich ihn packen wollte, verschwand er wieder, und es wurde stockfinster um mich.

»Mach es wieder gut.«

»Tja, Mutter«, hätte ich am liebsten gesagt, »ich gebe mein Bestes, nur leider verbocke ich es immer wieder.«

Ich begann, alle Fälle aufzulisten, in denen ich mich bereits als Versagerin erwiesen hatte.

Ich konnte zum Beispiel keinen Job durchhalten. Das war überhaupt nicht mein Ding. Ich langweilte mich viel zu schnell, aber vor allem war ich kein Büromensch. Ich hasste es, am Computer zu sitzen und Tabellen zu bearbeiten, während das ganze Wissen über Literaturtheorie, das ich mir in mühevollen Jahren an den Eliteunis des Landes für viel Geld angeeignet hatte, sich allmählich in Luft auflöste. Ich hasste es, in einer Welt zu leben, in der meine Fähigkeit zu kritischem Denken nicht das Geringste zählte und in der es letztendlich nur auf meine Fähigkeit ankam, Geld heranzuschaffen. Und ich hasste es, dass dieses Geld noch nicht einmal bei mir landete, sondern bei einem arroganten Fettsack, der sich als Chef aufspielte und die Konservativen wählte.

Kochen konnte ich auch nicht. Einmal hatte ich Leute zum Abendessen eingeladen. Als sie kamen, bot ich ihnen Chips und Nüsse an und ging dann zum Kochen in die Küche. Dabei trank ich allerdings eine ganze Flasche Wein und war schließlich so besoffen, dass ich ins Wohnzimmer torkelte, mich zu meinen hungrigen Gästen setzte und lallte: »Tut mir leid, bin zu betrunken. Können wir nicht einfach Chips essen?« Stattdessen bestellten wir Pizza bei Domino's und saßen dann noch bis drei Uhr morgens zusammen, kifften, tranken weiter und waren uns einig, dass es eben nicht in unserer Natur lag, eine zivilisierte Dinnerparty zu veranstalten. Niemand machte mir mein Versagen zum Vorwurf, aber danach lud ich nie wieder Leute zum Essen ein, noch nicht einmal zu Fertiggerichten.

Außerdem war ich sehr schlecht darin, nüchtern zu bleiben und weniger als dreißig Zigaretten am Tag zu rauchen. Es gelang mir einfach nicht, gesund zu leben und beispielsweise Sport zu treiben, mich vernünftig zu ernähren und Mineralwasser zu trinken. Wenn ich eine Flasche Wein öffnete, musste ich sie austrinken und ging dann direkt zur nächsten über. Und jedes Mal, wenn ich auf eine Party ging, wachte ich am nächsten Morgen neben einem Kerl auf, den ich nicht kannte.

Beziehungen. Darin war ich grottenschlecht. Die schlimmste Niete von allen. Die ersten dreiundzwanzig Jahre meines Lebens hatte ich mich bewusst von der Welt ferngehalten, doch jetzt, mit fünfundzwanzig, konnte ich eine lange Liste desaströser Beziehungen zu Männern vorlegen, die entweder noch immer ihrer Verflossenen nachweinten oder sich nicht von ihrer Partnerin trennen wollten oder einfach nicht in mich verliebt waren. Einer von ihnen stellte mir seine Nichtliebe unter Beweis, indem er mich regelmäßig verprügelte, und ich blieb trotzdem bei ihm. Als ich mich dann endlich zusammenriss und ihn verließ, sollte das der Wendepunkt meines Lebens sein. Von da an wollte ich mich nur noch in gute Männer verlieben. Die Worte meiner Mutter verfolgten mich. »Mach es wieder gut.« Ich wollte es besser machen als sie.

Dann begegnete ich Jake. Er war ein guter Mann. Auch wenn es letztendlich nicht funktioniert hatte, war es zumindest ein Schritt in die richtige Richtung gewesen; die Erfüllung meiner emotionalen Bedürfnisse schien greifbar nah.

Und dann war ich Bo begegnet. Niemals hätte ich mir träumen lassen, dass jemand wie sie mich dermaßen zurückwerfen würde.

Bo. Diese verdammte Schlampe. Sie hatte immer so verständnisvoll getan. Sie hatte genau gewusst, was sie tat, als sie ihre Stellungnahme für die Polizei verfasste und all diese Lügen über mich in die Welt setzte. Sie hatte mich verraten und damit so schwer verletzt, dass es sich anfühlte, als wäre ich wieder elf und bekäme die Schläge meiner Mutter zu spüren. Und das Schlimmste an alldem war, dass Bo genau wusste, was dieser Verrat bei mir anrichten würde.

Hatte sie das alles von Anfang an geplant? War es nur ein Spiel für sie gewesen? Hatte sie beim Seminar absichtlich meine Nähe gesucht, damit ich mich in sie verliebte? Hatte sie mir von Anfang an vorgaukeln wollen, dass sie Geschichten nur für mich geschrieben hatte, weil sie mich liebte? Hatte sie mir absichtlich geraten, ihre Verlegerin zu kontaktieren, um dies später gegen mich zu verwenden? War das alles nur kühle Berechnung gewesen mit dem Ziel, mich zu zerstören?

Ich schüttelte den Kopf. Wahrscheinlich würde ich es nie erfahren.

Bo. Diese verdammte Schlampe. Sie hatte immer so freundlich und warmherzig gewirkt, aber in Wahrheit war sie ein manipulatives Miststück, das mit meinem Verstand und mit meinen Gefühlen spielte.

Und hier war ich nun, allein und sturzbetrunken in meiner Wohnung in Grasmere, und stand kurz vor dem Zusammenbruch.

Ich musste unbedingt etwas unternehmen. Mein Masterstudium sollte in einer Woche beginnen, aber ich wollte nicht mehr nach Lancaster ziehen. Wenn ich auch nur die geringste Chance haben wollte, jemals über die ganze Sache hinwegzukommen, musste ich Abstand von allem gewinnen, was mich an Bo erinnerte. Ich konnte bei der Universität in Brighton anfragen, ob doch noch ein Studienplatz frei war, obwohl ich eigentlich schon abgesagt hatte.

Aber ich hatte kein Geld mehr, um wieder nach Brighton zu ziehen. Ich hatte mein gesamtes Vermögen dafür ausgegeben, Bo nahe zu sein, dieser verdammten Schlampe. Mir blieb nichts anderes übrig, als einen Kredit aufzunehmen und meinen Ex-Chef bei der Sprachschule anzuflehen, mich wieder einzustellen. Was wahrscheinlich kein Problem war. Aber ich war so weit weg, in Grasmere. Brighton erschien mir wie eine andere Welt, der Ort, an dem ich jung gewesen war. Es gab die Zeitrechnung vor Bo und die Zeitrechnung nach Bo. Mein altes Ich hatte vor Bo existiert. Mein neues Ich würde sich nach Bo aus den Trümmern meines Lebens aufrappeln, wenn ich Glück hatte.

Es ging mir miserabel. Ich hatte so viel zu erledigen, wenn ich die Uni wechseln und es zurück nach Brighton schaffen wollte. Erschöpft warf ich einen Blick auf meinen Laptop, der ungeöffnet auf dem Tisch lag. Ich hatte überhaupt nicht die Kraft, den Master anzufangen und ein Buch zu schreiben. Außer vielleicht ein Buch über Bo. Das hätte als Ventil für die Wut und die tiefe Trauer in mir dienen können.

Aber jetzt brauchte ich erst einmal Alkohol. Als ich am Morgen aufgewacht war, hatte ich mir fest vorgenommen, mich in den kommenden vierundzwanzig Stunden ausschließlich von Vollkornbrot und Mineralwasser zu ernähren, doch inzwischen war es Abend geworden, und meine guten Vorsätze hatten sich in Luft aufgelöst. Ich war allein mit meinen Grübeleien und brauchte dringend etwas, das mir die Lichter ausknipste. Ich warf einen Blick in den Kühlschrank. Nur noch zwei Bier. Das reichte nicht.

Ich warf mir meinen Mantel über und klaubte meine Geldbörse vom Boden auf. Ich wollte so lange Alkohol und Kippen kaufen, bis mir das Geld ausging und meine Visa Card gesperrt wurde, und dann wollte ich einfach verrotten.

Beim Verlassen der Wohnung wäre ich beinahe über einen Lilienstrauß gestolpert, der vor der Tür lag. Daneben stand ein Korb, der mit einem roten Geschirrtuch abgedeckt war, fast wie bei Rotkäppchen. Verblüfft schaute ich hinein. Sechs Minibaguettes, Trauben, Brie und Ingwerkuchen. Bo war hier gewesen.

Was hatte das zu bedeuten? Was zum Teufel war das? Eine Entschuldigung? Ein Ausdruck des Bedauerns? Oder etwa ein Liebesbeweis?

Sofort begann ich wieder zu grübeln. Ich hätte zu gern geglaubt, dass es beides war: eine Entschuldigung und ein Liebesbeweis. Ich hatte mir nichts sehnlicher gewünscht, als dass Bo persönlich bei mir auftauchte, sich entschuldigte und mich um Verzeihung bat. Ich wäre bereit gewesen, sie wieder in die Arme zu schließen, obwohl ich genau wusste, dass sie nur Hass und Verachtung verdiente, gefolgt von Gleichgültigkeit, wenn überhaupt. Doch in diesem Augenblick wurde mir klar, dass es wahrscheinlich Jahrzehnte dauern würde, bis ich imstande war, gleichgültig auf diese Frau zu reagieren.

Ich ließ den Korb mit den Blumen stehen und ging zum nächsten Kiosk, um Zigaretten und vier Dosen Stella zu kaufen. Als ich zurückkam, war der Korb mit den Blumen immer noch da. Also nahm ich ihn mit hinein, steckte die Lilien in ein großes Wasserglas und aß ein Brie-und-Trauben-Baguette. Der Geschmack erinnerte mich an den Abend, als ich stundenlang mit Bo im Garten gesessen, geredet und den flammend roten Sonnenuntergang über den Bergen betrachtet hatte. Es war eine fast schon spirituelle Erfahrung gewesen. Die Kraft unserer Liebe hatte mich dermaßen überwältigt, dass ich hatte weinen müssen.

Und nun weinte ich die ganze Zeit, ich hatte regelrechte Weinkrämpfe.

Ich schluckte den letzten Bissen hinunter. Bo hatte genau gewusst, was sie tat, als sie den Korb vor meine Tür stellte. Sie hatte genau gewusst, welche Wirkung das auf mich haben würde. Aber was hatte sie damit bezwecken wollen? Vielleicht hatte sie vorgehabt, an meine Tür zu klopfen, und sich dann nicht getraut. Oder sie wollte mich vergiften. Leider ließ sich nie vorhersagen, welche Wirkung Bos Gift entfalten würde. Und ich hatte keine Möglichkeit, mich zu schützen. Zur Polizei gehen konnte ich auf keinen Fall, dort würde man mir nicht glauben. Dafür hatte Bo gesorgt.

Doch die Vorstellung, dass Bos Geschenk mit bösen Hintergedanken verbunden sein könnte, war unerträglich. Es musste von Herzen kommen. Denn wenn es nicht von Herzen käme, wäre Bo nicht die wunderbare Frau gewesen, die ich in ihr sehen wollte. Sondern ein grausames Monster, das mir den Verstand rauben wollte.

4

BO

Jeden Tag musste ich an das Baby denken. Willow. Seit fünfundzwanzig Jahren verfolgte mich ihr verkniffenes rotes Gesichtchen. Ich fragte mich, wie sie aufgewachsen war und wie sie wohl aussah. Manchmal, wenn wir meine Eltern auf dem Campingplatz bei Woodstock besuchten, stellte ich mir vor, dass Willow ihnen ähnelte. Vor meiner Familie gab es kein Entkommen. Die Erbanlagen waren einfach zu dominant. Ich versuchte, es zu ignorieren, doch jedes Mal, wenn ich in den Spiegel blickte, sah ich die Augen meiner Mutter, die Stirn meines Vaters, die Nase meines Bruders. Mein Gesicht kam mir wie ein grotesker genetischer Scherz vor.

Ich war mir sicher, Willow wiederzuerkennen, falls sie mir noch einmal begegnete. Aber was sollte ich dann tun? Sollte ich sie mit der Wahrheit über ihre Herkunft konfrontieren und mich dafür entschuldigen, dass ich sie im Stich gelassen hatte? Oder sollte ich sie freundlich anlächeln und sie dazu beglückwünschen, dass sie sich so wunderbar entwickelt hatte, dank ihrer vorbildlichen Eltern?

Alice war nicht Willow. Das wusste ich. Alice war jemand anders. Aber sie war von ihrer Mutter vernachlässigt und im Stich gelassen worden, genauso wie Willow. Ich hatte mein verlorenes Baby in ihr gesehen und mich zu einer himmlischen, kühnen, unmöglichen Liebe hinreißen lassen – die im Chaos geendet hatte. Ich hatte Alice als Stalkerin abgestempelt, aber wozu? Um sie zum Schweigen zu bringen. Damit niemand erfuhr, dass tief in mir eine Bestie lauerte, die immer wieder hervorschoss und mit eiskalter Grausamkeit Herzen brach.

Mein Zuhause, meine Töchter, mein Mann, mein Erfolg … an manchen Tagen erschienen sie mir nur noch wie ein Deckmantel.

Ich saß an meinem Schreibtisch und vergrub das Gesicht in den Händen. Ich hatte Alice loswerden wollen, aber sie war immer noch da, in meinem Kopf, unter meiner Haut, überall. Alice war überall.

Manchmal wünschte ich, sie möge sterben. Ihr Tod schien der einzige Weg zu sein, sie aus mir herauszutreiben.

Schließlich nahm ich mein Handy und rief meine Mutter an. Sie ging nicht dran. Die Funkverbindung auf dem Campingplatz war schlecht, und meine Mutter hörte ihren Anrufbeantworter nur dann ab, wenn sie genug Guthaben hatte, was so gut wie nie der Fall war. Mit E-Mails und dem Internet konnte meine Mutter nichts anfangen. Also nahm ich ein Blatt Papier und schrieb ihr stattdessen einen Brief.

Mum,
ich überlege, dich nächsten Monat zu besuchen. Ich habe einen Termin mit meiner Agentin in London und könnte auf einen Tee bei dir vorbeikommen, wenn du da bist. Hast du am 13. November Zeit? Es gibt einiges, worüber ich gern mit dir reden würde. Erinnerst du dich noch an das Baby, das ich bekam, als ich fünfzehn war? Weißt du, was aus der Kleinen geworden ist? Ich würde sie gern ausfindig machen.
Bo.

So unterschrieb ich immer, wenn ich meiner Mutter Briefe schickte. Mit Bo. Einfach nur Bo. Liebe Grüße kamen bei meiner Familie nicht infrage. Wir kannten und verstanden das Wort Liebe nicht. Lieblosigkeit war genetisch bedingt, davon war ich überzeugt. Sie wurde über Generationen vererbt, so wie Krebs oder Wahnsinn.

5

ALICE

Ich wusste nicht, wo ich war. Ich war schon oft ganz unten gewesen und wusste, wie sich das anfühlte: die Zerrissenheit, die Schwere, gegen die man nicht ankam, die Hoffnungslosigkeit.

Doch diesmal war ich noch weiter unten. Es war ein finsterer, Furcht einflößender Ort, an den sich nur wenige verirrten und wo es niemanden gab, der mir einen Ausweg zeigen konnte.

Hier gab es nichts. Nur den Schmerz.

* * *

In meinem Kopf gab es keinen Platz mehr für andere Gedanken. Da war nur noch Verwirrung. Und Bo.

* * *

Ich erkannte Bo nicht mehr wieder. Und mich selbst auch nicht. Wenn ich gesund und normal war und meine Erinnerungen an das, was Bo zu mir gesagt hatte, stimmten – dass sie mich liebte und alles für mich tun würde –, dann war Bo ein grausamer, böser, heimtückischer Mensch. Aber wenn meine Erinnerungen nicht stimmten und ich mir das alles nur eingebildet hatte, dann war ich verrückt.

Ich zermarterte mir das Hirn, versuchte, eine schlüssige Erklärung zu finden.

Erschöpft kroch ich schließlich ins Bett und dachte: *Lieber will ich verrückt sein.*

* * *

Der Duft der Lilien tat weh. Ihren Anblick ertrug ich auch nicht. Ich hätte ihre Schönheit bewundern und sie regelmäßig gießen sollen, doch dazu war ich nicht imstande. Sie konnten mich nicht trösten, so wie Bo es hätte tun können.

Ich wandte mich von ihnen ab. Ich wollte keine Verantwortung für diese Lilien übernehmen. Es war mir egal, ob sie verwelkten.

6

BO

Ich brauchte dringend ein neues Buch. Mein letzter Roman verkaufte sich nur schleppend, und ich wurde viel seltener als früher zu Lesungen eingeladen. Meine Agentin wollte sich in London mit mir treffen, um unsere nächsten Schritte zu besprechen und sicherzustellen, dass ich als Nächstes einen sensationellen Bestseller schrieb, der mit den Werken der brillanten Jungautoren, die mich allmählich aus Edinburgh, Hay und Oxford verdrängten, mithalten konnte.

Ein Ladenhüter. Das war mir noch nie passiert. Meine früheren Romane hatten sich alle wie warme Semmeln verkauft. Ich war weltberühmt. Die Amerikaner liebten mich, die Australier liebten mich, selbst die Japaner bezahlten dafür, dass ich in ihren riesigen, sterilen Shoppingmalls Bücher signierte. Ich hatte immer geglaubt, den Ruhm zu hassen, aber zu meiner Überraschung hasste ich schleppende Verkaufszahlen noch mehr. Denn mit ihnen fing es an. In fünf Jahren würde sich kein Mensch mehr an mich erinnern. Meine Karriere stand vor dem Aus. Mit vierzig war ich auf dem absteigenden Ast gelandet.

Ich legte alles, was ich mit nach London nehmen wollte, aufs Bett. Ein Hotelzimmer für zwei Nächte im Bloomsbury's hatte ich bereits gebucht. Im Wohnwagen meiner Mutter zu übernachten kam nicht infrage; allein der Gedanke löste Panikattacken bei mir aus.

Ich zog meine Reisetasche vom Kleiderschrank herunter. Das letzte Mal hatte ich sie gepackt, um nach Northumberland zu fahren, wo ich Alice begegnet war. Beim Anblick der Tasche musste ich seufzen. Sie war ein Überbleibsel aus einer Zeit, als mein Leben noch einfach gewesen war, ruhig, geordnet, wunderbar schlicht, und nur aus Schreiben, Wandern und der Erziehung meiner Töchter bestanden hatte.

Zumindest eines war mir wirklich gut gelungen: mich um meine Mädchen zu kümmern. Ich war gut darin, sie zu versorgen, zu beschützen und zu fördern. Sie waren ebenso gut versorgt wie alle anderen Kinder, die von ihren Müttern bedingungslos geliebt wurden. Von der bedingungslosen Mutterliebe hatte ich in Baby-Ratgebern gelesen. Ich nahm meine Mutterschaft sehr ernst und wollte das Elend früherer Generationen auf keinen Fall an die nächste weitergeben. Meine Töchter würden garantiert nicht zu kaltherzigen jungen Frauen heranwachsen. Lola und Maggie waren gesunde, selbstsichere und glückliche Kinder. Sie waren mein Beweis. Sie waren alles, was ich brauchte. Ich war eine gute Mutter; hingebungsvoll, aufopfernd und geduldig. Wer so gut für andere Menschen sorgte, konnte unmöglich böse sein.

Die Mädchen waren in ihrem Zimmer.

Ich ging hinein und lächelte ihnen zu. »Ich muss jetzt los«, sagte ich.

Sie kamen beide zu mir, umarmten mich und sagten, dass sie mich vermissen würden. Maggie gab mir ein Bild von einem Kaninchen, das sie gemalt hatte. Ich steckte es in meine Handtasche.

Ich gab den beiden einen Kuss. »Seid brav«, sagte ich.

»Bringst du uns ein Geschenk mit?«

»Ja, ein Buch.«

Maggie rümpfte die Nase. »Wie ode.«

Ich gab ihr noch einen Kuss, dann ging ich. Ich hasste es, wenn ich meine Kinder allein lassen musste.

Unten verabschiedete ich mich von Gus. Er sah kaum auf.

»Freitagabend komme ich zurück«, sagte ich. »Auf dem Rückweg schaue ich noch bei meiner Mutter vorbei.«.

»Bei deiner Mutter?«

Ich zuckte mit den Achseln. »Pflichtbesuch.«

»Viel Spaß.«

Ich machte mich auf den Weg, fuhr mit dem Auto hinunter

nach Windermere und von dort aus auf die M6. Bis London brauchte ich fünf Stunden. Ich schaltete Radio 4 ein. Vielleicht gab es ja einen Bericht über mich. Ich hörte mir eine Frauensendung und zwei Sendungen über moderne Literatur an, doch in keiner davon wurde ich auch nur erwähnt. Stattdessen wurde über jüngere Schriftstellerinnen berichtet, über die Bestsellerautorinnen der nächsten Generation. Mich hatte man bereits abgeschrieben.

Hör auf, sagte ich mir. Mach dich nicht verrückt. Schleppende Verkaufszahlen bedeuten ja nicht gleich das Ende der Fahnenstange.

Doch ich spürte, dass es keinen Sinn hatte, mir selbst etwas vorzugaukeln. Mein Bauchgefühl hatte mich noch nie getrogen. Ich war mir absolut sicher: Meine Karriere als Schriftstellerin war so gut wie vorbei.

Ich weinte die ganze restliche Fahrt hindurch.

* * *

»Wir sind so froh, dich als Autorin zu haben, Bo!«

Wir tranken Wein, während wir auf das Essen warteten. Vanessa, meine Agentin, schmierte mir Honig ums Maul, aber natürlich meinte sie kein Wort davon ernst. Sie und ihre Kolleginnen waren bestimmt nicht mehr froh, mich als Autorin zu haben; die Zeiten waren vorbei. Ich hatte der Agentur fünfzehn Jahre lang viel Geld eingebracht, doch jetzt war ich auf dem absteigenden Ast, und das erforderte Maßnahmen.

»Wir möchten dir dabei helfen, etwas Neues zu planen, damit wir von Anfang an auf Bestsellerkurs sind. Hast du denn schon ein paar neue Ideen mitgebracht?«

Ich zögerte. »Tut mir leid. Ich hatte viel Stress in letzter Zeit. Probleme mit einer Stalkerin.«

Vanessa runzelte besorgt die Stirn. »Ach du lieber Himmel. Das klingt ja schrecklich.«

»Das ist es auch. Vor einigen Monaten, im Mai, habe ich ein Schreibseminar gegeben, und eine der Teilnehmerinnen war eine junge Frau namens Alice Dark. Vielleicht hast du schon von ihr gehört. Anfangs dachte ich, sie wäre nett. Um es kurz zu machen: Irgendwann begann sie, mir Liebesbriefe zu schreiben, oder besser gesagt, E-Mails. Ich sagte ihr, sie solle damit aufhören, aber das tat sie nicht, und dann zog sie plötzlich nach Grasmere und drohte, meinen Mann umzubringen. Und sie versuchte, mich zu erpressen. Sie ließ mich einfach nicht in Ruhe.«

Vanessa beugte sich vor und nickte mitfühlend. »Bo«, sagte sie. »Da hast du deine nächste Geschichte. Daraus kannst du bestimmt etwas machen. Das ist Stoff für einen sensationellen Thriller.«

»Daran habe ich auch schon gedacht«, sagte ich.

»Da steckt viel Potenzial drin, und obendrein liegt das Thema im Trend! Kennst du das Museum für Frauengeschichte? Die haben viel Material über Jack the Ripper. Du könntest daraus eine Story über ein modernes Sexmonster stricken. Irgendwas Feministisches. Was meinst du? Aber es darf natürlich nicht homophob klingen. Nicht dass man dir später Vorwürfe macht, weil du dich über die verdammten Lesben aufregst, die plötzlich daherkommen, alle möglichen Freiheiten einfordern und dann auch noch anderen Frauen das Leben zur Hölle machen …«

»Um Gottes willen, das will ich mir natürlich nicht vorwerfen lassen.«

»Gut. Also, denk mal drüber nach und schick mir deine Ideen. Ich habe vollstes Vertrauen in dich. Ich weiß genau, dass du etwas Sensationelles daraus stricken kannst, mit dem üblichen emotionalen Tiefgang. Die Kritiker werden hingerissen sein. Ich glaube, damit können wir einen Riesenerfolg landen.«

Ich nippte an meinem Wein. Vielleicht hatte sie ja recht.

7

ALICE

Verzweiflung verwandelte sich in Wut, Wut wieder in Verzweiflung, und dann verbündeten sich beide gegen mich, sodass ich fast daran zugrunde ging.

Ich stand auf und tigerte wutentbrannt auf und ab. Bo hatte mich ruiniert. Sie hatte mit sorgfältiger Berechnung eine Granate auf mich geworfen und mein Leben in Stücke gerissen. Ich war nur noch ein Schatten meiner selbst, dem Wahnsinn nah. Ich konnte das alles nicht begreifen. Ich wusste nicht, was ich tun sollte, falls es zu einem Wiedersehen mit Bo kam. Sollte ich weinen, mich ihr in die Arme werfen und sie anflehen, alles wiedergutzumachen? Oder sollte ich sie grün und blau schlagen?

* * *

Am liebsten hätte ich die Zeit zurückgedreht und unsere erste Begegnung erneut durchlebt, um genauer darauf zu achten, was Bo sagte, wie sie sich verhielt und ob sich unter ihrer liebevollen Fürsorge nicht doch eine Spur von Boshaftigkeit verbarg. Verzweifelt suchte ich nach Anzeichen, die ich vielleicht übersehen hatte, aus denen ich aber früh genug hätte schließen können, dass Bo nicht die war, für die ich sie gehalten hatte. Fieberhaft durchblätterte ich die sechs Romane, die sie geschrieben hatte, auf der Suche nach einem Schlüssel zu ihrer Persönlichkeit. Es musste doch irgendeinen Hinweis darauf geben, dass in ihrer Seele ein tiefer Abgrund verborgen lag, das Böse, die Hölle.

Doch ich fand nichts. Rein gar nichts.

Ich hasse dich, dachte ich. *Ich hasse dich dafür, dass du mir das antust und dass du mich so weit gebracht hast, an meinem Verstand zu zweifeln.*

Ich überlegte, welche Möglichkeiten mir offenstanden, um

mich an Bo zu rächen. Ich konnte ihren Mann anrufen und ihm meine Version der Geschichte erzählen. Er war schon so lange mit ihr verheiratet, dass er bestimmt wusste, was für eine Bestie unter ihrer Oberfläche lauerte. Wenn er meine Version der Geschichte hörte, würde er mir sicher Glauben schenken. Oder ich schrieb einen anonymen Brief an ihren Verlag. Aber der interessierte sich vermutlich nicht dafür. Und abgesehen davon hatte Bo mich garantiert schon bei all ihren Verlagskontakten verleumdet.

Oder aber ich schrieb ein Buch über meine Erlebnisse mit Bo. Einen Thriller. Ich konnte das, was passiert war, zu Papier bringen und veröffentlichen, und dann würde Bo in allen Buchhandlungen Großbritanniens ihrer Schande ins Auge blicken müssen. In den letzten Wochen hatte ich das Schreiben sehr vernachlässigt. Bo hatte meine Gedanken dermaßen beherrscht, dass keine Energie für mein ursprüngliches Projekt geblieben war. Doch nun hatte sie mir die perfekte Geschichte auf dem Silbertablett serviert.

8

BO

Als ich am nächsten Morgen nach Woodstock fuhr, spielte ich den Vorschlag meiner Agentin im Kopf durch. Die Idee war wirklich genial: Ich würde einen sensationellen Thriller über eine berühmte Frau schreiben, die von einer jungen Stalkerin verfolgt wurde; einer jungen Frau, die ein gestörtes Verhältnis zu ihrer Sexualität und zu ihrer Mutter hatte. Allerdings sorgte ich mich ein wenig, was aus den schriftstellerischen Ambitionen von Alice geworden war. Möglicherweise hatte ich ihr unbeabsichtigt den idealen Stoff geliefert, um sich als Autorin weiterzuentwickeln und ein brillantes Debüt abzuliefern: einen sensationellen Racheroman. Wenn ich diejenige sein wollte, die den Stoff zuerst verwertete, musste ich schnell sein. Aber immerhin hatte ich Vorteile, von denen Alice nur träumen konnte: Ich war berühmt, hatte eine Agentin und eine treue Fangemeinde. Alice dagegen würde Jahre brauchen, um sich als Schriftstellerin einen Namen zu machen.

Ich erreichte Woodstock und parkte an der Dorfkirche. Von dort aus musste ich noch eine Meile zu Fuß gehen, um zum Wohnwagen meiner Mutter zu gelangen. Doch ich genoss den Spaziergang. Es war ein außergewöhnlich milder Novembertag, selbst für diese Gegend. Wildrosen blühten in den Auen am Fluss, und die Sonne sorgte für frühlingshafte Temperaturen. Die Nachrichten machten *El Niño* dafür verantwortlich, aber Gus beharrte darauf, dass es am Klimawandel lag und wir am Anfang einer weltweiten Katastrophe standen.

Nach etwa einer halben Meile ging der Fußweg am Fluss in einen schmalen Pfad über, der durch einen Buchenwald führte. Eine Brise wirbelte das tote Laub am Boden auf, und es raschelte laut, viel lauter als die Blätter, die noch an den Zweigen hingen. Ich ging weiter, bis ich eine morsche Brücke erreichte, die über ein Rinnsal zu einer Lichtung führte. Dort stand der Wohnwagen meiner Mutter, neben zwei baufälligen Holzhütten. Alles wirkte alt und marode, aber die Kulisse war sehr idyllisch. Am Rande der Lichtung, neben einem Birkenwäldchen, lag ein Fuchs und gähnte. Schade, dass ich meine Kamera nicht dabeihatte.

Meine Mutter hauste schon seit über zwei Jahren dort. So lange hatte sie es noch nirgendwo ausgehalten.

Ich stieg das Treppchen hoch und klopfte an die Tür ihres Wohnwagens. Während ich wartete, strich ich mir durchs Haar. Ich wusste, dass ich gut aussah. Ich trug teure Jeans, einen türkisfarbenen Kaschmirpulli und einen eleganten Mantel. Allein durch dieses Outfit konnte ich meiner Mutter signalisieren, dass ich sie weit hinter mir gelassen hatte. Das war eine viel wirkungsvollere Rache, als sie einfach aus meinem Leben zu verbannen. Nein, meine Strategie bestand darin, meiner Mutter immer wieder gegenüberzutreten und ihr durch die Blume zu sagen: »Schau, was aus mir geworden ist. Schau, wie klug, talentiert und reich ich bin. Und dann schau dich selbst an. Und glaub bloß nicht, dass ich dir jemals helfen werde, egal, wie hungrig du bist, wie kalt dir ist, wie sehr du auch bettelst. Von mir wirst du nie auch nur einen Penny bekommen.«

Das verschaffte mir ein Gefühl tiefer Genugtuung.

Die Wohnwagentür öffnete sich, und meine Mutter stand da. Sie wirkte mager, fast schon unterernährt. Ihr Gesicht sah alt und verhärmt aus.

Wir umarmten uns nicht und küssten einander auch nicht zur Begrüßung. Meine Mutter öffnete die Tür noch ein Stück weiter und trat zurück. Mehr hatte ich als Willkommensgeste nicht zu erwarten.

Drinnen war es eng, obwohl es nur zwei Bänke und einen kleinen Tisch gab.

Meine Mutter fischte eine Bierdose aus einem Wassereimer und bot sie mir an. Ich schüttelte den Kopf.

»Hab nichts anderes«, sagte meine Mutter.

»Schon gut. Ich bleibe sowieso nicht lang. Darf ich mich setzen?«

»Wenn du willst.«

Ich setzte mich.

Meine Mutter nahm gegenüber Platz und öffnete eine Bierdose. »Was führt dich denn hierher?«

»Ich hatte in London zu tun. Ein Termin mit meiner Agentin wegen meines nächsten Romans.«

»Aha. Und was erwartet uns diesmal? Wieder ein Haufen intellektueller Scheiße, die niemand kapiert, so wie letztes Mal?«

»Ich wusste gar nicht, dass du mein letztes Buch gelesen hast.«

»Hab ich auch nicht. Nur die ersten fünfzig Seiten, weiter bin ich nicht gekommen. Niemand will so was lesen, Bo. Gedichte schreibende Geschwister, die in den Bergen rumklettern und sich ineinander verlieben. Das ist grauenhaft. Schreib doch mal was Romantisches, Herrgott. Was zum Schmökern, vorm Schlafengehen.«

»Mein nächster Roman wird ein Thriller über meine Stalking-Erfahrungen.«

»Willst du etwa über diesen armen jungen Kerl schreiben?«

»Nein. Über eine Frau.«

»Was? Du wirst von einer Frau gestalkt?«

Ich zuckte mit den Schultern.

»Wie kommt es nur, dass du ständig gestalkt wirst?«

»Ich bin eben berühmt.«

»Du bist doch bloß Schriftstellerin. Kein Popsternchen oder Hollywoodstar.«

»Für manche Leute aber schon.«

»Und was wollen diese Stalker von dir? Geld?«

»Sie wollen, dass ich sie liebe.«

»Was für Idioten.«

»Aber ich bin aus einem anderen Grund hier.«

»Ja. Ich weiß. Wegen dem Baby.«

»Genau.«

»Ich hab schon seit Jahren nichts mehr von denen gehört.«

»Wann war denn das letzte Mal?«

»Das muss fünfzehn oder zwanzig Jahre her sein.«

Enttäuschung stieg in mir hoch. »Kannst du dich noch daran erinnern, wie sie hießen?«

»Ja. Die Mutter nannte sich Rosa Ferris, und der Vater hieß Will.«

»Ich könnte ihnen also einen Besuch abstatten?«

»Ja, das könntest du, aber warum in aller Welt willst du diese alte Geschichte wieder aufwärmen. Das Mädchen ist tot, Bo. Erinnerst du dich nicht mehr?«

»Was?«

»Ich hab es dir doch damals schon erzählt. Die Kleine war krank, als sie sie mitgenommen haben. Du hast sie ja nie gefüttert, weißt du nicht mehr? Sie haben alles versucht, aber das arme Ding war so unterernährt, dass es nicht einmal an der Flasche saugen konnte. Sie hätten sofort mit ihr zum Arzt gehen sollen, aber sie hatten Angst, dass das Sozialamt sie ihnen wegnimmt. Und als sie es dann doch taten, war es zu spät.«

Da waren sie wieder. Die Schläge meiner Mutter. Sie drosch so auf mich ein, dass mir die Luft wegblieb.

Nach einer Weile sagte ich: »Das hast du mir nie erzählt. Daran hätte ich mich erinnert.«

Meine Mutter wischte den Vorwurf einfach weg. »Vielleicht hab ich's dir tatsächlich nicht erzählt. Das ist schon so lange her, Bo. Das Kind kam zur Welt. Dann ist es gestorben. Du hast doch jetzt zwei andere Kinder. Was spielt es da noch für eine Rolle, was mit dem ersten passiert ist?«

Ich atmete ein paarmal tief durch, um mich zu beruhigen. Dann stand ich auf. »Du hast recht, Mum. Danke. Danke, dass du es mir noch mal gesagt hast. Ich muss es wohl vergessen haben. Es spielt wirklich keine Rolle. Ich wollte das Kind schließlich nie haben. Ich war ja noch nicht einmal … Du weißt schon. Wenn ich die Wahl gehabt hätte, wäre es nie gezeugt worden.«

»Jetzt fang nicht schon wieder damit an. Wir waren pleite. Wir brauchten Geld. Und das war eben der einfachste Weg, an Geld zu kommen. Du wärst sonst auf der Straße gelandet.«

»Ja, das sagtest du.«

»Viele Mädchen verkaufen sich für Geld.«

»Ja, sicher.«

»Ich hätt's auch getan, wenn ich hübsch genug gewesen wäre. Würd's auch jetzt noch tun. Ich bin bettelarm, Bo. Wenn ich auch nur die geringste Chance hätte, 'nen Zehner zu verdienen, indem ich die Beine für 'nen Kerl breit mache, ich würd's auf der Stelle tun.«

Ich verpasste meiner Mutter eine schallende Ohrfeige.

Dann ging ich.

9

ALICE

»So ein Miststück.«

Anna war am anderen Ende der Leitung und nahm wie üblich kein Blatt vor den Mund. Im Gegensatz zu mir war sie außerdem daran gewöhnt, das Schlechte im Menschen zu sehen. Immerhin war sie seit zwölf Jahren bei der Polizei. Für sie waren Menschen Abschaum, und man versuchte besser gar nicht erst, irgendetwas Gutes an ihnen zu finden, das trieb einen nur in den Wahnsinn. Wenn Bo sich wie ein Miststück benahm, dann war sie auch eins. Punkt.

»Nimm sie bloß nicht in Schutz«, sagte Anna. »Das erleben wir ständig. Das ist typisch für Frauen, die misshandelt wurden. Vergiss es. Sie scheint eine Narzisstin zu sein.«

»Eine was?«

»Eine Narzisstin. Eine Psychopathin. Das sind Menschen ohne Gewissen. Sie suchen sich ein labiles Opfer, bezirzen es, und dann machen sie es so lange fertig, bis es am Boden zerstört ist. Aber zu allen anderen sind sie normalerweise sehr nett. Deshalb glaubt niemand dem Opfer, und das Opfer wird wahnsinnig.«

»Aha«, sagte ich.

»Am besten verbannst du diese Frau so schnell wie möglich aus deinem Leben.«

»Soll das die Lösung sein?«

»Was willst du denn erreichen? Jetzt erzähl mir bloß nicht, dass du noch immer scharf auf sie bist.«

»Nein.«

»Was willst du dann? Rache?«

»Ja, manchmal schon«, gab ich zu. »Ich will, dass sie genauso leidet wie ich. Aber das wäre unter meiner Würde.«

»Und was ist dir wichtiger? Edelmut oder Rache?«

Ich dachte darüber nach. »Rache«, sagte ich. »Wenn ich mich auf eine Weise rächen könnte, die mir keinen Ärger einhandelt. Aber es müsste schon was Besseres sein als eine Stinkbombe in ihrem Briefkasten.«

»Hm. Hast du ihre E-Mails eigentlich noch?«

»Nein. Sie wollte, dass ich sie lösche, also hab ich sie gelöscht.«

»Hast du ihre E-Mails immer an deinem Computer gelesen?«

»Meistens auf dem iPad. Und auf dem Handy. Als sie mir vorschlug, hierherzuziehen, hat sie mir SMS geschickt.«

»Die kannst du wiederherstellen lassen. Das kostet zwar Geld, ist aber problemlos möglich.«

»Und was dann? Soll ich sie ihrem Mann schicken?«

»Genau. Und was diese Stellungnahme angeht, die sie bei der Polizei abgegeben hat: Hat sie darin irgendetwas behauptet, das auf jeden Fall gelogen war? Also nicht einfach nur eine Verdrehung der Tatsachen, sondern eine richtige Lüge?«

»Ja. Sie behauptete, ich hätte sie mit fünf anonymen Anrufen belästigt. Angeblich ging ihr Mann ans Telefon, als die kamen. So ein Bullshit. Ich hätte ihn nur zu gern dazu gebracht, der Polizei die Wahrheit zu sagen.«

»Meine Güte, Alice. Du bist wirklich naiv.«

»Wieso?«

»Glaubst du im Ernst, sie würde nur behaupten, dass es diese Anrufe gegeben hat? Natürlich hat es sie wirklich gegeben. Sie hat sie selbst fingiert. Sie denkt an alles.«

Mir wurde mulmig bei der Vorstellung, dass jemand ernsthaft imstande sein könnte, so berechnend und manipulativ vorzugehen. Und dann auch noch Bo, der ich ein solches Verhalten niemals zugetraut hatte … Aber das hatte ich schon viel zu oft gedacht.

»Was soll ich machen?«, fragte ich.

»Hast du ihre Nummer?«

»Ja.«

»Dann lass sie zurückverfolgen.«

»Und wie?«

»Du könntest die Polizei darum bitten, aber das würde wahrscheinlich nichts bringen. Du hast die Verwarnung akzeptiert, also im Grunde zugegeben, dass du das, was man dir vorgeworfen hat, tatsächlich getan hast. Die Polizei wird deshalb kaum bereit sein, Zeit und Ressourcen auf die Rückverfolgung der Telefonnummer zu verschwenden. Aber du könntest einen Privatdetektiv engagieren. Das würde dich allerdings etwas kosten.«

Wehr dich, dachte ich. Hör auf, passiv und schwach zu sein. Schlag zurück.

»Kannst du das nicht machen?«, fragte ich.

»Ich würde meinen Job verlieren, wenn es herauskäme.«

»Verstehe. Was verlangt ein Privatdetektiv denn so?«

»Das weiß ich nicht genau. Einen Anruf zurückzuverfolgen kostet wahrscheinlich ein paar Hundert Pfund.«

»Verdammt.«

»Sieh es mal so. Dieser ganze Wahnsinn hat dich schon mehrere Tausend Pfund gekostet. Da kommt es auf ein paar Hundert Pfund auch nicht mehr an, oder? Außerdem kriegst du wahrscheinlich einen Teil davon zurück, wenn du beweisen kannst, dass sie dir etwas anhängen wollte.«

»So viel Geld hab ich aber nicht.«

»Aber du hast doch eine Kreditkarte, oder?«

»Ja.«

»Na also. Hör mal, du solltest wirklich alles versuchen, um diese Verwarnung wieder loszuwerden. Eine Verwarnung ist zwar nicht so schlimm wie eine Verurteilung, aber gut ist sie nicht. Du solltest alles daransetzen, dieses Miststück zu überführen. Wenn der Privatdetektiv die Infos besorgt hat, kannst du sie mir schicken, dann werde ich mich dafür einsetzen, dass die örtliche Polizei in der Sache ermittelt.«

»Na gut. Ich versuch's.«

»Versuch's wirklich, hörst du? Such dir gleich nach unserem

Gespräch drei Privatdetektive im Internet und frag sie per E-Mail, was sie für die Rückverfolgung einer Telefonnummer haben wollen.«

»Alles klar.«

Nachdem wir uns voneinander verabschiedet hatten, setzte ich Annas Vorschlag sofort in die Tat um.

Ich hatte sie angerufen, weil ich ihren Rat brauchte. Mitgefühl war zwar nicht ihre Stärke, aber sie kannte sich mit Gesetzen aus und wusste, wie die Polizei arbeitete. Genau das konnte mir nun helfen. Ich erzählte ihr alles: von meinem Umzug nach Grasmere, von der Polizei, der Verwarnung, dem Geschenkkorb vor meiner Tür. »So ein Miststück«, lautete Annas nüchternes, schnörkelloses Fazit. Bo war böse. Punkt. Ihr Verhalten war nicht zu entschuldigen. Ihre liebevolle, fürsorgliche Art war nur eine Maske gewesen, und diese Maske war gefallen.

»Du hättest die Verwarnung niemals akzeptieren sollen«, hatte Anna außerdem gesagt. Sie mochte recht haben, aber in dieser Situation war ich einfach überfordert gewesen. Die Polizei hatte mir gedroht, mich ansonsten festzunehmen, und ich hatte einfach nur noch meine Ruhe haben wollen.

Doch das Gespräch mit Anna hellte meine Stimmung trotzdem ein wenig auf. Bo Luxton konnte mich mal kreuzweise mit ihrem Gerede, dass es mir guttun würde, durch die Natur zu spazieren und mich selbst zu bemuttern. Nein. Rache würde mir guttun. Und das Gefühl, dass irgendwann die Gerechtigkeit siegte.

* * *

Lucas Robinson, Privatdetektiv
24b Lancaster Road, Manchester, M1

Liebe Alice Dark,

im Anschluss an unser Telefonat freue ich mich, Ihnen mitzuteilen, was sich bei der Rückverfolgung der Anrufe ergeben hat, die im Zeitraum von Samstag, 12. September, ab 20:00 Uhr bis Sonntag, 13. September, um 2:00 Uhr bei der Rufnummer 01539 472018 (Festnetzanschluss von Mrs Bo Luxton & Mr Augustus Hartley, The Riddlepit, Grasmere, Cumbria) eingegangen sind.

In diesem Zeitraum sind insgesamt fünf Anrufe eingegangen, und alle fünf wurden auf eine Mobilfunknummer zurückverfolgt, die auf den Namen von Mrs Bo Luxton angemeldet ist.

Falls Sie weitere Unterstützung benötigen, stehe ich Ihnen gern zur Verfügung.

Mit freundlichen Grüßen

Lucas Robinson
Privatdetektiv

Ich schob eine Kopie des Briefes in einen großen Umschlag, zusammen mit Kopien aller wiederhergestellten E-Mails und SMS-Nachrichten von Bo. Dann klebte ich den Umschlag zu und schrieb »Mr Augustus Hartley« darauf. Mir schlug das Herz bis zum Hals. Noch nie in meinem Leben hatte ich absichtlich etwas so Destruktives getan. Aber Bo hatte es verdient. Ich hatte keinerlei Gewissensbisse.

Auf die Post wollte ich mich nicht verlassen. Stattdessen wartete ich, bis Bo die Mädels zur Schule brachte, wanderte zu ihrem Haus und warf den Umschlag in ihren Briefkasten an der Auffahrt. Um zu vermeiden, dass ich Bo auf dem Rückweg begegnete, wanderte ich weiter bis Glendridding und fuhr dann mit dem Bus nach Hause.

In ein paar Tagen wollte ich zurück nach Brighton ziehen. Ich hatte Jake eine verlegene E-Mail geschickt und ihm kleinlaut berichtet, was passiert war. »Und jetzt sitze ich hier in Grasmere fest«, hatte ich am Schluss geschrieben. »Ich bin total pleite. Am liebsten würde ich sofort nach Brighton zurückkehren, mit meinem Masterstudium anfangen und so tun, als wäre das alles nie passiert. Steht dein Übernachtungsangebot noch? Wenn ja, würde ich es liebend gern annehmen und auf deinem Fußboden schlafen, bis ich mich wieder gefangen habe.«

Er hatte natürlich sofort geantwortet und Ja gesagt.

Alles war in die Wege geleitet. Ich würde ein Darlehen für die Studiengebühren aufnehmen, mir irgendwo ein billiges WG-Zimmer suchen und mein Studium mit einem veröffentlichungsreifen Roman abschließen.

Ich hatte bereits angefangen, ihn zu schreiben. Der Titel stand auch schon fest: *Sie liebt mich. Sie liebt mich nicht.*

10

BO

Die Kleine war schon seit fünfundzwanzig Jahren tot. In all der Zeit hatte ich mir vorgestellt, wie sie heranwuchs, wie sie aussah, welche Begabungen, Stärken und Schwächen sie zeigte. Dabei hatte sie die ganze Zeit tot unter der Erde gelegen. Ihr winziger Körper war längst verwest.

Ich war wütend auf mich selbst, weil ich mir das Ganze so zu Herzen nahm. Dabei gab es doch gar keinen Grund dafür. Ich hatte die Kleine schließlich kaum gekannt, hatte nur vier Tage mit ihr verbracht und mir ständig gewünscht, jemand würde sie fortbringen. Ihr kurzes Leben hatte von Anfang an unter keinem guten Stern gestanden. Ich hätte sie niemals aufziehen können.

Aber der Gedanke, dass sie trotz der schrecklichen Umstände ihrer Geburt ein gutes Leben führte, hatte mir Trost gespendet. In meinen Träumen war sie ein wunderschönes Kind. Manchmal verdrängte ich die traurige Wahrheit, dass ich niemals imstande gewesen wäre, mich um dieses Baby zu kümmern, und stellte mir stattdessen vor, ich hätte es behalten. Ich stellte mir vor, dass wir ein gutes, schönes Leben hatten, dass ich als Fünfzehnjährige mit dem Baby davonlief und uns irgendwo im Wald ein Nest baute. Dort lebten wir, ganz auf uns allein gestellt, und ernährten uns von dem, was die Erde uns schenkte. Es war ein einfaches, von Armut gezeichnetes Leben, aber das war egal, denn wir hatten einander lieb. Ich nannte die Kleine Willow und liebte sie so sehr, dass sie für immer bei mir blieb. Wir waren das perfekte Paar.

Aber die Realität sah anders aus. Die Kleine war tot, und ihr Verlust tat weh.

Dieser Schmerz war neu und schrecklich für mich. Vor langer Zeit war mein Herz so schwer verwundet worden, dass ich es tief in meinem Innern verschlossen hatte, um nie wieder

Schmerz zu empfinden. Und dann war diese verfluchte Alice gekommen. Sie war in mein Innerstes eingedrungen und hatte mein Herz wieder geöffnet. Sie hatte mich schwach und verwundbar gemacht.

Und trotzdem verzehrte ich mich weiterhin nach ihr. Ich überlegte, zu ihr zu gehen und ihr die ganze entsetzliche Geschichte zu erzählen, damit sie mich besser verstand. Wenn ich sie unter Tränen um Verzeihung bat, würde Alice mich zurücknehmen. Wenn ich sie anflehte, konnte ich unsere einzigartige Liebe sicher wieder zum Leben erwecken. Und dann konnten wir sie in Romanen und Gedichten verewigen und die ganze Welt daran teilhaben lassen.

Es konnte ein Happy End für uns geben. Wir mussten es nur zulassen.

Und Alice würde es sicher zulassen. Einmal hatte sie mir von ihrer schrecklichen Neigung erzählt, Männern, die sie misshandelt hatten, zu verzeihen und eine zweite Chance zu gewähren. Das ergebe keinen Sinn, meinte sie. Sie sei eine intelligente, gebildete Frau, aber wenn es um das ganz normale Leben ginge, sei sie furchtbar dumm. »Das ist überhaupt nicht dumm«, hatte ich erwidert. »Leute, die schlimm verletzt wurden, glauben, dass es nur einen einzigen Menschen gibt, der dafür sorgen kann, dass es ihnen wieder besser geht – nämlich der Mensch, der sie verletzt hat. Also kehren sie immer wieder zu diesem Menschen zurück. Und zuerst sorgt dieser Mensch dann auch dafür, dass es ihnen wieder besser geht, aber dann verletzt er sie erneut, und so geht es immer weiter.« Alice hatte mich angestarrt, als hätte ich ihr soeben die Wahrheit über den Schmerz der ganzen Welt verraten.

Ich sehnte mich zutiefst danach, dass Alice den neuen, schrecklichen Schmerz, den ich nun verspürte, linderte. Alice. Die wunderbare Alice. Mein geliebtes, verlorenes Kind.

Ich verließ die M6 und fuhr weiter nach Windermere, dann durch Ambleside bis nach Grasmere. Selbst um diese Jahreszeit wimmelte es von Touristen. Diese Idioten verbrachten ihren ganzen Urlaub damit, im Tal zu bleiben und von dort aus die Schönheit der Berge zu bewundern. Dabei bot sich weiter oben ein viel schönerer Anblick. Aber dazu hätten sie sich ja anstrengen müssen.

Ich fuhr langsam an der Bäckerei vorbei, über der sich Alice' Wohnung befand. Noch immer konnte ich kein Lebenszeichen hinter dem Fenster entdecken. Vielleicht war sie nicht da. Vielleicht hatte sie Grasmere nach der Sache mit der Polizei tatsächlich verlassen.

Ich stellte den Wagen im Dorfzentrum ab, stieg aus, ging zu ihrer Wohnung zurück und starrte zehn Minuten lang auf ihr Fenster. Nichts. Ich ließ den Blick zu der Steintreppe wandern, die zu ihrer Wohnungstür führte, und überlegte, ob ich hinaufgehen sollte. Wie würde Alice mich empfangen? Würde sie sich freuen und mich umarmen? Würde sie in Tränen ausbrechen und mich mit Vorwürfen überhäufen? Oder würde sie mir eine Ohrfeige geben und mich zum Teufel jagen?

So, wie ich Alice kannte, würde sie alles auf einmal tun.

Ich seufzte und ging zum Auto zurück. Ich war noch nicht bereit, sie zu sehen und mit all ihren anstrengenden Gefühlen konfrontiert zu werden.

Ich verließ das Dorfzentrum und fuhr die holprige Piste hoch, die mich zurück zu den Mädchen führte. Nach Hause. Ich war jedes Mal froh, wieder heimzukommen; dort war es warm, gemütlich und ruhig. Manche hätten es als langweilig bezeichnet, doch das war mir egal. Lieber Langeweile als Aufregung. Aufregung war nichts für mich.

Doch schon beim Betreten des Hauses spürte ich, dass sich etwas verändert hatte. Unheil lag in der Luft.

Mit den Mädchen war alles wie immer. Sie rannten mir entgegen, umarmten mich stürmisch, fragten, wie es Oma ginge und was ich ihnen aus London mitgebracht hätte.

Ich fischte die Kinderbücher aus der Tasche, die ich in einem

Antiquariat auf der Charing Cross Road für sie gekauft hatte; *Hörst du, es ist ganz nah* für Lola und *Erstaunliche Grace* für Maggie. Sie nahmen sie und taten mir immerhin den Gefallen, sie kurz zu betrachten, bevor sie sie auf den Boden warfen und wieder davonstürmten, um weiterzuspielen. In der vorangegangenen Woche hatte Maggie mich ernst angesehen und gesagt: »Mummy, du findest Bücher und Lesen vielleicht toll – ich aber nicht.« Die Botschaft war deutlich: Auch wenn ich dein Kind bin, bin ich deswegen noch lange nicht wie du. Ich wollte es trotzdem nicht wahrhaben.

Gus ließ sich nicht blicken, um mir Hallo zu sagen. Ich schleppte die Tasche in die Küche und stellte sie dort ab. Gus saß wie üblich in seinem Schaukelstuhl, trank Tee und las dabei. Als ich hereinkam, schaute er nicht auf.

Ich füllte Wasser in die Kaffeemaschine. Er würdigte mich noch immer keines Blickes. Er hatte sich offenbar fest vorgenommen, mich zu ignorieren.

Also baute ich mich vor ihm auf und sagte: »Hallo, Gus.«

Langsam hob er den Kopf. Er lächelte nicht und sah mich nur stumm an. Sein Blick war so zornig, dass es mir die Sprache verschlug. Ich wandte mich wieder der Kaffeemaschine zu. Was war nur los mit ihm?

Da fiel mein Blick auf einen großen, dicken braunen Umschlag, der auf dem Tisch lag. Er war offen, ein Stapel Papier lugte hervor. Und obenauf lag ein Brief, als wäre er extra für mich dort drapiert worden. Er stammte von einem Privatdetektiv.

Ich nahm ihn. Und als ich ihn las, begriff ich, dass mein Leben im Begriff war, auseinanderzubrechen.

Schließlich brach Gus sein Schweigen. »Hast du eine Erklärung dafür?«, fragte er und deutete auf den Umschlag.

Ich schüttelte den Kopf. »Ich habe keine Ahnung, was das ist«, sagte ich.

Er stand auf, ging langsam zum Tisch herüber und zog die

Dokumente aus dem Umschlag. »Dann helfe ich deiner Erinnerung mal auf die Sprünge«, sagte er und begann vorzulesen. »Gus fährt nächsten Dienstag für drei Tage weg. Komm zu Besuch. Bitte. Du fehlst mir.«

Er legte das Blatt beiseite und nahm sich das nächste: »Schlaf gut, Schätzchen. Stelle mir gerade vor, wie du in deinem Bett liegst, und hoffe, du träumst was Schönes. Hab dich lieb.«

Er blätterte weiter. »Aber hier kommt das Beste, Bo. Der absolute Hammer. ›Ich hätte einen Vorschlag. Ich weiß, du hast dich gerade erst in deiner neuen Wohnung eingerichtet, und es ist bestimmt zu viel verlangt, aber wie wäre es, wenn du nach Grasmere ziehst? Im Dorf gibt es viele freie Unterkünfte, und Arbeit würdest du bestimmt auch finden. Ich könnte dir finanziell unter die Arme greifen, wenn du Hilfe brauchst …‹ Den Rest spare ich mir lieber.«

Er sah mich an. »Was hat das alles zu bedeuten?«

Ich tat, was ich immer tat, wenn ich mich – was sehr selten geschah – in die Ecke gedrängt fühlte. Ich brach in Tränen aus und fing an zu jammern. »Ich weiß es nicht! Ich weiß nicht, warum sie das macht! Diese Nachrichten sind nicht von mir, Gus. Ich war das nicht. Sie steckt dahinter! Sie ist böse!«

»Ist sie so böse wie der junge Mann, der dich vor fünf Jahren gestalkt hat?«

»Hör auf, Gus!«, rief ich. »Ich ertrage es nicht, daran erinnert zu werden!«

»Ach, wirklich? Tja, Bo, dann musst du jetzt wirklich stark sein, denn ich werde von ihm reden!«

Ich hielt mir die Ohren zu, doch Gus' Stimme drang unbarmherzig zu mir durch.

»Du weißt doch noch, wie er hieß, oder? Christian. Einer deiner Studenten, der sich in dich verliebte und dich nicht in Ruhe lassen wollte. Erinnerst du dich? Er hat dich so hartnäckig gestalkt, dass wir zusammen zur Polizei gingen, und einen Tag später war er tot. Weißt du noch?«

»Hör auf!«

»Nein, du hörst jetzt zu! Weißt du noch, dass er sich umbrachte, weil er dachte, er sei verrückt? Er dachte, er sei verrückt, weil du ihm eingeredet hast, dass er sich eure Affäre nur einbildet! Ich weiß nicht, wie du es geschafft hast, aber irgendwie hast du ihn tatsächlich dazu gebracht, an seinem Verstand zu zweifeln! Weißt du noch, Bo?«

Ich schwieg.

»Ich jedenfalls weiß es noch genau. Ich kann mich noch sehr gut daran erinnern, wie du geheult und gejammert hast – dass du nicht wolltest, dass er sich umbringt, sondern nur, dass er dich in Ruhe lässt. Und alle haben dir geglaubt und dich bemitleidet. Was war damals eigentlich wirklich los, Bo? Wärest du wohl so nett, es mir zu erzählen?«

»Es war genauso, wie ich damals gesagt habe!«, schluchzte ich. »Hör auf, Gus! Wie kannst du nur so grausam sein!«

Gus starrte mich voller Verachtung an. Dann sagte er: »Du kannst gar nicht anders, oder? Du bösartiges, verlogenes Miststück.«

»Ich habe nicht gelogen!«

»Und was zum Teufel ist das hier?«, schrie er.

»Ich weiß es nicht! Das muss das Werk von Alice sein! Sie ist böse. Sie hat das alles fingiert.«

Gus hielt mir den Brief des Privatdetektivs unter die Nase. »Ach ja? Und was ist das hier?«

Ich begann, nach Luft zu ringen, als würde ich vor Schreck hyperventilieren. »Ich weiß es nicht, Gus! Ich habe keine Ahnung! Sie will mich anscheinend hereinlegen.«

»Kein Wunder, so übel, wie du ihr mitgespielt hast! Kein Wunder, dass sie Geld von dir gefordert hat.«

»Warum glaubst du mir nicht, Gus? Du bist doch mein Mann. Warum bist du nicht auf meiner Seite?«

»Weil ich es allmählich satthabe, auf deiner Seite zu sein, Bo. Ich hatte von Anfang an das Gefühl, dass an der ganzen Sache etwas faul war. Zwei Stalker, so kurz hintereinander, das kann einfach nicht sein. Du hast das alles inszeniert, Bo. Du hast dafür gesorgt, dass Alice dir verfällt, und dann hast du sie reingelegt. Ich habe keine Ahnung, warum du das getan hast, und ehrlich gesagt will ich es auch gar nicht wissen. Ich weiß nur eins: Du musst ihr das Geld, das sie deinetwegen ausgegeben hat, zurückzahlen, und du musst der Polizei die Wahrheit sagen.«

»Die Polizei kennt die Wahrheit.«

»Ich werde nicht weiter mit dir darüber diskutieren, Bo. Entweder du machst, was ich dir sage, oder ich mache es an deiner Stelle.«

»Du willst mich erpressen? Du Mistkerl.«

»Allerdings. Und außerdem verlasse ich dich.«

»Was?«

»Du bist ein Monster, Bo Luxton, und ich habe nicht die Absicht, mein Leben weiterhin mit dir zu teilen.«

»Das musst du aber.«

»Nein, das muss ich nicht. Wir haben uns schon seit Jahren nichts mehr zu sagen, und jetzt ist es vorbei. Endgültig. Ich will dich nicht mehr zur Frau haben.«

Er ging hinaus.

Ich stand in der Küche und weinte.

11

ALICE

Bo beobachtete mich. Schon dreimal war sie in ihrem Dufflecoat vor meiner Wohnung aufgetaucht. Ich hatte sie sofort erkannt. Ich hätte sie überall erkannt: an ihrer Größe, ihren Schultern, ihrer Art zu gehen. Selbst jetzt noch, nach allem, was passiert war, stockte mir bei ihrem Anblick immer noch der Atem.

Ich bemühte mich wirklich, sie zu hassen. Es hätte mir leichtfallen sollen, und dennoch kam es vor, dass ich nachts weinend im Bett lag und ihren Verlust betrauerte. Manchmal hätte ich alles getan, um sie zurückzubekommen – die Frau, in die ich mich verliebt hatte, nicht die kaltherzige, manipulative Lügnerin.

»Solche Leute suchen sich gezielt verletzliche Menschen aus«, hatte Anna gesagt. »Sie verstellen sich, doch irgendwann kommt ihr wahres Ich zum Vorschein.« Anna war überzeugt, dass Bo mich nie wirklich geliebt, sondern die ganze Zeit nur so getan hatte. Aber ich wollte das einfach nicht wahrhaben. Niemand konnte so tiefe Gefühle vortäuschen, das war unmöglich. Bos Kehrtwende musste einen triftigen Grund haben; bestimmt hatte ihre schwere Kindheit damit zu tun.

»So solltest du nicht denken, Alice«, hatte Anna mich gewarnt.

Und ich bemühte mich, auf sie zu hören.

Ich konzentrierte mich auf meine Rückkehr nach Brighton. In der kommenden Woche hatte ich einige Besichtigungstermine für WG-Zimmer. Ich brauchte Leute um mich herum, damit mir nicht die Decke auf den Kopf fiel. Ich konnte mir zwar nur ein schäbiges Zimmer in einer miesen Gegend leisten, aber das war mir egal.

Ich schaute auf den Bildschirm meines Laptops. *Sie liebt*

mich. Sie liebt mich nicht. Das Buch floss mir nur so aus den Fingern. Ich hatte schon zehntausend Wörter geschrieben.

Bestimmt hatte Bo mich überall schlechtgemacht. Sie wollte nicht nur der Polizei, sondern auch dem gesamten Literaturbetrieb weismachen, dass Alice Dark eine verrückte Stalkerin war.

Aber Alice Dark war keine verrückte Stalkerin. Alice Dark war bei klarem Verstand und wusste sich zu wehren. Sie würde einen Verlag finden, der ihre Geschichte veröffentlichte. Und Bo Luxton, die berühmte und beliebte Bestsellerautorin, würde im Abseits landen. Das verdammte Miststück.

12

BO

Gus hatte die Scheidung eingereicht. Unser Haus wurde schon zum Verkauf angeboten. Ich war fest entschlossen, das Ganze nüchtern zu betrachten. Es gab einiges zu regeln. Vor allem das Sorgerecht für die Mädchen und finanzielle Angelegenheiten. Ich würde mehr Geld brauchen. Wie es aussah, stand mir die Hälfte unseres Vermögens zu. Nur die Hälfte. Obwohl ich in den vergangenen fünfzehn Jahren weitaus mehr als er verdient und alle Ausgaben für die Kinder allein bestritten hatte, von den Schulgebühren bis zu den Geburtstagspartys. Gus' Beitrag zu unserem Familienleben hatte sich auf das gelegentliche Füttern der Katze beschränkt, wenn sie ihm zu sehr auf die Nerven ging.

Ich war keine Frau, die verlassen wurde. Oh nein. Er war derjenige, der verlassen wurde, von mir. Das würde er noch merken.

»Hast du meine Schlüssel gesehen?«, fragte er, als er ohne anzuklopfen in mein Arbeitszimmer platzte und dabei eine Wasserflasche umwarf.

»Nein.«

»Ich habe sie wie immer auf die Kommode gelegt, aber sie sind verschwunden.«

»Bei mir sind sie nicht.«

Er verzog sich wieder.

Wir waren übereingekommen, den Mädchen am Nachmittag mitzuteilen, dass wir uns trennen wollten. Ich hatte es ihnen eigentlich allein sagen wollen, aber Gus hatte darauf bestanden, dass wir es zusammen taten. »Sie müssen das von uns beiden hören, damit sie begreifen, dass es tatsächlich passiert, dass wir es gemeinsam beschlossen haben und dass ihr Leben dadurch nicht zerstört wird. Das ist sehr wichtig.«

Er traute mir wohl nicht. Wahrscheinlich fürchtete er, ich würde ihnen erzählen, dass er an allem schuld sei, weil er eine

Affäre hatte und ein alter Mistkerl war. Aber Letzteres würden sie schon bald genug selbst herausfinden.

Ich hörte, wie er auf der Suche nach seinen verschollenen Schlüsseln durchs Haus stapfte.

Ich verbrachte zwei weitere Stunden am Schreibtisch, um den Plot für meinen Roman *Stalking* zu skizzieren. Ich musste unbedingt sicherstellen, dass meine Version der Geschichte die einzige war, die veröffentlicht wurde, oder zumindest die erste. Alice durfte mir auf keinen Fall zuvorkommen, sonst war ich geliefert.

* * *

Dummerweise schaffte Gus es nicht zu seinem Termin. Er konnte seine Schlüssel nicht finden, und ich war nicht bereit, ihm mein Auto zu leihen oder ihn zu chauffieren. Wenn er die Scheidung einreichen wollte, musste er natürlich auch lernen, ohne mich klarzukommen.

Als ich mit der Plot-Skizze fertig war, teilte ich der Stiftung für junge Autorinnen und Autoren per E-Mail mit, dass ich im kommenden Jahr wieder für Seminare zur Verfügung stand. Das Unterrichten war zwar eine Qual, doch es brachte mir 1000 Pfund ein; eine Summe, die unter den gegenwärtigen Umständen nicht zu verachten war.

Nachmittags riefen wir die Mädchen zu uns ins Wohnzimmer. Wenn wir es ihnen gesagt hatten, wollte ich mit ihnen nach Lancaster zum Grand Theatre fahren, um *Cinderella* anzuschauen, damit sie merkten, dass das Leben trotzdem schön blieb und sich eigentlich kaum etwas änderte. Statt mit Gus und mir zusammen in einem großen Haus zu wohnen, würden sie in Zukunft eben abwechselnd bei ihm und bei mir leben. Das war alles. Keine große Sache.

Die beiden nahmen auf dem Sofa Platz. Sie schienen zu spüren, dass etwas Ernstes bevorstand, denn sie stritten sich nicht wie sonst. Sie saßen einfach nur da, kerzengerade und stumm, und warteten auf den Sturm.

Ich sagte: »Wir wollen euch nur sagen, dass sich demnächst ein paar Dinge ändern werden.«

Dann ergriff Gus das Wort mit seiner sanften Therapeutenstimme, die so empathisch und verständnisvoll klang, dass ich ihn am liebsten geohrfeigt hätte. »Wenn sich etwas ändert, kann einem das zunächst etwas Angst einjagen. Aber ihr braucht euch wirklich keine Sorgen zu machen. Es ist nichts Schlimmes, es wird nur anders werden, und es wird ein bisschen dauern, bis ihr euch daran gewöhnt.«

»Ihr lasst euch scheiden«, sagte Lola.

Gus starrte sie verblüfft an.

»Das stimmt doch, oder?«, fragte sie.

Ich nickte. »Ja, das stimmt. Wir trennen uns. Wir werden dieses Haus verkaufen und gegen zwei kleinere eintauschen, eins für Daddy und eins für mich.«

»Und in welchem sollen wir dann wohnen?«, fragte Maggie.

»Also ...«

»Ihr könnt wohnen, wo auch immer ihr wollt. Beide Häuser werden hier in Grasmere sein, und in jedem werdet ihr ein Zimmer haben.«

»Schon gut«, sagte Lola. »Das überlegen wir uns dann später.«

Mir war, als würde meine ältere Tochter plötzlich erwachsen werden, obwohl sie noch viel zu jung dafür war.

Maggie brach in Tränen aus. Ich wollte sie trösten, doch bevor ich dazu kam, nahm Lola meinen Platz ein. »Brauchst nicht zu weinen, Mag«, sagte sie. »Alles wird gut ...«

Ich sah förmlich, wie sich die Kluft auftat. Lola und Maggie standen auf der einen Seite, Gus und ich auf der anderen. Unsere Töchter verbündeten sich im Versuch, den Krieg ihrer Eltern zu überleben.

* * *

Ich fuhr mit den Mädels nach Lancaster zu der *Cinderella*-Vorstellung. Anschließend gingen wir Pizza essen. Ich war gelangweilt und gereizt, wie immer, wenn ich mehrere Stunden mit ihnen allein verbrachte. Aber ich musste mich daran gewöhnen. So sah mein Leben nun aus. Eine alleinstehende Mutter, die bei der Erziehung ihrer zwei Töchter auf sich gestellt war und sehen musste, wie sie sie durch die Kindheit und die Schrecken der Pubertät brachte.

Es gab so vieles, was ich bedauerte. Ich wünschte, ich könnte es bei meinen Töchtern wiedergutmachen.

Und bei Alice.

13

ALICE

Im Kühlschrank herrschte gähnende Leere. Ich brauchte dringend etwas zu essen. Ich lugte durch den Gardinenspalt, um mich zu vergewissern, dass Bo sich nicht vor der Wohnung herumtrieb. Die Vorstellung, dass sie irgendwo auf mich lauerte, machte mir Angst. Es war fast eine Woche her, seit ich den Umschlag in ihren Briefkasten gesteckt hatte. Sie war sicher nicht in der Stimmung, mir einen Heiratsantrag zu machen.

Ich schlüpfte in meinen Mantel, lief rasch zum Laden und füllte den Einkaufskorb mit Obst, Gemüse und Vollkornreis – lauter Sachen, die Bo mir empfohlen hatte. »Gesunde Ernährung ist wichtig, für Geist und Körper«, hatte sie gesagt. »Sie bilden eine Einheit.« Damals hatte ich Bo noch für ihre Weisheit bewundert, doch das war nun vorbei. Trotzdem folgte ich ihrem Rat. Ich baute mich selbst wieder auf, Schritt für Schritt.

Ich zahlte an der Selbstbedienungskasse. Seit Wochen mied ich menschliche Kassierer aus Angst, dass meine Kreditkarte nicht akzeptiert wurde und ich in die peinliche Situation geriet, alles wieder vom Band nehmen und zurück zu den Regalen bringen zu müssen. Wenn mir das an der Selbstbedienungskasse passierte, konnte ich einfach alles stehen lassen und die Flucht ergreifen.

Doch meine Karte wurde ein weiteres Mal anstandslos akzeptiert. Auf dem Heimweg riskierte ich einen Abstecher zum Kiosk, um Zigaretten zu kaufen. Meine Karte funktionierte auch dort. Entgegen meiner Gewohnheit machte ich bei einem Geldautomaten halt, um meinen Kontostand abzurufen.

Auf dem Bildschirm erschien in leuchtenden Buchstaben die Summe von 3002,67 Pfund.

Grundgütiger.

Ich ging in die Bank und bat um einen Kontoauszug. Da stand

es, schwarz auf weiß: 16. November 2015. Einzahlung von Mr Augustus Hartley und Mrs Bo Luxton – 3000 Pfund.

Ein Zugeständnis. Eine Bestätigung, dass zumindest einer der beiden meine Version der Geschichte akzeptierte. Ich war rehabilitiert. Ich hatte wieder Geld. Ich hatte meine Freiheit zurück.

Beschwingt kehrte ich zu meiner Wohnung zurück. So leicht hatte ich mich schon lange nicht mehr gefühlt. Eine große Last war mir von den Schultern genommen worden. Mein Leben, meine Zukunft befanden sich wieder auf sicherem Grund.

Ich war so in Gedanken, dass ich sie erst bemerkte, als sie direkt vor mir stand. »Hallo, Alice«, sagte sie lächelnd.

Bo. Sie hatte an der Treppe auf mich gewartet.

Einen Moment lang hielt ich inne und starrte sie sprachlos an. Dann ging ich an ihr vorbei und stieg die Stufen zu meiner Wohnung hoch.

Bo blieb unten stehen. »Bitte, Alice. Ich möchte mit dir reden. Ich würde dir gern alles erklären.«

Ich drehte mich um und schaute zu ihr hinunter. »Ich habe dir nichts zu sagen.«

Das stimmte natürlich nicht. Ich hatte ihr eine Menge zu sagen.

»Ich verstehe, dass du nicht mit mir reden willst. Wirklich. Gib mir nur fünf Minuten, bitte. Ich kann dir alles erklären.«

Ich war hin- und hergerissen. Meine Neugier war groß. Ich hungerte geradezu danach, was Bo zu sagen hatte.

Werd jetzt bloß nicht schwach, dachte ich. *Lass auf keinen Fall zu, dass sie dich wieder mit ihrem Charme einwickelt und fertigmacht. Es geht dir wieder gut. Du brauchst sie nicht.*

Ich schloss die Tür auf, ging hinein und hielt sie für Bo auf. Sie kam zögernd die Treppe hoch. Ich war mir nicht sicher, ob ich sie hinunterstoßen oder sie anflehen sollte, zu mir zurückzukommen, damit alles wieder so wurde wie früher.

14

BO

Ich trat ein und blickte mich um. Die Wohnung war klein, aber gemütlich. Alice hatte ein paar Bilder an die Wand gehängt und einen Teppich vor den Kamin gelegt. »Du hast es dir hier wirklich schön eingerichtet«, sagte ich.

»Danke«, gab Alice kühl zurück.

Ich deutete auf einen der Stühle am Tisch. »Darf ich mich setzen?«

Alice nickte und nahm mir gegenüber Platz. »Was willst du hier?«, fragte sie.

Ich seufzte. »Ich kann verstehen, dass du wütend auf mich bist.«

»Ach ja?«

»Ich möchte mich entschuldigen.«

»Wofür denn?«

Ich sah sie schweigend an.

»Wofür willst du dich entschuldigen? Ich bin gespannt.«

»Nun ja …« Ich warf die Hände in die Luft. »Für alles.« Ich wollte nicht ins Detail gehen. »Die Situation war wirklich schwierig, Alice«, fuhr ich fort. »Du hast meinen Mann ja kennengelernt und selbst erlebt, wie er sein kann.« Ich sah sie an in der Hoffnung, dass sie mir zustimmte.

Alice nickte.

»Gus ist aggressiv und eifersüchtig. Er will alles kontrollieren. Er war schon immer eifersüchtig. Und neidisch. Er hat etwas gegen meine Freunde, er ist neidisch auf meinen Erfolg, und er …« Ich hielt kurz inne, bevor ich weitersprach. »Er denkt ständig, dass ich ihn betrüge.«

Alice war ganz Ohr.

»Kurz bevor du hierhergezogen bist, hat er sich Zugang zu meinen E-Mails verschafft. Er hat alle Nachrichten gelesen, die du mir geschickt hast, und …«

Sie hing mir förmlich an den Lippen.

Ich holte tief Luft, bevor ich weitersprach. »Du hattest recht mit deiner Befürchtung, dass ich mich wegen Gus nicht mehr gemeldet habe.« Ich sah ihr in die Augen. »Er hat mir wehgetan.« Dann schüttelte ich den Kopf, als könnte ich nicht mehr weiterreden.

»Bo, das tut mir leid.«

»Er kam einfach nicht damit klar, dass ich etwas mit einer anderen Frau hatte. Das passte nicht in sein Weltbild. Er hatte Angst, dass es sich herumspricht. Deshalb hat er mich gezwungen zu behaupten, dass du eine verrückte Stalkerin seist. Er wollte dich mundtot machen, damit niemand von der Sache erfährt.«

Alice atmete tief durch. »Und die anonymen Anrufe?«, fragte sie schließlich. »Wie kamen die zustande?«

»Ich weiß es nicht«, sagte ich. »Ich kann es mir nur so erklären, dass die Mädels mit meinem Handy gespielt und aus Versehen unsere Festnetznummer gewählt haben.«

Alice nickte.

»Wie auch immer, so läuft es schon seit Jahren zwischen Gus und mir. Ich habe gelernt, damit zu leben und mich zu schützen. Normalerweise übt er nur seelische Gewalt aus, damit werde ich gut fertig. Aber diesmal hat er mich geschlagen und mich obendrein gezwungen, dir zu schaden. Und nun bin ich so weit, dass ich sagen kann: Genug ist genug. Ich habe Gus eröffnet, dass ich ihn verlassen werde. Unser Haus steht schon zum Verkauf. Es muss zwar renoviert werden, aber der Makler wird sicherlich Käufer dafür finden, auch wenn sich das wohl noch einige Wochen hinziehen wird. Jedenfalls wollte ich … Ich möchte alles wiedergutmachen, Alice. Ich möchte dir beweisen, wir leid es mir tut.«

»Verstehe«, sagte sie.

Ich sah sie an und lächelte traurig. »Du scheinst mir nicht zu glauben«, sagte ich.

»Doch, doch. Ich glaube dir. Aber ich bin noch dabei, mich von der ganzen Sache zu erholen. Und ich habe Pläne …«

Ich sah sie interessiert an. »Tatsächlich? Was hast du vor?«

»Ich gehe zurück nach Brighton, um ein Masterstudium anzufangen. Kreatives Schreiben.«

»Oh, Alice«, sagte ich. »Das ist ja wunderbar! Ich freue mich für dich!«

»Ich werde schon dieses Wochenende umziehen. Am Samstag. Ich will nicht in Grasmere bleiben.«

»Dann zieh um. Du weißt ja, dass ich dir niemals im Weg stehen würde. Du musst deine Pläne unbedingt in die Tat umsetzen. Ich kann warten. Wir haben ja Zeit. Damals ging alles so schnell. Es war wundervoll, aber so stürmisch, es hat uns beide ganz schön aus der Bahn geworfen, oder? Wir könnten noch einmal von vorn anfangen und es ganz in Ruhe angehen.«

»Tut mir leid, dass du das alles durchmachen musstest«, sagte Alice.

»Mir auch. Aber was du durchmachen musstest, ist noch viel schlimmer. Es tut mir sehr leid.«

Ich griff nach ihrer Hand.

Alice zog sie nicht weg.

15

ALICE

Ich rief mir alles wieder in Erinnerung und schrieb genau auf, was passiert war. Die Lügen, die Bösartigkeiten, die Polizei. Ein liebender Mensch war zu so etwas überhaupt nicht fähig. Das konnte nur jemand tun, der gar nicht wusste, was Liebe war. Wenn das Ganze einer meiner Freundinnen zugestoßen wäre, hätte ich das Gleiche wie Anna gesagt: »Mach bloß, dass du wegkommst. Hau ab.«

Heute Morgen war Bo schon wieder hier gewesen. Als ich nach draußen wollte, um Milch zu kaufen, lag ein Strauß mit weißen Rosen und Schneebeeren vor der Tür, dazu ein Buch: *Kreatives Schreiben.*

Bo, die Narzisstin, versuchte, mir ihre Liebe zu beweisen. Die Liebe, zu der sie nicht fähig war. Die Arme. Das Glück lag stets außerhalb ihrer Reichweite.

Ich hob den Strauß auf und nahm ihn mit hinein. Ausgerechnet Schneebeeren. Wenn man zudrückte, zerplatzten sie mit einem Knall. Wie Träume. Ich holte tief Luft, dann wickelte ich alles in Zeitungspapier und stopfte es in den Mülleimer. Bo war verführerisch. So betörend wie Rosenduft. Aber sie war nun einmal ein Miststück.

Unsere Beziehung ließ sich nicht mehr kitten. Meine Mutter war gestorben, ohne dass ich ihr verziehen hatte, und genauso würde es auch bei Bo sein. Es war nicht immer möglich, zu vergeben und zu vergessen. Manche Dinge waren einfach unverzeihlich.

16

BO

Ich arbeitete wie im Rausch, schrieb nächtelang durch, schlief kaum noch. Es war wie früher, die Ideen flogen mir regelrecht zu.

Ich schrieb das Buch als eine Sammlung von Kurzgeschichten, die in zufälliger Reihenfolge erzählt wurden. Diese Struktur sollte die Angst und Verwirrung des Stalkingopfers widerspiegeln, dessen Existenz von einer Verrückten ruiniert wurde. Die Geschichten waren düster, stilistisch sehr vielseitig und überaus spannend. Spannend, erschreckend, verstörend.

Fünf hatte ich schon fertig geschrieben und an Vanessa geschickt, die völlig begeistert war. »Wunderbar!«, schrieb sie. »Bo, die Geschichten sind toll! Ich werde sofort ein paar Verlage kontaktieren und sie heiß darauf machen.«

Gestern hatte sie angerufen und erzählt, dass der Hype erste Früchte trug; ein großer Verlag hatte angebissen und wollte einen Exklusivvertrag für das Buch. »Jetzt heißt es Daumen drücken«, hatte Vanessa gesagt.

Mein Computer gab einen Klingelton von sich; ich hatte eine Nachricht bekommen.

Es war Alice: »Bo, bevor ich abreise, würde ich dich gern noch einmal sehen. Bis einschließlich Montag bin ich hier. Am besten, du kommst vorbei. A.«

Ich las mir die Nachricht noch einmal durch. Sie klang nicht so, wie ich erwartet hatte. Keine Kosenamen, keine leidenschaftlichen Liebesbekundungen.

Nur die Mitteilung, dass sie bald abreiste.

»Was ist denn los, Schatz?«, schrieb ich zurück.

Doch sie antwortete nicht.

17

ALICE

Mein Rucksack war gepackt. Schon bald würde Grasmere hinter mir liegen. Nur noch eine Nacht, dann würde ich nach Brighton zurückfahren und auf Jakes Boden pennen, bis ich ein WG-Zimmer gefunden hatte. Nur noch eine Nacht, dann konnte ich in mein altes Leben als junger Mensch zurückkehren.

Mit der Wohnung in Grasmere verband ich keine schönen Erinnerungen. Sie war einfach nur der Ort, an dem ich gealtert war. Ich hatte meinen Verstand verloren und wiedergewonnen, und nun kehrte ich geläutert zurück. Ich sah zwar noch genauso aus wie früher, aber mein Innerstes war nicht mehr wiederzuerkennen.

Es klopfte an der Tür.

Ich öffnete. Bo stand auf der Matte, wer sonst. Sie trug Stiefel, blaue Jeans und einen pinkfarbenen Sweater mit V-Ausschnitt. Sie wollte mich betören. Sie wollte, dass ich die Hand nach ihr ausstreckte und dass wir beide uns dann wortlos küssten, im Bett landeten und die Leidenschaft zwischen uns wieder aufloderte.

»Hallo«, sagte ich.

Bo kam herein und sah sich um. »Du willst also wirklich gehen?«, fragte sie.

Ich nickte.

»Und was ist mit uns? Wie bleiben wir in Kontakt? Was möchtest du, Schatz?«

Sie klang so sanft und besorgt.

Ich sagte: »Es gibt kein ›Wir‹ mehr. Die Vorstellung war wirklich verlockend. Aber ich kann dir das, was du getan hast, nicht verzeihen.«

Bo sah verletzt und bestürzt aus. »Aber ich habe dir doch alles erklärt. Ich dachte, du verstehst das. Mein Mann. Er …« Sie brach in Tränen aus.

Ich blieb ungerührt. »Ich weiß. Aber leider glaube ich dir nicht. Die anonymen Anrufe …«

»Ich habe dir doch gesagt, wie es zu diesen verdammten Anrufen kam!«

»Leider glaube ich dir nicht«, sagte ich noch einmal.

Bo hörte auf zu weinen und starrte mich mit ihren blauen Augen wortlos an.

Ich schauderte. Plötzlich war mir, als blickte ich ins Antlitz des Bösen.

18

BEIDE

Es hagelte Schläge.

Unablässig. Faustschläge in mein Gesicht. Ein Stakkato von Faustschlägen und Fußtritten.

Der Stiefel trat zu,
der Stiefel trat zu,
der Stiefel trat wieder und wieder zu,
bis die Dunkelheit kam.

* * *

Anschließend hielt ich sie umschlungen, spürte ihren warmen Atem in meinem Nacken, die Wärme ihres Körpers; schaute auf sie nieder, erwiderte ihren Blick. Er war leer.

»Meine Geliebte«, flüsterte ich. »Meine Geliebte.«

Die Dunkelheit zog langsam über uns auf und hüllte uns ein. Wir versteckten uns in ihr wie verglühende Sternschnuppen.

* * *

Sie lehnte ihren Kopf an meine Schulter. Ich gab ihr einen Kuss auf die Stirn, und als sie eingeschlafen war, lag ich still neben ihr.

Wir sagten kein Wort.

19

ALICE

Meine Augen bewegten sich langsam. Die Lider waren schwer, sie klebten zusammen, öffneten sich nur einen Spalt.

Eine Stimme sagte: »Alice? Alice, mein Schatz, kannst du mich hören?«

Sie klang warm und vertraut. So sanft und besorgt. Ich dachte, es wäre meine Mutter, aber zugleich wusste ich, dass das unmöglich sein konnte.

Die Person kühlte mein Gesicht mit Wasser.

»Du bist sehr schwer verletzt worden, Alice, aber jetzt bist du in Sicherheit. Ich bin bei dir. Ich kümmere mich um dich. Wir bringen dich ins Krankenhaus. Alles wird gut. Glaub mir. Alles wird gut.«

* * *

Mein Gesicht war völlig zerschunden. Die Augen blutunterlaufen und geschwollen, die Wangen aufgeschürft, die Lippen aufgeplatzt, ein Schneidezahn abgebrochen.

»Was ist denn mit mir passiert?«, flüsterte ich.

Eine Stimme antwortete. Ich erkannte sie wieder. Es war Bos Stimme.

»Ein junger Mann hat das getan. Aber mach dir keine Sorgen. Die Wunden werden wieder heilen. Du bist noch immer schön.«

Ich ließ mich zurück ins Kissen sinken und schloss die Augen.

Ich hatte keine Ahnung, was los war.

* * *

Zuerst kehrten die Gefühle zurück: Anspannung, Liebeskummer, Angst. Es war so ähnlich wie damals in Brighton, als ich oft schamerfüllt mit einem grässlichen Kater aufgewacht war, ohne die geringste Ahnung, warum ich mich so schämte. Ich hatte dann Stunden damit verbracht, die vorangegangenen Ereignisse wie Puzzleteile zusammenzufügen, um herauszufinden, was ich möglicherweise verbrochen hatte.

Nun spürte ich beim Aufwachen ein gebrochenes Herz und eine undefinierbare Angst. Ich drehte den Kopf zur Seite und sah die wunderschöne Frau neben mir. Ich wusste nur, dass sie Bo hieß, dass ich sie geliebt hatte und dass etwas Schreckliches zwischen uns vorgefallen war.

Ich griff nach Bos Hand. »Danke, dass du hier bist«, flüsterte ich.

* * *

»Woran erinnerst du dich, Alice?«, fragte Bo.

»Ich erinnere mich an dich«, sagte ich.

Ich erinnerte mich tatsächlich an sie. Ich sah sie ganz deutlich vor mir. Bo. Die wunderschöne, wunderbare Bo.

Und nun war sie zu mir zurückgekehrt und umsorgte mich so liebevoll und zärtlich wie eine Mutter.

Ja, natürlich erinnerte ich mich an sie.

Ich schloss die Augen und schlief wieder ein.

* * *

Als ich erneut aufwachte, war Bo immer noch da und schaute mich an. Ihr Blick war besorgt. Sie hatte Tränen in den Augen.

»Wir haben uns gestritten«, sagte ich.

Bo nickte. »Ja, das stimmt. Aber jetzt ist alles wieder gut.«

Doch das stimmte nicht. Als wir uns gestritten hatten, hatte die Erde gebebt, und alles Leben auf ihr war vernichtet worden.

* * *

»Du kannst ruhig nach Hause gehen«, sagte ich. »Du brauchst nicht zu bleiben.«

»Aber ich möchte gern bleiben«, sagte Bo. »Meine geliebte Alice. Du hast so viel durchgemacht.«

Ja, dachte ich. Und das habe ich alles dir zu verdanken.

20

BO

Eine Krankenschwester kam herein, um Alice' Verbände zu wechseln und ihre Wunden zu reinigen. Ich schaute ihr zu. Sie war flink und geschickt. Ein wenig Gaze, etwas Desinfektionsmittel, ein Pflaster, das war's.

»Kommt sie wieder auf die Beine?«, fragte ich.

»Sie hat wirklich viel Glück gehabt«, sagte die Schwester. »Der Mann, der das getan hat, war nicht besonders stark. Das CT hat einige kleinere Frakturen ergeben, aber sie wird keine bleibenden Schäden davontragen.«

»Und ihr Erinnerungsvermögen?«

»Das wird zurückkehren.«

»Sie sagt, sie erinnert sich an nichts.«

»Die Polizei wird ihr sicher helfen können. Die haben Erfahrung mit so was.«

Die Schwester wandte mir den Rücken zu, um sich Notizen zu machen. Ich setzte mich wieder zu Alice ans Bett und nahm ihre Hand in meine. Ich ließ meine Finger durch ihr Haar gleiten und streichelte ihr Gesicht, dort, wo keine Pflaster waren.

Es passierte fast nie, dass ich ratlos war. Aber diesmal hatte ich keine Ahnung, wie das Ganze ausgehen würde. Ich wusste bloß, wie ich Menschen um den Finger wickeln konnte. Ich wusste, was ich zu tun hatte, damit das Krankenhauspersonal und die Polizei mich für nett, besorgt und freundlich hielten. Und ich wusste, wie entscheidend es war, dass ich jeden Tag bei Alice am Bett saß, bis zu ihrer Entlassung aus der Klinik. Es war wichtig, dass ich ihr immer wieder von dem jungen Mann erzählte, der aus ihrer Wohnung gekommen war. Mit meiner Hilfe würde sie sich erinnern.

Die Schwester verließ das Zimmer.

Alice öffnete die Augen. »Was ist passiert?«, fragte sie.

»Schatz, du wurdest gestern Vormittag überfallen. Aber mach dir keine Sorgen. Alles wird wieder gut.«

»Wer hat mich denn überfallen?«, fragte Alice.

Ich strich ihr zärtlich übers Gesicht. »Das wissen wir noch nicht, aber ich habe den Täter gesehen. Wenn die Polizei kommt, werde ich ihn beschreiben. Und wenn deine Erinnerung zurückkehrt, wirst du ihn auch beschreiben können, und dann finden sie ihn. Bestimmt.«

»Wo warst du denn, als ich überfallen wurde?«, wollte Alice wissen.

»Bist du wirklich schon bereit, dir das alles anzuhören?«, fragte ich mit sanfter Besorgnis. »Du hast so viel durchgemacht …«

»Ja, ich bin bereit. Ich will es hören.«

»Ich war kurz vorher noch bei dir gewesen. Weißt du noch? Du wolltest zurück nach Brighton, und ich wollte dich zum Bleiben überreden. Ich liebe dich, Alice. Mehr, als du dir vorstellen kannst.«

Alice schwieg.

»Aber du warst fest entschlossen, nach Brighton zurückzukehren«, fuhr ich fort. »Und da ich dich nicht umstimmen konnte, bin ich wieder gegangen. Ich war dann noch kurz im Café gegenüber, weil ich mich erst etwas beruhigen wollte, bevor ich zu den Mädchen zurückfuhr. Und als ich dort im Café saß, sah ich einen jungen Mann die Straße hinunterjoggen. Vor deinem Haus blieb er stehen. Er schaute sich um, holte einen Zettel aus seiner Tasche und rannte dann die Treppe zu deiner Wohnung hoch. Ich dachte, vielleicht ist er dein neuer Freund und du wolltest mich seinetwegen nicht mehr sehen.«

Alice lächelte.

»Willst du noch mehr hören?«

»Ja.«

»Ich hatte mir einen Kaffee bestellt. Nach etwa zehn Minuten kam der junge Mann wieder aus deiner Wohnung heraus. Er wirkte sehr aufgeregt, war ganz rot im Gesicht, und mir fiel auf, dass seine Sachen zerrissen waren, als hätte er mit jemandem gekämpft. Er hatte es sehr eilig, zu verschwinden. Ich bezahlte meinen Kaffee und wollte eigentlich gehen. Aber irgendetwas an diesem jungen Mann irritierte mich. Ich wollte sichergehen, dass bei dir alles okay war. Soll ich wirklich weitererzählen, Schatz? Ich will dich nicht schockieren.«

»Ich bin schon geschockt«, flüsterte Alice.

»Also gut. Ich bin dann hoch zu deiner Wohnung. Die Tür stand weit offen. Ich ging hinein, und dort habe ich dich dann gefunden.« Ich holte tief Luft, bevor ich im Flüsterton weitersprach. »Du lagst auf dem Boden. Zuerst dachte ich ... zuerst dachte ich, du wärest tot.«

»Oh, Bo ...«

»Ich habe mich neben dich gekniet, um deinen Puls zu fühlen. Du hast noch geatmet, aber du warst verletzt. Dein Gesicht war ganz blutig. Also rief ich den Notarzt, brachte dich in die stabile Seitenlage und redete die ganze Zeit mit dir. Und als die Sanitäter kamen, bin ich mit dir ins Krankenhaus gefahren, damit du ein vertrautes Gesicht siehst, wenn du aufwachst.«

»Danke«, flüsterte Alice und drückte meine Hand.

21

ALICE

Eine Ärztin kam zu mir. Sie hatte Röntgenaufnahmen meines Schädels dabei.

»Die gute Nachricht ist, dass die Person, die Ihnen das angetan hat, nicht besonders stark war. Sie haben ein relativ leichtes Schädel-Hirn-Trauma und einige Frakturen im Gesicht, die zwar schmerzhaft sind, aber ohne Eingriff heilen werden. Die übrigen Verletzungen sind nur oberflächlich. Die Blutergüsse und Schwellungen werden in einigen Wochen verschwunden sein, und ich gehe davon aus, dass Sie vollständig genesen und kaum oder gar keine Narben davontragen werden.«

»Danke.«

»Die Polizei möchte später mit Ihnen darüber reden, was passiert ist.«

»Ich weiß nicht, was passiert ist.«

»Die Polizei wird Ihnen dabei helfen, sich zu erinnern.«

* * *

Als die beiden Polizeibeamten kamen, war Bo immer noch da. Sie hielt meine Hand und strich mir übers Gesicht, dort, wo keine Pflaster waren.

Es waren andere Polizisten als die, die damals in meiner Wohnung gewesen waren. Der Mann sagte: »Wir würden gern allein mit Alice sprechen.«

Bo zögerte. »Alice?«, sagte sie. »Ist das in Ordnung für dich?«

Ich nickte.

»Ich bleibe in der Nähe«, sagte Bo.

Die Polizeibeamten blickten ihr freundlich nach. Dann setzten sie sich an mein Bett.

Nun ergriff die Frau das Wort. »Hören Sie, Alice«, sagte sie.

»Ich weiß, dass es Ihnen schwerfällt, aber haben Sie irgendeine Erinnerung daran, was passiert ist? Auch nur der kleinste Hinweis könnte hilfreich sein. Wir möchten denjenigen finden, der Ihnen das angetan hat.«

»Es war kein Mann,« sagte ich. »Sie war es. Bo Luxton.«

22

BO

Als die Polizei kam, ging ich. Besser, ich kehrte nicht zu Alice zurück. Es war ohnehin sehr nervenaufreibend gewesen, den ganzen Tag bei ihr in der Klinik zu bleiben. Ich trug noch immer ihre Turnschuhe. Sie waren mir ins Auge gefallen, als ich auf den Notarzt gewartet hatte; Alice hatte sie an ihrem Rucksack festgebunden. Sie waren mir zwar viel zu eng, aber das war egal; meine Stiefel mussten unbedingt weg, wegen der Blutspuren. Ich durchwühlte Alice' Schubladen und fand schließlich eine Tüte, in der ich sie verstecken konnte. Während die Sanitäter damit beschäftigt waren, Alice in den Notarztwagen zu verfrachten, hatte ich mir die Tüte unauffällig unter den Arm geklemmt und sie später auf dem Klinikparkplatz in einer Mülltonne entsorgt.

Panik stieg in mir hoch, als ich zum Ausgang der Klinik eilte. Ich versuchte, mich zu beruhigen und die Lage zu analysieren.

Alice' Verletzungen waren nicht so schlimm, wie ich vermutet hatte. Sie würde nicht sterben.

Sie würde weiterleben, und ihr Gedächtnis würde bald zurückkehren.

Wenn ich geahnt hätte, dass sie überlebt, hätte ich natürlich niemals den Notarzt gerufen. Was ich ohnehin nur getan hatte, damit die Polizei mich als Verdächtige ausschloss. Ich hatte ja gar nicht vorgehabt, dermaßen auszurasten.

Am liebsten hätte ich die Flucht ergriffen, aber ich konnte nirgendwohin. Die Mädchen mussten in Grasmere bleiben, in ihrem vertrauten Umfeld, und sie brauchten mich. Ich konnte sie schlecht woanders hinbringen mit der Begründung »Wir müssen uns verstecken, weil die Polizei hinter eurer Mummy her ist«.

Alles musste so bleiben, wie es war. Ich musste weitermachen, als wäre nichts passiert. Nur so konnte ich verhindern, dass die Welt einstürzte.

Ich nahm ein Taxi zurück nach Grasmere, stieg im Dorf aus und ging zu Fuß nach Hause. Ein schneidender Wind wehte, über den Bergen und dem See zog der Nachthimmel auf. Zwei Sterne leuchteten flackernd über mir, flirrend, wie Glühwürmchen.

Wie gern würde ich euch einfangen, dachte ich. Doch als ich weiter den Berg hochwanderte, verschwanden sie, und ich schaute in den leeren Himmel empor und weinte.

* * *

Es war schon nach neun, als ich heimkam.

»Wo zum Teufel bist du gewesen?«, fragte Gus.

Ich seufzte tief und zog mir den Mantel aus. »Unterwegs«, sagte ich.

»Du kannst aber nicht einfach zwölf Stunden lang verschwinden, ohne mir Bescheid zu geben!«

»Oh, doch. Wir sind getrennt.«

»Wir hatten aber nicht vereinbart, dass ich auf die Mädels aufpasse. Es hätte ja sein können, dass ich etwas vorhabe. Du kannst sie nicht einfach hier bei mir lassen und davonrauschen.«

»Ich bin nicht davongerauscht.«

»Ach nein?«

»Ich war in der Klinik.«

»Na, sicher.« Gus rollte die Augen.

»Ich war wirklich in der Klinik!«

»Und? Ist es tödlich?«

»Wie bitte?«

»Na, du warst doch bestimmt in der Klinik, weil du etwas Schlimmes hast.«

»Nein.«
»Wie schön für dich.«
»Eine Freundin von mir wurde zusammengeschlagen.«
»Welche Freundin?«
»Alice.«
»Herrgott noch mal, Bo. Hört das denn nie auf?«

* * *

Der Abend ging schnell vorüber. Ich sah nach den Mädchen. Sie schliefen bereits tief und fest. Dann ließ ich mir ein Bad ein, sank in das heiße Wasser, schloss die Augen und ließ die Ereignisse des Tages Revue passieren. Ich war bei Alice gewesen. Sie erklärte mir, dass sie nach Brighton zurückgehe und dass es zwischen uns aus sei. Und dann sprang plötzlich ein Schalter in mir um, und ich geriet in Rage. Eine solche Wut hatte ich noch nie zuvor erlebt.

Ich hatte nicht gewollt, dass es so weit kam. Ich hatte mir nur gewünscht, dass Alice zu mir zurückkehrte und mich wieder so liebte wie früher. Doch sie sagte Nein. Sie sagte Nein, und das brach mir das Herz. Und ehe ich michs versah, hatte ich mich auf sie gestürzt.

Ich war durchgedreht. Ich hatte die Kontrolle über mich verloren.

Am liebsten hätte ich den Tag ungeschehen gemacht und die Zeit zurückgedreht. Statt zu Alice zu gehen, wäre ich zu Hause geblieben, hätte mit den Mädchen Monopoly gespielt, ihnen etwas vorgelesen, Kuchen gebacken und wäre zum See gewandert. Ich hätte den Tag ruhig und zufrieden verbracht, so wie früher, als mein Leben noch normal gewesen war. Normal. Ich dachte: *Wenn ich die Zeit wirklich zurückdrehen könnte, hätte ich mein Leben so gelebt, dass ich Alice nie begegnet wäre.* Und dann ging ich immer weiter in der Zeit zurück, bis zu jenem Moment, als ich zusammen mit meinem Bruder im Zigeunerwagen meiner Eltern kauerte, damals, an dem Abend, bevor der erste Mann kam. Diesen Moment wollte ich einfrieren. Denn kurz darauf war ich gestorben, und meine innerliche Verrottung hatte ihren Anfang genommen.

23

ALICE

Die Schwellungen im Gesicht gingen rasch zurück, aber die Kopfschmerzen hielten an, und mein Gedächtnis war wie ein trüber See. Ab und zu, wenn ich mich ausruhte und gar nicht damit rechnete, tauchte ein Bild von Bo auf, die elegant gekleidet vor meiner Tür stand. Doch bevor ich nach dieser Erinnerung fischen konnte, versank sie auch schon wieder im trüben Nichts.

Trotzdem wusste ich, dass Bo mir das alles angetan hatte. Ich konnte mich bruchstückhaft an den Tag erinnern. Ich erinnerte mich an ihr Gesicht, das mir ganz nah gekommen war, und an das, was sie mir ins Ohr gezischt hatte: »Du wirst dafür bezahlen, was du meiner Familie angetan hast, Alice Dark. Ich werde dir so wehtun, dass du nie wieder auf die Beine kommst. Ich werde dein hübsches Gesichtchen und dein schlaues Köpfchen vernichten. Dein Studium kannst du vergessen. Wenn ich mit dir fertig bin, wirst du darauf angewiesen sein, dass fremde Leute dich füttern und dir deinen süßen kleinen Arsch abwischen.«

Das reichte schon. An mehr wollte ich mich gar nicht erinnern.

»Kann ich irgendwie verhindern, dass die Erinnerungen zurückkehren?«, fragte ich die Ärztin.

Sie schüttelte den Kopf. »Ich fürchte nicht, Alice. Aber Sie können eine Psychotherapie bei jemandem machen, der auf posttraumatische Belastungsstörungen spezialisiert ist. Er kann Ihnen dabei helfen, mit den Flashbacks umzugehen.«

Ich schwieg. Vielleicht würde mir eine Therapie tatsächlich helfen. Ich konnte es mir ja noch überlegen.

Die Polizei brachte mir meinen Rucksack, der fertig gepackt in meiner Wohnung gestanden hatte.

»Meine Turnschuhe sind weg«, sagte ich.

»Die werden wir bestimmt noch finden«, sagte der Polizeibeamte.

»Machen Sie sich keine Mühe«, sagte ich.

»Wir haben jedenfalls genug Beweismaterial«, sagte er. »Wir werden Bo Luxton noch heute festnehmen.«

»Okay.«

»Ich halte Sie auf dem Laufenden. Wann werden Sie aus der Klinik entlassen?«

»Die Ärztin meinte, wohl noch diese Woche. Vielleicht schon morgen.«

»Gibt es jemanden, bei dem Sie unterkommen können?«

»Ich fahre nach Brighton, wo ich bei meinem Ex-Freund auf dem Boden übernachten kann, bis ich etwas Eigenes gefunden habe.«

»Wirklich? Gibt es denn keine andere Möglichkeit?«

»Es ist ja nur vorübergehend.«

Der Polizist verabschiedete sich und verschwand. Ich holte mein Notebook aus der Tasche, setzte mich damit aufs Bett und schaltete es ein. Dann öffnete ich die Datei: *Sie liebt mich, sie liebt mich nicht.* Seit Tagen hatte ich vergeblich versucht, ein passendes Ende für meinen Roman zu finden. Ich war mir nicht sicher gewesen, wohin die Geschichte führen sollte. Aber nun hatte mir Bo auch noch ein schlagkräftiges Ende auf dem Silbertablett serviert.

24

BO

Samstagmorgen war ich gerade dabei, das Frühstück für die Mädchen zuzubereiten, als es endlich an der Tür klopfte. Ich lächelte den beiden zu. Sie warteten gespannt darauf, dass ich den ersten Pfannkuchen in die Luft warf und wieder auffing. Der Anblick brachte sie jedes Mal zum Staunen und Lachen. Es war so leicht, sie glücklich zu machen.

Ich rieb mir die Hände an der Schürze ab. »Wartet mal kurz«, sagte ich. »Das ist bestimmt der Postbote.«

Gus war noch im Bett. Als ich die Haustür öffnete, standen wie erwartet zwei Polizeibeamte vor mir.

Ich sah sie fragend an. »Hallo«, sagte ich. »Kann ich Ihnen helfen?«

»Sind Sie Mrs Bo Luxton?«

»Ja, das ist richtig«, sagte ich.

Einer von ihnen zeigte mir seine Marke. »Mrs Luxton, wir verhaften Sie wegen schwerer Körperverletzung, begangen an Alice Dark. Sie haben das Recht, zu schweigen …«

Ich brachte ohnehin kein Wort heraus. Obwohl ich seit zwei Tagen mit meiner Festnahme gerechnet hatte, war sie dennoch ein Schock.

»Gibt es jemanden, den Sie benachrichtigen müssen?«

»Meine Töchter«, stotterte ich und ging in die Küche. »Ich muss kurz weg, Mädels«, sagte ich. »Geht hoch zu Daddy und weckt ihn, damit er euch das Frühstück macht.«

Die Mädchen verzogen das Gesicht, gehorchten mir aber.

Ich nahm die Schürze ab, hängte mir den Mantel über die Schulter und folgte den Polizeibeamten nach draußen.

Ihr Wagen stand in der Auffahrt. Einer der beiden öffnete mir die Tür, und ich stieg ein.

Als die Beamten sich anschnallten, blickte ich hoch zum

Schlafzimmerfenster. Gus stand dort und schaute kopfschüttelnd zu mir herunter. Bei ihm hatte ich längst jegliche Sympathie verspielt.

Nun steckte ich im wahrsten Sinne des Wortes in der Klemme und konnte nichts dagegen tun. Aber wenn ich zu allen brav und freundlich war, würde ich sicher davonkommen, schließlich war ich berühmt und beliebt. Jemand wie ich konnte unmöglich schuldig sein, das würde man schon einsehen.

Auf dem Polizeirevier wurde mir erklärt, dass ich das Recht auf einen Anwalt hatte. Doch ich lehnte ab, denn ich war der Meinung, dass unschuldige Menschen wie ich keinen Anwalt brauchten.

Ich wurde in einen Verhörraum geführt und aufgefordert, Platz zu nehmen. Ich fragte mich, ob Alice auch in diesem Raum gewesen war, als man sie damals wegen Stalkings verwarnt hatte. Ob sie wohl auch auf diesem Stuhl gesessen hatte? Sie war bestimmt in Tränen ausgebrochen.

Ich sah die beiden Polizisten nacheinander an und bemühte mich, selbstsicher, aber zugleich respektvoll zu wirken. So war es am besten. Selbstsicher, was meine Unschuld betraf, aber dennoch höflich und kooperativ.

»Können Sie uns sagen, wo Sie am Donnerstagvormittag, den zehnten Dezember um zehn Uhr dreißig gewesen sind?«

Ich überlegte eine Weile, dann holte ich tief Luft und wiederholte die Geschichte, die ich Alice im Krankenhaus erzahlt hatte.

Der Polizeibeamte nickte. Dann sagte er: »Alice Dark hat ausgesagt, dass sie von Ihnen angegriffen wurde.«

Ich schnappte nach Luft. »Das glaube ich nicht. Ich kann nicht fassen, dass sie das behauptet!«

»Wir haben die Dokumente geprüft, die sie Ihnen geschickt hat. Sie hatten ja behauptet, fünf anonyme Anrufe von Alice Dark, Ihrer angeblichen Stalkerin, erhalten zu haben. Aber die Rückverfolgung dieser Anrufe hat ergeben, dass alle auf Ihre eigene Mobilnummer zurückgehen. Können Sie das erklären?«

»Das hatte ich Alice doch schon gesagt. Ich weiß nicht, wie es zu diesen Anrufen kam. Wahrscheinlich haben meine Kinder damals mit meinem Handy gespielt und dabei versehentlich die Anrufe ausgelöst.«

»Fünf Anrufe? Mitten in der Nacht?«

»Das ist durchaus möglich.«

»Nun hören Sie mal gut zu, Mrs Luxton. Sie haben behauptet, dass Alice Dark Sie gestalkt hat. Sie haben behauptet, dass Ms Dark Sie verfolgt und Ihnen Nachrichten geschickt hat und dann nach Grasmere gezogen ist, um in Ihrer Nähe zu sein, ohne von Ihnen in irgendeiner Weise dazu ermutigt worden zu sein. Außerdem haben Sie behauptet, dass Alice Dark Sie zu Hause mit fünf anonymen Anrufen belästigt und Ihren Mann bedroht hat. Ihre Behauptungen wurden durch die damals vorliegenden Beweise unterstützt. Also holten wir Ms Dark zur Befragung aufs Revier, erteilten ihr eine Verwarnung und schickten sie wieder nach Hause. Ms Dark suchte daraufhin nach Möglichkeiten, um ihre Unschuld zu beweisen. Sie ließ ihre gelöschten E-Mails und Kurznachrichten wiederherstellen und beauftragte einen Privatdetektiv damit, die anonymen Anrufe zurückzuverfolgen. Und wie sich herausstellte, stammen die anonymen Anrufe von Ihrer Nummer, Mrs Luxton. Und aus den wiederhergestellten Nachrichten geht eindeutig hervor, dass Sie Ms Dark sehr wohl aufgefordert haben, nach Grasmere zu ziehen, damit Sie mit ihr zusammen sein können …«

»Ich …«

»Und dann hat Ms Dark das ganze Beweismaterial an Ihren Mann geschickt, weil sie wütend auf Sie war und sich an Ihnen rächen wollte. Ihr Mann stellte Sie daraufhin zur Rede. Es kam ihm seltsam vor, dass Sie vor nicht allzu langer Zeit schon einmal von jemandem gestalkt wurden, der sich schließlich das Leben nahm. Ihr Mann beschloss, sich von Ihnen zu trennen. Ihr gemeinsames Haus steht bereits zum Verkauf, und auch Ihre Töchter wissen schon Bescheid. Sie, Mrs Luxton, hatten also allen Grund, aufgebracht zu sein, zumal Ihre Versuche, Ms Dark zum Sündenbock zu machen, gescheitert waren. Sie suchten sie in ihrer Wohnung auf. Und als Ihnen klar wurde, dass Ms Dark vorhatte, Grasmere zu verlassen und ihr Leben unbescholten weiterzuführen – sie hatte ja ihre Unschuld beweisen können, obwohl Sie sich solche Mühe gegeben hatten, sie zur Stalkerin abzustempeln –, da sind Sie so wütend geworden, dass Sie die Kontrolle über sich verloren und Alice Dark angegriffen haben.«

»Nein ...«

»Und danach bekamen Sie Angst. Sie befürchteten, dass Alice Dark an den Verletzungen, die Sie ihr zugefügt hatten, sterben würde, was wiederum schlimme Folgen für Sie gehabt hätte. Also beschlossen Sie, den Notarzt zu rufen, und dachten sich die Geschichte von dem jungen Mann aus, den Sie angeblich dabei beobachtet hatten, wie er in Alice Darks Wohnung ging und dann blutverschmiert wieder herauskam. Sie dachten, dass es für Sie selbst von Vorteil wäre, so zu tun, als seien Sie sehr um Alice besorgt, trotz allem, was vorher passiert war. Also fuhren Sie mit ihr ins Krankenhaus und saßen an ihrem Bett, bis die Polizei kam und Alice sich wieder daran erinnern konnte, was wirklich passiert war. Da verloren Sie schließlich die Nerven und machten sich aus dem Staub. So war es doch, oder?«

»Es tut mir leid, aber Sie irren sich.«

Der andere Polizeibeamte fischte eine Tesco-Plastiktüte unter dem Tisch hervor und stellte sie direkt vor meine Nase. Zuerst dachte ich, dass meine Stiefel, die ich auf dem Krankenhausparkplatz in den Mülleimer gestopft hatte, in der Tüte waren. Doch ich irrte mich. Alice' Turnschuhe lagen darin.

»Was können Sie mir zu diesen Schuhen sagen?«

»Die habe ich noch nie zuvor gesehen.«

»Noch nie?«

»Richtig. Noch nie.«

»Was hatten diese Schuhe dann in Ihrem Kleiderschrank zu suchen, Mrs Luxton?«

»Wie bitte?«

»Wir haben diese Schuhe gefunden, als wir gestern Ihr Haus durchsuchten, Mrs Luxton. Sie waren nicht da, aber Ihr Mann war so nett, uns hereinzulassen. Und dann fanden wir diese Turnschuhe, die Alice Dark übrigens schon vermisst hat, in Ihrem Schrank.«

»Ich habe keine Ahnung, wie sie dort hingekommen sind.«

»Nun, nachdem Sie Alice Dark blutig getreten hatten, dachten Sie vielleicht, dass Sie sich besser andere Schuhe anziehen sollten, bevor die Polizei auftauchte, und griffen dann nach dem erstbesten Paar, das Sie finden konnten. War es nicht so?«

»Nein.« Ich fühlte mich immer mehr in die Ecke gedrängt. Also brach ich in Tränen aus. »Ich weiß nicht, warum Alice so etwas tut«, schluchzte ich. »Dieses Mädchen ist wirklich böse. Aber ich kann es nicht beweisen, weil sie all ihre Spuren verwischt hat. Ich kann nur die Wahrheit sagen und hoffen, dass Sie mir glauben.«

Der Polizeibeamte musterte mich unbeeindruckt. »Das können Sie sich fürs Gericht sparen, Mrs Luxton.«

25

ALICE

Ich stand vor dem Krankenhaus und wartete auf mein Taxi zum Bahnhof. Ich sah noch immer furchtbar aus, aber nicht mehr ganz so schlimm. Sie hatten meine Zähne gerichtet, und die Schwellungen an den Augen und am Mund waren verschwunden. Die Blutergüsse allerdings waren noch da. Ich sah aus, als wäre ich in eine Schlägerei geraten, und es fühlte sich seltsam erniedrigend an, sich so in der Öffentlichkeit zu zeigen.

Aber ich lebte noch. Und es ging mir sogar recht gut.

Am Morgen hatte ich meinen Rucksack ausgeschüttet, Bos Romane genommen und angefangen, sie zu zerreißen. Anfangs genoss ich es, doch als der therapeutische Effekt nachließ, wurde es mir zu mühselig. Stattdessen warf ich ein Buch nach dem anderen in den Abfalleimer. Jedes Mal, wenn eines davon auf dem Eimerboden landete, gab es einen dumpfen Knall. Ein befriedigendes Geräusch. Als würde Bos Kopf gegen die Wand schlagen.

Am Tag zuvor hatte man sie festgenommen, doch sie war gegen Kaution wieder auf freien Fuß gesetzt worden. Nun musste ich nur noch auf den Prozess warten.

»Sie wird sich bestimmt einen guten Anwalt besorgen«, sagte der Polizeibeamte, »aber die Beweislage ist klar. Sie wird dafür ins Gefängnis kommen.«

Ich nickte. Eigentlich hatte ich erwartet, Genugtuung zu empfinden, doch so war es nicht.

Inzwischen hatte ich mich wieder so weit beruhigt, dass ich kaum noch Wut verspürte. Wahrscheinlich war ich so erschöpft, dass ich einfach keine Energie mehr hatte, überhaupt etwas zu fühlen. Und was Bo betraf, hatte ich inzwischen eingesehen, dass sie verrückt war. Eigentlich gab es keinen Grund dafür, dass es mir gut ging.

Vielleicht lag es an der Aussicht, endlich Abstand zu Bo zu bekommen. Ich war wieder Herrin meiner Sinne und dabei, mich auf den Weg zu machen und nach vorn zu schauen. Ich hatte erkannt, wer Bo Luxton wirklich war: eine grausame, manipulative, zutiefst gestörte Frau. Und ich wollte sie nie wiedersehen.

»Du darfst kein Mitleid mit ihr haben«, hatte Anna mich gewarnt. »Sie verdient kein Mitleid.« Und mir war klar geworden, dass sie recht hatte. Es spielte keine Rolle, warum Bo so geworden war. Fakt war: So war sie, sie war böse, und ich musste fort.

Das Taxi kam an und blieb vor mir stehen. Ich nahm meinen Rucksack und stieg ein.

FRAUENGEFÄNGNIS IHRER MAJESTÄT

YORKSHIRE

Bald werde ich entlassen, zurück in die Welt der weiten Himmel, der Berge und Seen. Ich sehne mich so sehr nach dem Draußen, nach der Welt hinter diesen Mauern, nach frischer Luft und dem Geruch der Herbstfeuer.
Und nach meinen Mädchen.
Meine Mädchen besuchen mich hier nicht. Sie glauben, dass ich krank bin und damals wegging, um wieder gesund zu werden, was von der Wahrheit ja nicht allzu weit entfernt ist. Ich schreibe ihnen jede Woche. Manchmal antworten sie mir, und ihre Briefe erreichen mich in weißen Umschlägen, auf die Gus mit schwarzer Tinte meine Anschrift gekritzelt hat. Sie schreiben mir von der Schule, von ihren Freundinnen, von neuen Süßigkeiten, die sie probiert haben. Manchmal schreiben sie, dass sie mich vermissen, aber im Großen und Ganzen wirken sie nicht niedergeschlagen. Schlechte Neuigkeiten vertrauen sie mir nicht an, obwohl sie bestimmt auch unschöne Erfahrungen gemacht haben, seit ich nicht mehr da bin.
Sie wohnen noch immer bei Gus in Grasmere. Er hat mitten im Dorf ein Cottage gekauft, damit sie es nicht mehr so weit bis zur Schule haben. Ich habe viel nachgedacht, und mir ist klar geworden, dass ich nicht mehr nach Grasmere zurückkehren kann, weil mich dort jeder kennt. Gus meinte zwar, er hätte das Ganze für sich behalten, den Mädchen zuliebe, aber es stand ja in der Zeitung. Im Dorf würde man sich nur das Maul über mich zerreißen.
Stattdessen werde ich nach London ziehen. Dort kann ich anonym sein. Vielleicht ändere ich meinen Namen und schreibe dann ein paar Bücher als neue, unbekannte und brillante Nachwuchsautorin. So wie Alice.
Alice. Letzte Woche habe ich sie gegoogelt, nur um zu sehen,

was sie macht. Gerade hat sie ein Buch veröffentlicht: Sie liebt mich, sie liebt mich nicht. Ich habe es bei Amazon bestellt. Es handelt von mir. Das war wohl unvermeidlich. Aber ich habe schließlich meine eigene Version.
Ich werde sie aufspüren. Wir müssen das wiedergutmachen.

FÜNFTER TEIL

GERECHTIGKEIT

1

ALICE

Sie wurde wegen schwerer Körperverletzung angeklagt. Bis zum Prozessbeginn konnte allerdings gut ein Jahr verstreichen; frühestens kommenden Winter wäre es so weit. Sie wurde gegen Kaution auf freien Fuß gesetzt unter der Bedingung, sich von mir fernzuhalten.

Mir blieb nichts anderes übrig, als die ganze Sache zu verdrängen und mein Leben weiterzuleben. Ich zog wieder bei Jake ein und begann mein Masterstudium. Meine Gruppe bestand aus sechzehn Leuten, plus drei Tutoren und ein paar Gastdozenten. Alle waren davon überzeugt, dass mein Buch ein Erfolg werden würde. Jede Woche musste ich ein Kapitel abliefern, das dann von allen gelesen und anschließend im Seminar diskutiert wurde. Jeder gab mir Feedback und Verbesserungsvorschläge. Es entstand fast schon ein kleiner Hype um das Buch, und immer hing die unbeantwortete Frage in der Luft: »Ist das eine wahre Geschichte? Ist dir das wirklich passiert?«

Ich erzählte keinem von Bo. Ich sprach nie über sie, aber sie war trotzdem immer da, eine Wunde in meinem Herzen. Ich wusste nicht, wie lange es dauern würde, bis diese Wunde heilte. Aber ich rechnete damit, dass es vielleicht mein ganzes Leben lang dauern würde, denn Bo war kein Mensch, den man einfach vergessen konnte. Ich arrangierte mich damit, dass sie Teil meiner Erinnerungen war und die Art und Weise, wie ich die Welt wahrnahm und mich in ihr bewegte, maßgeblich geprägt hatte.

Vielleicht würde es irgendwann gut sein.

Am letzten Tag des Semesters lud einer meiner jüngeren Kommilitonen mich zum Mittagessen ein. Er hieß Max und arbeitete an einem Kinderbuch. In einem anderen Leben hätte ich ihn bestimmt attraktiv gefunden, aber nicht jetzt. Ich konnte mir gar nicht vorstellen, jemals wieder einen anderen Menschen attraktiv zu finden. Nur bei Jake fühlte ich mich sicher. Der süße, wunderbare Jake, der mir einen Schlafplatz auf seinem Fußboden angeboten hatte und mich weiter bei sich bleiben ließ, als seine Mitbewohnerin auszog. Jake, der liebenswerte Nichtsnutz, der es wahrscheinlich nie zu etwas bringen würde, aber dafür großzügig war und ein gutes Herz hatte. Das war mir am wichtigsten.

Max ging mit mir ins Café im Erdgeschoss der Bibliothek. Dort war es immer ruhig; nur Dozenten und Studenten gingen dorthin und verbreiteten eine Atmosphäre von Gelehrtheit, bei der ich mir wie ein Eindringling vorkam. Ich war keine Akademikerin und auch nicht besonders klug. Ich war nur jemand, der gerade einen Thriller schrieb.

Max nahm gegenüber von mir Platz. »Ich finde dein Buch wirklich klasse«, sagte er.

»Danke.«

»Das Thema kostet Mut.«

Ich zuckte mit den Schultern.

»Es klingt irgendwie so eindringlich, als wäre es dir tatsächlich passiert«, fuhr er fort.

»Jeder wird doch beim Schreiben von Dingen beeinflusst, die ihm tatsächlich passiert sind.«

Er nickte. Dann sagte er: »Darf ich dich mal zum Abendessen einladen? Ich würde unsere Unterhaltung gern vertiefen.«

Ich schüttelte den Kopf. »Tut mir leid«, sagte ich und lächelte. »Ich bin nicht auf der Suche nach einer Beziehung.«

Er sah mich zweifelnd an. »Wirklich nicht?«

»Nein.«

»Aber irgendwann ändert sich das doch bestimmt wieder, oder?«

Ich wischte mir mit der Serviette den Mund ab. »Nein. Das wird sich nie mehr ändern.«

Niemand sollte mir je wieder zu nah kommen. Ich hatte mein

Herz verbarrikadiert. Ich würde nie wieder zulassen, dass jemand mich mit Lügen, Schlägen oder angeblicher Liebe zerstörte.

* * *

Ein Jahr lang schrieb ich an meinem Roman und überarbeitete ihn immer wieder, bis ich es irgendwann satthatte und ihn mehreren Literaturagenten schickte. Natürlich bekam ich einige Absagen; unsere Dozenten hatten uns schon vorgewarnt, dass wir damit rechnen mussten. Aber mir wurde auch Interesse signalisiert, und eine Literaturagentin nahm mein Manuskript schließlich an. Sie wollte es einem Verlag anbieten.

Und es gelang ihr tatsächlich, einen Deal für mich abzuschließen.

2

BO

Weihnachten. Der Prozess rückte immer näher, und ich stand vor den Trümmern meines Lebens. Meine Ehe, mein Zuhause, meine Kinder, meine Karriere – alles zerstört. Natürlich hatte die Presse Wind von der ganzen Sache bekommen, und dann sprach es sich auch in der Verlagswelt herum: Bo Luxton ist wegen Körperverletzung angeklagt. Sie hat eine unschuldige junge Frau verleumdet. Und sie hat ihren Mann mit einer Lesbe betrogen.

Die ganze erbärmliche Geschichte meines Privatlebens wurde an die Öffentlichkeit gezerrt, und ich konnte nichts dagegen tun.

Die letzte E-Mail meiner Agentin klang extrem kühl und förmlich.

»Liebe Bo, ich bedauere wirklich sehr, dir mitteilen zu müssen, dass der Verlag angesichts der aktuellen Entwicklung entschieden hat, das Erscheinen deines neuen Romans *Stalking* bis auf Weiteres zu verschieben. Ich denke, es wäre besser für dich, wenn du dir eine neue Agentin suchst. Ich wünsche dir alles Gute. Vanessa.«

Alle distanzierten sich von mir. Alle. Kein einziger Verlag wollte meinen sensationellen neuen Roman veröffentlichen. Sie ergriffen die Flucht vor mir, der Frau, die bald wegen Körperverletzung vor Gericht stehen würde.

Mir war nie bewusst gewesen, wie wichtig ein untadeliger Ruf war. Meiner war nun bis in alle Ewigkeit ruiniert, und mein Name ebenso. Ich sah buchstäblich vor mir, wie ich in die Annalen der Literaturgeschichte eingehen würde: »Bo Luxton pflegte viele Jahre lang ein sorgfältig konstruiertes Image. Sie legte größten Wert auf ihr Privatleben und blieb dem Glamour der Literaturwelt stets fern. In ihrem Leben gab es nur Platz für ihre

Familie, ihre Schriftstellerei und ihre Tätigkeit als Dozentin. Sie vermittelte den Eindruck, eine großartige Mentorin zu sein, die vielversprechende Talente unter ihre Fittiche nahm. Doch hinter der engelsgleichen Maske lauerte ein wahres Biest, das vor seelischer Grausamkeit ebenso wenig zurückschreckte wie vor körperlicher Gewalt.«

Ich schloss die Augen. Bei der Vorstellung, dass die Welt von nun an nur noch schlecht von mir denken würde, wurde mir übel. Es durfte nicht sein, dass man sich so an mich erinnerte. Es durfte einfach nicht sein.

Zum ersten Mal fühlte ich mich völlig hilflos.

* * *

Die Mädchen wohnten nicht mehr bei mir. Zwei Tage nach meiner Festnahme und anschließenden Freilassung gegen Kaution setzte Gus sich in der Küche zu mir, blickte mir geradewegs in die Augen und sagte: »Ich werde das alleinige Sorgerecht beantragen.«

»Das kannst du nicht machen«, sagte ich.

»Natürlich kann ich das. Ich war immer davon überzeugt, dass du eine gute Mutter bist, Bo. Trotz allem. Auch wenn mir deine Geheimniskrämerei oft gegen den Strich ging, habe ich in dir immer die perfekte Mutter für meine Kinder gesehen. Aber jetzt ...« Er sah mich kopfschüttelnd an. »Ich habe keine Ahnung, wer du eigentlich bist. Du hast eine Frau brutal zusammengeschlagen. Ich kann unmöglich zulassen, dass du dich weiter um meine Töchter kümmerst. Nicht nach allem, was passiert ist.«

»Warum tust du mir das an, Gus?«

»Es geht hier nicht um dich, Bo. Es geht um die Sicherheit der Kinder und darum, was das Beste für sie ist.«

»Du weißt genau, dass ich ihnen niemals wehtun würde, niemals!«

Gus schüttelte wieder den Kopf. »Genau das weiß ich eben nicht. Wie kann ich sicher sein?«

»Ich bin ihre Mutter. Du kannst sie mir nicht wegnehmen.«

»Das wird der Richter entscheiden.«

Ich hasste es, wenn Gus sich so aufführte. Bei wichtigen Entscheidungen war er immer die Ruhe selbst. Und wenn es zu hitzigen Auseinandersetzungen kam, wich er ihnen einfach aus.

»Ich werde nicht zulassen, dass du mir die Mädchen wegnimmst, Gus«, sagte ich. »Ich werde das Sorgerecht bekommen.«

»Bo, wenn kein Wunder geschieht, wanderst du demnächst ins Gefängnis. Ich fürchte, in dieser Sache wird der Richter wohl kaum zu deinen Gunsten entscheiden.«

Dieser selbstgefällige, arrogante Mistkerl. Aber er hatte natürlich recht. Ich wollte auf keinen Fall einen Sorgerechtsstreit vor Gericht, denn das würde nur dazu führen, dass ich mich vor der ganzen Welt blamierte und meine Töchter verlor.

Also ließ ich zu, dass er die beiden zu sich nahm.

* * *

Ich engagierte einen Topanwalt. Er sagte, ich hätte zwei Optionen: Entweder beharrte ich auf meiner Unschuld und versuchte, einen Freispruch zu erwirken, was angesichts der erdrückenden Beweislast allerdings so gut wie unmöglich schien, oder aber ich bekannte mich schuldig; dann konnte ich immerhin mit einer Strafmilderung rechnen. Ich beschloss, seinem Rat zu folgen und mich schuldig zu bekennen. Das wirkte zudem ehrenhafter. Wenn ich mich reumütig und verzweifelt gab, bestand zumindest die Chance, meinen guten Ruf wiederherzustellen.

Der Anwalt wollte mildernde Umstände geltend machen. Ich war mir bewusst, einen schrecklichen Fehler begangen zu haben, der mich fast meine Familie gekostet hatte. Ich war am Boden zerstört gewesen, weil ich einerseits in Alice verliebt war, andererseits aber so tun musste, als wäre ich es nicht, um meiner Familie und insbesondere meinen Kindern nicht zu schaden. Als Gus mir dann eröffnet hatte, dass er mich verlassen wollte, und mir bewusst geworden war, dass meine Familie ohnehin auseinanderbrach, wollte ich es noch einmal mit Alice versuchen und wieder an die Liebesbeziehung anknüpfen, die ich zuvor hatte opfern müssen. Doch als Alice mich zurückgewiesen hatte, war das gesamte Leid der letzten Monate aus mir herausgebrochen, und ich hatte einen Moment lang die Kontrolle über mich verloren. Und als mir dann klar geworden war, was ich getan hatte, hatte ich sofort den Notarzt gerufen.

Ich war kein böser Mensch. Ich hatte nur unter einer enormen Anspannung gestanden. Eigentlich war ich gar nicht zurechnungsfähig gewesen.

* * *

Am Wochenende vor Prozessbeginn übernachteten die Mädchen bei mir. Am Samstag spielten wir Uno und backten gemeinsam. Anschließend bereitete ich eine Thermoskanne mit heißer Schokolade zu, und dann mummelten wir uns dick ein und wanderten mit dem Schlitten durch die Berge nach Helvellyn, wo es in der Nacht zuvor geschneit hatte.

Wir blieben stundenlang dort, stapften immer wieder die schneebedeckten Hänge hoch und rodelten hinunter, umgeben von den weißen Gesichtern der Berge.

Ich sah den beiden zu und speicherte die Erinnerung in meinem Gedächtnis.

* * *

Als wir wieder aufbrachen, schneite es kräftig. Unser Heimweg war beschwerlich. Der Winter hielt allmählich Einzug, bis ins Tal hinunter. Anfang Januar würde es überall bitterkalt und dunkel sein.

Ich hielt die Mädchen an den Händen, und wir stapften beharrlich weiter.

* * *

Zu Hause kochte ich Gemüsesuppe, die wir mit selbst gebackenen Brötchen verzehrten.

Danach badete ich die beiden, und als sie fertig waren, sagte ich: »Ihr könnt heute bei mir im Bett schlafen.«

Ich las ihnen alte Märchen und Gedichte vor, bis sie müde wurden. Dann gab ich beiden einen Gutenachtkuss, lächelte zärtlich und sah sie ganz lange an, damit sie mich im Gedächtnis behielten.

* * *

Als sie eingeschlafen waren, ging ich wieder nach unten in die Küche, um Minibaguettes, Tomatensuppe, Käsegebäck und Baiser zuzubereiten. Ich füllte den Kühlschrank und die Regale mit ihren Lieblingsspeisen.

Um Mitternacht legte ich mich zu ihnen, doch ich konnte nicht schlafen. In der Frühe, als sie noch träumten, stand ich wieder auf und machte einen Spaziergang. Die Berge waren von Frost überzogen, der See lag spiegelglatt. Mir war kalt. Der Himmel bog sich unter der Last des Schnees. Es würde lange dauern, bis ich ihn das nächste Mal sah.

Als ich zurückkam, schliefen sie noch immer.

Liebe Lola und liebe Maggie,

1. Ich habe euch lieb.

2. Macht Fehler. Das ist okay.

3. Esst genug.

4. Seid freundlich. Immer.

Mum xx

SECHSTER TEIL

NEUANFANG

SIE LIEBT MICH, SIE LIEBT MICH NICHT

ALICE

Das Gericht verurteilte sie zu einer achtzehnmonatigen Haftstrafe. Sie machte mildernde Umstände geltend. Ich saß da, hörte ihr zu und hatte keine Ahnung, was ich davon halten sollte.

Anna verfolgte den Prozess von der Zuschauertribüne aus. Später sagte sie: »Diese Frau ist ein manipulatives Miststück.«

»Du hast sicher recht.«

»Glaub ihr kein Wort, Alice. Hörst du? Sie ist gefährlich. Sie manipuliert alle und jeden. Selbst der Richterin wollte sie weismachen, dass sie hier das Opfer ist. Was natürlich Schwachsinn ist.«

Aber sie hatte so überzeugend gewirkt. Ob sie sich wohl selbst glaubte?

* * *

Neun Monate nach dem Prozess erschien mein Roman. Es gab eine Premierenfeier in einem Buchladen in Brighton. Meine Freunde kamen vorbei, auch meine Kommilitonen und Dozenten, sogar die örtliche Presse war mit von der Partie. An diesem Abend erlaubte ich mir, stolz zu sein. Denn es war mir gelungen, der schrecklichen und zerstörerischen Erfahrung, Bo Luxton zu lieben, trotz allem etwas Positives abzugewinnen.

Beim Schreiben des Romans hatte ich mir natürlich nur vorstellen können, was in ihrem Kopf vorgegangen war. Als Grundlage meiner Geschichte dienten mir Sachen, die sie beim Prozess gesagt, aber auch solche, die sie mir privat erzählt hatte. Doch es war unmöglich zu sagen, ob irgendetwas von dem, was ich schrieb, der Wahrheit entsprach. Bo Luxton war ein Rätsel, ein nicht greifbares Mysterium.

Auf der Premierenfeier stießen wir alle mit Sekt an und aßen

Minikuchen in Buchform. Anschließend las ich das erste Kapitel vor, und dann setzte ich mich an einen Tisch, um Bücher zu signieren.

Ich saß vielleicht eine halbe Stunde dort, kritzelte meinen Namen in fünfzehn, zwanzig, dreißig Bücher. Ich schaute nicht zur Tür, wo die normale Kundschaft ein und aus ging. Mir fiel überhaupt nichts auf, bis ich plötzlich eine vertraute Stimme sagen hörte: »Gratuliere, Schatz. Ich kann kaum glauben, wie weit du gegangen bist und welche Lügen du erzählt hast, nur um dir einen Buchdeal zu angeln.«

Ich blickte auf.

Sie stand vor mir und lächelte mich an, als wäre gar nichts passiert.

DANK

Als Erstes danke ich meinen neun strahlenden Schönheiten Susannah Rickards, Essie Fox, Caroline Green, Geraldine Ryan, Emma Darwin, Julie-Anne Griffiths, Ruth Warburton, Rosy Thornton und Emma Haughton für ihre Lektüre, ihr Feedback, ihre Ratschläge und all die tiefsinnigen und albernen Plaudereien, ohne die ich nicht leben könnte.

Meinen Freundinnen in Hexham danke ich dafür, dass sie Entwürfe gelesen und nachmittags auf meine Kinder aufgepasst haben, während ich ein Kapitel nach dem anderen schrieb – und natürlich auch dafür, dass der Schulhof dank ihnen ein richtig cooler Ort zum Abhängen ist: Fi White, Hannah Reynolds, Emma Haynes, Genevieve Crosby, Jo Allan, Ruth Smith-Berry, Katherine Calder, Deb Copland und Nichola Palmer.

Muzna Rahman danke ich dafür, dass sie mich von Anfang an ermutigt hat, und Catherine Redpath danke ich für ihre Begeisterung.

Claudia Cruttwell danke ich dafür, dass sie den »Roman, der nie geschrieben wurde«, gewissenhaft und engagiert gelesen hat und nicht sauer wurde, als ich meine Absicht kundtat, in eine neue Richtung zu gehen.

Meiner Agentin Hattie Grunewald und allen bei Blake Friedmann danke ich dafür, dass sie sich so leidenschaftlich für dieses Buch eingesetzt haben. Und natürlich danke ich Karen Sullivan, meiner wunderbaren Verlegerin.

Zu guter Letzt danke ich Clay, Bonnie und Sam, die dafür sorgen, dass das Autorinnendasein an zweiter Stelle steht, also dort, wo es hingehört.

Ihr alle kämpft für das Gute in einer schlechten Welt.

Rasanter Thriller über Selbstjustiz, die fatalen Folgen von Shitstorms und die Abgründe einer amerikanischen Kleinstadt.

LINWOOD BARCLAY

KENNE DEINE FEINDE

THRILLER

Privatdetektiv Cal Weaver soll als eine Art Bodyguard auf einen 18-Jährigen aufpassen, der Morddrohungen erhält, seit er alkoholisiert eine Mitschülerin überfahren hat. Weder Jeremy selbst noch seine Eltern scheinen das Ganze allerdings wirklich ernst zu nehmen, was Privatdetektiv Cal seinen Job nicht gerade erleichtert: In der Kleinstadt findet bald Mobbing pur gegen den Jungen statt, in den sozialen Medien startet ein Social-Media-Shitstorm - eine regelrechte Hexenjagd beginnt. Als der Privatermittler zufällig herausfindet, dass Jeremy für den tödlichen Autounfall gar nicht verantwortlich sein kann, stolpert er mitten in eine Schlangengrube aus Verrat, Gier und tödlicher Skrupellosigkeit.

Niemand ist gefährlicher als der, von dem du es am wenigsten erwartest und niemand könnte brillanter über die Abgründe einer Familie der US-Middle-Class schreiben, als Linwood Barclay.

Zwei ungleiche Zwillinge, ein kindlicher Mörder,
atemberaubende Spannung aus Kanada:

NINA LAURIN

BÖSER ALS DU DENKST

PSYCHOTHRILLER

»… wird polizeilich gesucht. Falls Sie etwas über den Aufenthalt des Verdächtigen wissen, rufen Sie bitte folgende Nummer …«

Ich wende meinen Blick abrupt zum Fernseher und sehe das Gesicht meines Zwillingsbruders, in Lebensgröße. Es ist ein Schock, der mir den Atem raubt. Hier ist mein Bruder als Erwachsener, mein Bruder, den ich zum letzten Mal vor 15 Jahren sah – nach dem Brand, der unsere Eltern tötete. Rußbedeckt, die Hand um ein Feuerzeug gekrampft, die Knöchel hoben sich weiß ab von Staub und Asche.

Alle haben gesagt, er würde mal ein Herzensbrecher. Doch sein Gesicht ist jetzt eingefallen, Bartstoppeln bedecken unregelmäßig Kinn und Wangen, seine Augen sehen stumpf aus.

Mein erster Gedanke: Er ist es nicht. Nicht mein schöner Bruder, der Golden Boy, den jeder liebte. Aber tief in meinem Inneren wusste ich immer, dass dies geschehen würde.

Was hast du diesmal getan, Eli? Was zum Teufel hast du getan?

»Niemand ist besser darin, den Leser zu narren, als Nina Laurin. Kein Spannungs-Fan, kein Liebhaber von Psycho-Thrillern sollte sich dies entgehen lassen!«
New York Journal of Books

Was bringt eine vollkommen normale, glückliche Frau dazu, ihren Ehemann brutal zu ermorden?

ALEX MICHAELIDES

DIE STUMME PATIENTIN

PSYCHOTHRILLER

Blutüberströmt hat man die Malerin Alicia Berenson neben ihrem geliebten Ehemann gefunden – dem sie fünf Mal in den Kopf geschossen hat. Seit sieben Jahren sitzt die Malerin nun in einer geschlossenen psychiatrischen Anstalt. Und schweigt.

Der forensische Psychiater Theo Faber muss einen Weg finden, Alicia Berenson zum Sprechen zu bringen, um sie behandeln zu können. Nur dann kann er die schockierenden Ereignisse, die sich in jener Nacht vor fünf Jahren zugetragen haben, aufdecken. Als er einen Job in der geschlossenen Anstalt »The Grove« erhält, in der Alicia Berenson sicherheitsverwahrt lebt, bekommt er die Chance dazu …

Der internationale Spannungs-Bestseller des Jahres 2019 – Nummer 1 der New York Times-Bestsellerliste!

»Ein seltenes Juwel: Dieser außergewöhnliche Thriller hat mein Blut zum Kochen gebracht.«
A.J. Finn

DROEMER